Círculo Rojo Editorial

A los pies del Maestro

A los pies del Maestro

José María dorado (Alma)

Primera edición: noviembre 2016

Edición: Editorial Círculo Rojo.
www.editorialcirculorojo.com
info@editorialcirculorojo.com
Colección: Autoayuda

© José María dorado (Alma)
Ternura_es@hotmail.com

Fotografía de cubierta: © Fotolia
Diseño de portada: © Isabel Sánchez
Maquetación: Marta Serrano

ISBN: 978-84-9140-774-4

DEPÓSITO LEGAL: AL 1779-2016

IMPRESO EN ESPAÑA – UNIÓN EUROPEA

Mi más sincero agradecimiento

Dedico este libro a todas aquellas personas que han colaborado de forma indirecta o directamente en mi crecimiento personal y espiritual. En especial a mi estimada amiga Montserrat Goñi, Dudu, Isabel (danza cochera de México), a mi entrañable y gran amigo Ángel Aranda y a todos mis compañeros que he encontrado en mi camino y seguiré encontrando…

Amor, luz y despertar

Kana (significa amor)

Introducción

A través del Maestro, del Alumno y de Noé, conoceréis algo más de vuestra vida y de vosotros mismos, lo que os llevara a ser lo que nunca creísteis ser y en verdad sois… Almas en evolución permanente.

Es un libro de crecimiento personal y profundo. Es un libro que invita a la pausa, la reflexión y a leer detenidamente.

Donde cada línea es un mensaje, donde cada vivencia la sentirás como tuya, lo cual hará que renazcas de tus cenizas.

El poder captar toda su esencia dependerá en gran medida de lo que estés dispuesto a dejar y como no, de aceptar y reconocer los límites que tenemos a la hora de afrontar la vida.

Todo eso será como activar un gigantesco engranaje cósmico lleno de acontecimientos, experiencias y causalidades que cambiaran tu mundo, tal y como lo conoces ahora.

Todo hacer tiene su razón y sentido, he aquí la prueba de que algo te hizo encontrar este libro… para que tú puedas ver las improntas adquiridas o implantadas por nuestro entorno.

Es un libro iniciático, el cual os dará herramientas, las cuales se convertirán según avancéis, en conocimiento interno.

Se iniciará un cumulo de sueños y ensoñaciones, causalidades, encuentros con gentes, lugares a los que algo os empuja a ir, sin saber por qué, sin tener motivo. Lo que implica que el sutil fluir de la energía ira atando cabos, para que de una forma u otra os deis cuenta de aquello que en verdad importa.

Será como abrir o encontrar la puerta que tanto buscamos, que nos dará respuestas y soluciones a circunstancias que no entendemos o que simplemente no llegamos a ver y entender.

Por eso, espero que disfrutéis de lo que aquí se comparte, lo que solo es una mínima parte de la verdad que en verdad sabemos. Y recordar una frase del Maestro:

"Yo soy un caminante de suelas desgastas que resurge de sus cenizas para convertirse en el pájaro de fuego que me lleva a mi Alma."

Índice

A los pies del Maestro

Nueva York…Central Park…19.45h.

Solo veo una borrosa imagen, apenas puedo respirar, el sonido de la tormenta y el destello de la luz iluminan la noche.

La gente pasa por mi lado, me miran y siguen su camino. Solo ven a un hombre tumbado sobre una balsa de agua intentando respirar. Pero nadie se para a echarte una mano…

Será que un ejecutivo que hace unos meses cenaba en un restaurante de cien dólares el cubierto y que ahora yace con ropa rota, sucia y con barba, encima de un charco de barro y basura. ¿Quién diría que se puede morir en veinte centímetros de agua?...

Así me encontraba, solo podía levantarme para recoger un leve aliento de vida para volver a sumergirme en esa muerte lenta, donde ves como la vida se escapa, segundo a segundo…Donde todos miran y a nadie le importa...

- ¡Mama, mira! Un hombre...

- ¡Calla! ¿no ves que podría hacerte daño?, es un vagabundo...

- La niña se giró y miró a su madre.

-Mama, el hecho de que sea lo que es… no te da derecho a dejarlo morir en ese charco...

La niña salió corriendo y metió su manita en el agua…

"Me miró con una mirada que sólo tienen los ángeles... Unos ojos azules increíbles"...

-¡Aún no es tu día... hoy no!

Como pudo tiro de mí y me dejó en la orilla del charco, lo cual me dio margen para volver a respirar...

Mientras se alejaba, me volvió a sonreír...

Mi visión no era clara, escuché unos pasos, miré hacia arriba y vi a un anciano con sombrero que reposo su rodilla en el suelo.

-¡Ya es hora hermano! ¡Ya es hora!

Ese anciano me recogió como pudo y con su bastón del charco, un anciano al cual llegaría a llamar Maestro… Su bastón tenía una serpiente enroscada que subía hasta la misma empuñadura, donde había un rubí tallado.

-¡Vamos a casa!... "dijo".

"Durante el camino solo pude hacer lo que no había hecho en meses: llorar… por lo que tanto quería y tanto amaré el resto de mi vida…Mientras estaba en mis infiernos mentales pude dilucidar que íbamos dirección al aeropuerto de John F. Kennedy. Durante la espera en la sala de embarque, lo miré entre lágrimas"

-¿Por qué?... "le dije".

El anciano, respiro hondo y respondió:

-De todos los que pasaron, solo una persona supo ver tu alma.

-¿Acaso no la reconociste?

-Pero, ella ya no está, la perdí

-No es lo que vemos, más bien es lo que no vemos, lo que nos hace grandes.

Le mire de nuevo. Llorando como nunca en mi vida lo había hecho.
-¿Era ella?

El me miró con una mirada noble, profunda, tranquila y tierna, como solo sabe mirar una madre. Volvió a sonreír… y dijo:

-Sí, ella pidió y se le concedió…

-Tengo algo para ti…

-Siempre juntos, siempre unidos, nunca tristes... "esa frase la repetíamos cada noche ella y yo"... "¿Cómo podía saber algo tan íntimo y personal?"

Ambos reímos y esa fue la sonrisa que me hizo ver un rayo de luz….

A lo largo de mi viaje puede ver inmensas llanuras, donde el arroz crecía… y a veces pensaba… ¿cómo es posible que teniéndolo todo... acabará sin nada?

O más bien eso, solo era en realidad una losa, que el destino se ocupó de apartar para que pudiera ver la realidad que había ocultado hasta ahora.

A veces miraba al anciano y pensaba: Si ella volvió para salvarme, ¿por qué me ayudó él? alguien a quien no conozco de nada...

Y de repente, apareció la respuesta...

-Porque estas destinado a ayudar otros y eso es lo que marca tu destino!...

¿Cómo me ha escuchado?

-No hay que esforzarse mucho... el motor de tu mente hace mucho ruido y eso no pasa desapercibido… Tienes que reaprender mucho de lo que olvidaste, para poder hacer lo que viniste a realizar en este plano de conciencia.

-¿Es de alguna secta?

Se echó a reír con mi pregunta... jajaja…

-¡No!... “Respondió el anciano”.

-Solo hago lo que a su vez otra persona hizo por mí, abrirme los ojos a la verdad, esa verdad que solo unos pocos llegamos a ver, sentir y escuchar…

-Yo no sé nada de su mundo…

-Paciencia todo en su momento. Hay que apear a todos esos inquilinos que no pagan y solo intentan desviarte de tu estela…

-¿Inquilinos?

-¡Sí! formas de pensar, actuar, decir, expresarnos.

-¡Vamos! lo que conocéis como ego en vuestra civilización....

Tras bajar del avión y recoger las pertenencias del anciano, nos dirigimos a buscar un trasporte hacia lo que yo llegaría a llamar: Mi hogar.

Tras muchas horas de baches, piedras y más piedras, llegamos a una aldea... era casi surrealista, calles sin asfaltar, sin aceras. Solo se veían casas de caña y alguna de maderas, las más lujosas. Por lo menos había luz y un pequeño lugar llamado “central de teléfonos”, para poder llamar. La policía iba a caballo, pues en estos lugares era lo más adecuado a la hora de moverse entre aldeas.

-¿Qué lugar es este?

-¡Bueno, lo llamáis aldea o lugar tercermundista, pero aquí te caes y nunca veras a nadie pasar de largo, esa es la diferencia entre lo que llamáis tercer mundo y mundo civilizado…pero de eso, ya tienes experiencia propia...

Mientras decía eso se bajó del autobús… pero más que autobús era un rompe huesos... jajaja… y con paso firme comenzó a andar hacia la montaña...

-¿A dónde vamos Señor?... "le pregunté".

Él levantó el bastón y dijo:

-¿Ves esa montaña?

-¡Sí!... "respondí"

-Pues detrás...

-¿Pero ha visto la hora que es? no llegaremos hasta bien entrada la noche…

-¡No mi querido amigo! Ella te espera en el bosque y no es buena compañera…

-¿Ella?

-Sí, la Santa Compaña, primero se te lleva y luego pregunta…, será mejor que aligeres el paso…, tenemos mucho que recorrer y poco tiempo…

-¿No hay algún transporte?

-Aquí tus pies son tu transporte, no te detengas, ella sabe de ti…

Realmente comencé a asustarme, tanto misterio, tantas preguntas sin respuesta... Sonaba más bien a una amenaza que a una invitación…

Tras dos horas andando... le dije:

-¡Señor! ¿podría parar un momento, estoy muy cansado?

Él elevo la vista, como si alguien le estuviera diciendo algo, como si el bosque le hablara...

-Tenemos un respiro, aprovéchalo...

Él se sentó en una piedra y con el bastón dibujó un cuadrado

-¿Está jugando al tres en raya?

-Sí... "me contestó".

-¿Sólo?

-¡No, con mi ego! y el muy bribón a veces me gana.

Eso me parecía cada vez más de locos que otra cosa

-¿Y que pierde o que gana en cada partida?

-Bueno, en esta ocasión, nos jugamos si llegamos a casa o no.

Una apuesta que no me termino de gustar...

A continuación, levanto la mirada de nuevo y dijo:

-Es hora de irnos, está cerca...

-¿Usted cree en leyendas?

-En lo que yo creo es que estamos en un Reino donde no somos bienvenidos, por eso hay que acelerar el paso.

Tras terminar de acojonarme seguimos camino. Pude ver humo tras unos árboles.

-¡Señor! ¿es ese nuestro destino?

-Sí, ya estamos casi.

Al llegar al final del bosque, sentí algo a mi espalda… era algo que podía sentir físicamente, su aliento, incluso olor.

-Si aprecias tu vida, no te pares, ni te des la vuelta…

Entonces escuché...

-¡Hoy te ha salvado!... Mañana quizás ¡No!

Y el viento me zarandeo como si fuera una veleta.

-No puede cruzar la frontera, pero un día, tendrás que entrar en su Reino y eso no lo podrás evitar, está en tu destino…

-¿Qué sabe de mi destino?

-Nada que no sepas, aunque ahora no lo recuerdes. Un día cuando te liberes de anclajes e improntas, sabrás que, en esta vida no se puede huir de uno mismo. El pastor cuida su rebaño, aunque haya tormenta, pues su responsabilidad no la puede esquivar o dejar de lado… Maestría, mi querido amigo. Maestría.

A los pocos metros se podía escuchar un jolgorio de niños.

-¡Es el Maestro, es el Maestro! decía uno de los niños...

-Hola pequeños, ¿cómo estáis, y como os habéis portado en mi ausencia?

Y todos a la vez, contestaron:

-Bien muy bien, hemos sido muy buenos...

-¿Y tú?, trasto.

-¡Bien!, y no soy un trasto, solo un niño travieso... jajaja... "Se pudo escuchar la risa de todos los niños"…

-Bueno os creeré.

Todos se ponían en fila, muy ordenada y le decía uno al otro:

-¿Que me tocara hoy?

- Paciencia ya lo sabrás, no seas impetuosa que los regalos son mejores cuando no lo sabes.

Y muy despacio el Maestro, fue depositando algo en cada mano de los pequeños.

Bueno ya podéis abrirlas, dijo.

Los pequeños empezaron a mirar...

-¡Alá!, la mía es verde...

-Pues la mía azul...

-Va, eso no es nada, la mía es multicolor...

-¡Alá!, que pasada, yo quiero una...

-No tengas tanta prisa, a su debido momento, te llegara tu premio.

-Y ese señor mayor, ¿quién es?

Me miraron todos a mí... ¿Yo? ¡Yo no soy mayor!

-Sí que lo es y más viejo que el Maestro.

Me mire en un charco y tenía la apariencia de un hombre de cincuenta años, eso me apeno bastante.

-Venga dejarlo que está cansado.

-No te preocupes, la vida nos hace en vejecer, pero eso no quiere decir que lo seamos, si físicamente, pero no en espíritu. Tras una buena ducha y un buen afeitado estarás como nuevo. Son niños, solo dicen la verdad, en eso es de agradecer su inocencia. Otra persona hubiera mentido como un bellaco.

Seguíamos calle arriba.

De cuando en cuando, el Maestro se paraba para escuchar, a los vecinos: ¡Preguntas, problemas! parecía que era un salvador o alguien que se preocupaba, por sus vidas, en verdad más lo segundo, que lo primero.

Se ve que es una persona muy humilde, que vive con poco y que con una sonrisa ya está pagado o recompensado por su labor cotidiana.

- ¿Es el nuevo alumno?... "preguntó una vecina"...

-Bueno, eso no está en mi mano, solo lo he recogido, tal como me dijo la montaña.

-Seguro que madre, sabe muy bien que es lo que será... "respondió la mujer".

Unos metros más tarde, encontré una casa de madera...

-¿Porque la suya es de madera?

-Los vecinos se empeñaron en pagarme por mis servicios, cosa a la que me negué, entonces se llegó a un acuerdo: mientras hubiese alguien que ayudara al pueblo, como yo lo hago, sería una casa alquilada, luego pasaría a ser una escuela, para eso construyeron esta casa de madera.

-Tengo ganas que llegue ese momento.

-¿Porqué?

-Porque será un síntoma de que gente como yo, ya no hará falta en este mundo, pues la humanidad habrá despertado de su letargo.

-De momento hay que trabajar para que eso ocurra...

Mientras subía las escaleras se escuchaba el rechinar de los escalones, como quejándose del paso del tiempo y la falta de mantenimiento. Yo seguía detrás de él.

Tras abrir la puerta se veía un hogar, muy humilde...

-Aquí, no hay privilegios, como en la ciudad, el agua hay que buscarla, calentarla... El agua es del pozo del manantial que cruza el valle.

-Eso sí, tenemos una buena chimenea. En verano cortamos la leña de árboles quemados y así la tenemos para el invierno. Disponemos de varias estancias, a veces tenemos invitados, o para casos inesperados.

Al salir por detrás, vi una imagen que es imposible de borrar de mi mente: Un hermoso valle, verde, frondoso… Al cerrar los ojos escuchabas el aleteo de los pájaros, el caudal del rio que bajaba de la montaña...

-Este es el porche donde se medita, reflexiona y se comparte el día a día...

-¡Eso si al final te quedas!, ya lo iras viendo…

-¿Duda de mi estancia?

-Eres libre para decidir, si te quedas o te vas, esto no es una cárcel, más bien, un lugar de evolución...

-¡De momento me tiene el corazón robado!

-Eso me pasó a mí, hace treinta años y desde entonces solo sueño con verlo florecer cada día, hasta que vuelve a casa...

-¿A casa?, ¿esto es no tú casa?

-¡No! yo solo estoy de paso... como muchos otros…

-Pero eso ya lo averiguaras en su momento, mi querido amigo.

Seguí viendo la casa, era increíble su interior, fuera hacia un frio que hasta el ser más diminuto pasaría frio

Al cerrar la puerta parecía que estuviera puesta la calefacción. Había una escalera que subía a las estancias superiores, lo que más me sorprendió fue un cuarzo de ocho lados de grandes dimensiones en un lado del comedor...

-¿Y esto?

-Es de un alumno que se fue a Brasil. Al llegar allí sintió que la piedra se ofrecía, pues decía que era su destino y por eso nos la envió... para ayudar a la evolución de todos… Es un cuarzo maestro que te hace ver, sentir y aprender…

-Otra cosa que también podrás aprender en su debido momento.

-Gracias…

-¿Porqué?

-Por hacerme ver que la vida es mucho más que tener un coche, una hipoteca o incluso a quien amar

-Yo solo muestro lo que has de saber de ti mismo, eso que mencionas es optativo y muy honorable por la responsabilidad que con lleva. La vida es equilibrio, tienes que estar en lo terrenal y en lo espiritual a la vez, si solo vives en uno u otro plano nunca estarás en la balanza... Esto nunca lo olvides, amigo mío…

En ese momento comprendí muchas cosas, me había dedicado a lo material y me olvidé de lo espiritual. Cuando uno no es consciente de ello, termina en un charco de agua intentando sobrevivir a sí mismo.

El descubrir sobre uno mismo, conlleva aceptar y reconocer que, para poder crecer, antes has de caer en lo más profundo de ti mismo. Alma

El calor de un hogar

A la mañana siguiente, estaba hecho polvo, tras el viaje de avión y unas horas más de viaje en un viejo autobús de línea…

Escuche el chirriar de la puerta.

Apenas podía ver la hora, pero me sorprendí... eran las seis de la mañana.

Saque una mano y el frio me helo la sangre, tarde poco en meterla de nuevo… pero hay cosas que no se pueden evitar, un olor a pan recién hecho entró por las rendijas de la puerta, casi era un… Ven...ven...ven…

Jope, que rabia me daba que algo me picara… jajaja…

Pues nada, de tripas corazón, parecía la Madre Teresa de Calcula, solo se me veía la cara y la punta de las zapatillas.

-¡Buenos días!... "pude decir entrecortado"...

-¡Buenos días! ¿quieres un poco de pan?

-¿Sabe Usted que es muy mala persona al traerme ese olorcillo?

-Jajaja.

-Solo te hago ver que merece la pena madrugar, dentro de veinte minutos no quedarán ni las migas.

-Jo… pues sí que escasea el pan...

-No, solo es que el mejor pan se hace a las cuatro de la madrugada, ya luego tienen menos mimo.

Tras una breve pausa, ayude a poner la mesa, bueno tras encontrar las cosas… pues estaba todo muy ordenado, vasos, cubiertos, platos… eso sí, de madera, se podía ver su antigüedad, por el color la madera.

El anciano, saco la tetera del hornillo de la cocina de leña.

-Aquí, no tenemos café tendrás que acostúmbrate al té.

-Bueno, ya solía tomar té antes, me ponía menos nervioso, en eso ya tengo algo de ventaja…

Al llegar la taza a mis manos fue como tener fuego entre ellas, me calentó casi en el acto, era de agradecer…

-¡Cuidado! la madera está muy caliente ...

-Bueno, es grato sentir el calor… El pan casi se deshacía entre las manos… ese crujir, que lo hace único, ver salta las migas, sentir el tacto del panadero en cada rebanada de pan, notar con que cariño y mimo se le dio forma y vida propia.

Ese olor que me hacia la boca agua, ver caer el chorreón de aceite… ¡Mmm! era como estar en casa, con mi madre, cuando no tenía tantos lujos...

El maestro, vio mi brillar de ojos y como cogía la taza, como si el calor se fuera a escapar...

-Tú madre seguro que era una gran mujer…

-Sí, lo es, en todos los aspectos, gracias a ella, aprendí a valorar a la mujer... En su entrega, en su día a día, en cómo se esfuerzan por que todos tengamos un plato en la mesa, en como aprendemos a ser personas, eso solo lo sabe hacer una mujer, pues es un rasgo natural en ella.

-Solía hacer esto con ella, cada mañana, cada tarde ... en la orilla del mar, en nuestros viajes, me parece que hace casi un siglo desde que paso...

-A veces la mente viaja muy deprisa, más de lo que uno podría imaginar o pensar.

Cogí mi taza de té y me fui a la ventana, con una manta limpié el vaho del cristal… se podía ver el valle, helado por la noche, era como ver un manto blanco de postal navideña, mi mente seguía navegando...

-Es normal que recuerdes tu pasado, es algo que nos acompaña en el día a día...

-Pero hay una pega...

-¿Cuál?

-El ego se alimenta del pasado, vive de él, así evita que evolucionemos hacia la luz, su función es esa: evitar el avance. Pero también tiene su contrapunto, también quiere que evoluciones, así tendrá un margen más amplio para dominarte, sin ese margen, nadie evoluciona, hasta él anhela evolucionar. Tu trabajo es vencerlo, darle ese margen, pero sin que pierdas la partida. Así funciona la evolución, dar a todos lo que buscan, sin dejar que agás tu viaje evolutivo.

Seguía pensando...

-Ahora entiendo por qué estas gentes construyeron esta casa para el Maestro, no tenía precio su ayuda o su presencia. Era casi como un manantial en el desierto. No importa lo que costara la casa, estaba más que pagada…

Hay personas que nacen cada equis tiempo y nunca son recompensadas o reconocidas.

En el caso del Anciano, no era así… él desde su sabiduría, entregaba tanto o más de lo recibido.

Para eso hay que nacer, no vale con solo hacer cursos o ir a lugares... o naces para esto o solo eres uno más del escalafón evolutivo.

Tras terminar de recoger y limpiar... nos pusimos manos a la obra, ordenar mis pertenencias, ropas y poco más, pues no tenía mucho más, aparte de mi móvil y documentación.

No eran más de las once cuando oí un repicar en la puerta, escuché al Maestro hablar con una mujer, se la veía angustiada, llorando… pero el Maestro seguía diciendo que no con la cabeza… tras un rato, entró con la mirada triste y lejana.

-¿Qué es lo que ocurre?

-Es la madre de una niña, me pide que salve a su hija, pero no puedo, si hace un mes hubiera dejado su ego y hubiera venido quizá hubiera podido negociar con los Señores del Karma.

-¿Qué Señores?...

-Es muy largo de contar y tú aún, no estás preparado para entender.

-¿Qué le pasa a esa niña?

-Hace un año perdió un riñón…

-La enfermedad le afectó el otro y hasta hace poco no se supo…

-No hay cura, solo un trasplante y eso aquí es una misión imposible, por lo que conlleva de hospitales y medios no disponibles.

“En ese momento sentí... y pude ver la respuesta...”

-¡Yo puedo!

-Es noble tu intención, pero está fuera de tu alcance…

-¡Mire! Se de una persona, que me debe un favor… déjeme intentarlo, solo intentarlo, no tengo su capacidad de ayudar, pero tengo conexión con el exterior, dispongo de lo que le hace falta... Solo déjeme intentarlo…

El Anciano cogió su bastón y comenzó a andar por el salón… cerraba los ojos y volvía a andar… fueron los diez minutos más largos de mi vida.

-Han aceptado el trato, te dejan una oportunidad…

-Recoge el móvil y corre... el tiempo apremia...

Era como coger un hielo con guantes, no daba a meter la tarjeta Sim, poner la batería…entonces llego él… "en la vida, como en el andar, es cosa de maña, templanza y saber estar", con una firmeza increíble… metió la tarjeta, puso la batería… "ahora ya puedes, me dijo".

El primer timbrazo se hizo eterno...

-Sí, ¿dígame?

-Hola, soy yo

-Caray, ¿dónde te metes, chico?...

-Es muy largo de contar, es un caso de vida o muerte, me haces falta...

-Ya sabes lo que hiciste por mí, te debo un millón de cosas…

Tras contarle el problema...

-¿Estás loco?, ¿cómo voy a meter un helicóptero en un país, a si por las buenas?

-Lo sé, pero tienes contactos, no importa el dinero. ¡Si no lo hacemos morirá!

-Esto no es tan simple, lo meto y lo saco.

-¿Sabes, lo que habría que mover diplomáticamente? eso lleva meses… si es que lo consigo.

Solo escuche un silencio sepulcral, que parecía... una sentencia de muerte.

-Bufff...

-Dame… dos horas, no te prometo nada...

-Me puedes pedir cualquier cosa, pero esto se pasa de castaño oscuro...

-Me debes una muy gorda...

-Gracias Sofía…

El Maestro me preguntó:

-¿Qué te ha dicho?

-No me promete nada...

-Bueno, lo has intentado. ¡Ahora, está en manos de Dios!

Al cabo de dos horas, un estruendo, rompió el silencio…

Un helicóptero, de Médicos Sin Fronteras sobrevolaba nuestra cabeza. Polvo, piedras volando, cristales rotos y una inmensa polvareda… nos envolvió, entre un inmenso ruido de hélices...

-¡Dígame donde está la niña!…

-¡Dos casas más abajo!... "entre polvo y piedras, salí corriendo calle abajo"

Mientras tanto el helicóptero inicio una maniobra de aterrizaje…

Al llegar a la casa vi una mujer que estaba muy asustada... como pude, en inglés, le dije:

-¡Deme a la niña!... "La madre lloraba"...

-Sí, sí...

La cogí entre mis brazos y la llevé como pude hasta el helicóptero, el piloto asustado decía…

-Tenemos solo cuarenta y cinco minutos para salir del país…

-¡Es de locos... por el amor de Dios!…

"La cogió como si fuera una de las cosas más delicada de este mundo"...

-Si sale bien, se ha ganado un lugar en el cielo, amigo mío.

"Como pude me tapé la cara, por la turbulencia, mientras se elevaba sobre mí, pude volver a ver la misma mirada que me salvo la vida en ese parque, no hace muchos días"…

Tras elevarse el helicóptero…el Anciano se acercó…mientras la gente miraba sorprendida por lo acontecido…

-¡Te veo colocando cristales...aquí, se respeta mucho la propiedad ajena!..

-¿Sabe que a eso se le llama sarcasmo? jajaja…

-Bueno, eso no te exime de tus obligaciones como vecino...

"Me giré y le dije"

-¿Me quedo?

-Es más... ¡te has ganado el derecho de llamarme Maestro!

-¡Jo!… ¿y tenemos que ir ahora a por los cristales?

Entonces el Maestro cogió su bastón con fuerza, se acercó un poco más a mí y sutilmente le dijo:

-¿Has dicho jo?

-Bueno, mi mente pensaba rápido, pero algo me decía que estaba pillado por todas partes…y con los ojos medio cerrados y con cara resignación, dije:

-¡Sí!…

-¡Eso te costara la cena!

-¿La cena?

-Después de lo que he hecho…

-¿Te quieres jugar el desayuno?

-¡No!, ¡válgame Dios! hace un frío que pela por las mañanas… jajaja…

En ocasiones, la vida muestra su lado más duro o más tierno, por eso cuando creas que todo está perdido… es cuando has de conectar con ese lado humano, que nos une con lo divino. Alma

Comenzando a soltar lastre

Tras esta pequeña aventura de superación, comenzó lo que todos llamamos el duro camino de desaprender lo aprendido y de quitarnos vínculos, improntas que hacemos nuestras, sin saberlo.

Pero todo esto, como muchas cosas más, lo aprendí de un ser que nunca dejo de luchar por sus creencias y que nunca dudó en mantenerse en su puesto, tal como lo ha de hacer una persona que se compromete a un trabajo duro y sacrificado, pues lo difícil de estar ahí es, ni más ni menos, que saber ver que ese alguien solo te da lo mejor de sí mismo. Aunque a veces te parezca injusto, al final terminas viendo, que sin ese insistir nunca hubiera llegado a donde llegué y a donde aún tengo que llegar…

Al día siguiente….

-Bueno es hora de prepararte para tu estancia aquí, te aconsejo ropa de algodón, pues aquí el invierno es duro y los veranos abrasadores, respecto al calzado ha de ser cómodo. Enséñame tus pies.

-¿Para qué?, son pies, ¿qué más da como sean.?

-Te equivocas, según tu tipo de piel, hará falta hacer curas, remiendos etc...

-¿Hay algo más que te inquiete después de la explicación?

-Creo que no.

-Pues venga aquí esos pies... Huy que mala pinta tienen...

-¿Cómo que mala pinta? están muy bien cuidados a pesar de haber estado meses entre basura...

-¡Ya! pero tienes unos pies de culo de niño recién nacido…

-Vamos... ampollas y heridas a diario...

-¿Es que me voy a la guerra?... jajaja...

-No, pero tu vida va a pasar de camino de rosas a camino de espinas.

-¿Me puedo repensar el quedarme?

"El Maestro ciñó una ceja"…

-Mejor vamos a la farmacia del pueblo…

Tras recoger, nos fuimos a la dichosa farmacia…El pueblo no es muy grande, pues aquí las aldeas se reparten en pequeñas zonas habitadas, nunca en grandes núcleos.

-¿A qué se dedica la gente por estos lugares?

-¡Bueno!, en realidad a los campos y a hacer ropa que venden en el mercadillo, que se celebra dos veces por semana... El resto trabajan en pequeñas fábricas artesanas, de muebles y pequeños centros sanitarios donde acuden diariamente los habitantes de tres poblados.

-¿Y eso no es poco servicio? para tanta gente…

-Sí, pero es lo que hay, no hay mucha ayuda por parte del gobierno y contra más lejos estés del núcleo principal más cercano, más difícil es que te atiendan con una mínima dignidad y rapidez.

Seguíamos caminado por la calle, el maestro iba despacio pero no lento, eso era algo que me traía de cabeza, parecía más bien una técnica que una forma de andar.

-Bueno este es nuestro pequeño almacén sanitario...

-Bueno no está mal menos da una piedra... jajaja...

-Una piedra da mucho, no creas sólo lo que tus ojos ven, estimado amigo mío.

Se remango los atuendos y entró...

-Tú espera aquí, salgo en seguida.

Mientras esperaba pude ver de todo, mujeres ancianas tirando de su viejo carro, niños jugando entre las ramas de los árboles, casi parecía un lugar perfecto.

-Bueno ya estamos, quiero que veas una cosa...

Me picó la curiosidad.

-¿Ves ese puente? es el puente de los miedos, hay gente de esta aldea que nunca lo ha cruzado, pues su interior no está preparado para ello...

-Sólo es un puente, alto, curvado, como otro cualquiera.

-Tendré que hacer que trabajes tu intuición más de lo que pensaba…

Tras dejar el material de farmacia en casa, volvimos a salir y esta vez fuimos al famoso puente, que pocos han cruzado, sólo los más evolucionados internamente…

-¿Qué te parece mi viejo puente?... mira que es bonito y eso que tiene más de cien años.

-¿Está de coña? no tiene palos en el medio para cruzarlo.

-Tu solo ves lo que tu mente quiere ver. Ese es el problema, estimado amigo mío.

-Haber no hay palos, hasta veo el otro lado.

-Tendré mucho trabajo contigo...

Ando unos pasos

Cuenta la historia que dos amantes vivían cada uno en un lado del río que no se podía cruzar por su profundidad. Sólo había un puente, quemado por las guerras, solo quedaba su esqueleto, el resto ya no existía y era tal el amor que los unía... que él era el corazón y ella su latir. Una parte ella deseaba cruzar. Él anhelaba su alma. Mientras decía esto apretaba con fuerza el bastón...

-En un momento dado... no se sabe cómo, ambos comenzaron a andar sin mirar el puente, solo se miraban a los ojos... eran como dos imanes, que se atraían mutuamente... Al juntarse se dieron cuenta de que no tenían nada debajo... habían dejado un plano de conciencia, para entrar en otro, el cual los unió el resto de la existencia...

"No sé por qué, ni cómo, pero le pregunte."

-Y ella... ¿dónde está?

"El Maestro se volvió sorprendido por mi pregunta y miró al puente."...

-Para no saber nada de lo que sabes... has dicho más de los que tus predecesores han sabido nunca...

-Ella no tiene causas pendientes, me espera al otro lado, yo no puedo volver hasta que salde mi deuda con la humanidad.

"Yo seguía, como perdido en mi interior... ¿Cómo sabía tanto de alguien que solo conocía de unos días?"

El Maestro me respondió: -"Porque formas parte de la memoria cósmica de la humanidad, una memoria a la que sólo unos pocos podemos acceder."...

Pero no me di cuenta de nada y de repente, lo vi encima del puente, mirándome...

-¿Ahora ya crees en lo que tu mente, no quiere reconocer? ...y bajo al otro lado

-¿Me das mi bastón? me hace falta para volver a casa...

Cogí el bastón, comencé a andar y me pare delante de él...

-Perdón Maestro me hace falta algo de tiempo, para asimilar lo que estoy viviendo… Me senté en una piedra y cerré los ojos para digerir lo que está viviendo...

Mientras el Maestro como pudo se sentó en la hierba humedecida por el roció de la noche, tras un buen rato, mire el bastón intentado entender su significado...

-Respire hondo y con fuerza…

Me levanté y realicé lo que siempre me dio pánico: andar con los ojos cerrados. Un paso y luego otro... escuchaba la hierba ceder a mi paso sin ninguna resistencia...

-En un momento determinado sentí los adoquines sueltos por el tiempo… tenía miedo de abrir los ojos y caer o despertar de un sueño… que era lo que me estaba fascinando… justo en la cima perdí mi miedo, mis limitaciones y abrí los ojos...

Era trasparente lo que veía bajo mis pies, podía ver el agua pasar, el jugar de los peces entre las rocas...

Mientras el Maestro miraba y suspiraba, por mi acto de fe.

-Al bajar del puente...

-Perdón Maestro por la tardanza, esto me supera... sólo pude reclinarme sobre el... y llorar...

-Hoy te has ganado una buena cena, mi querido amigo...

-Jo, qué bien...

-No tientes a tu suerte... jajaja...

Y entre lágrimas de alegría, respondí: me lo apuntare en letras de oro, Maestro... jajaja…

-Hoy te has demostrado a ti mismo, que no hay límites, si uno ama de verdad.

La vuelta fue más reposada, algo en mí cambió, ese puente ya era parte de mi alma y como no, yo era de él.

Cambió mi forma de pensar, antes limitaba mi vida a lo que podía tocar, ver y responder con ciencia. Esto superaba cualquier prueba científica, que un humano pudiera aportar o contar… Pero si esto era solo el principio... ¿Qué más podría llegar a conocer de mí mismo o de lo que este nuevo mundo me ofrecía, sin esperar nada de mí?

Es algo que deseo saber, pues hay algo dentro de mí. Me dice o me empuja a descubrirlo. Es como cuando a un niño le das un juguete, contra más lo usa, más desea descubrir sus funciones, aplicaciones y límites….

Al llegar a casa recordé el calor del hogar, esa sensación de paz que otorga una casa, el crepitar del fuego me hizo recordar cuando estaba en Nueva York, sólo que aquí la vida es muy diferente.

Fuera ya caía la noche y veía las estrellas brillar con toda su intensidad, lo que me hacía recordar que también en algún lugar ella me espera...

De momento he visto y experimentado algo que va más allá de la comprensión… también he de reconocer mi parte humana y cuidarme para el siguiente paso, el cual ya anhelo poder iniciar.

Con pequeños hilos de luz conseguí curar mis heridas, más al cicatrizar y caer las costuras…pude ver un universo sin fin. Alma

Sólo los enraizados conseguirán cambiar el mundo

Pensar en mil cosas a veces nos debilita como personas y almas en evolución, sea porque somos un cúmulo de cosas, sentimientos, emociones y energías que ni nosotros mismos podemos o llegamos a entender, por su transcendencia, que nos hace ver la vida de una forma u otra y según el resultado, nos decantamos a elegir un camino, una senda, lo que inevitablemente nos empuja a nuestro destino, proceso y elección. Elección que elegimos, pues de eso se trata, experimentar, sentir y vivir sin dejar nunca de ser nosotros mismos.

Esto dice el Maestro y al día de hoy sigo buscando toda su verdad, profundidad y riqueza que aportan sus reflexiones. Pues por mucho que leo y recuerdo, en cada nueva lectura sigo viendo un sinfín de verdades aún desconocidas por mí y más aún por mi mente, por lo que, al día de hoy, la sigo reeducándome para poder ser más libre de lo que nunca llegue a pensar e imaginar.

Seis de la mañana. Es hora de empezar el nuevo día…

Me gusta madrugar sentir el dulce fresco de la mañana, es algo que sin duda marca el nuevo día, pues siempre he pensado que aquel que duerme mucho pierde oportunidades, opciones de poder disfrutar de cada segundo que nos la vida, porque un día tras un parpadear de ojos… te verás mayor, con una vida no vivida ni experimentada.

Pero no os preocupéis, si no lo haces, será el Maestro el que te saque de tu dulce camita calentita y no será la primera vez que, tras un día duro, me levante con un cubo de agua… y os aseguro que no es nada grato, aparte de tener que secar la cama para esa misma noche… Jajaja…

Poco a poco voy aprendiendo las normas o condiciones que hay en esta casa, son básicas y normales, según tú forma de pensar o de ver la vida, según improntas adquiridas e implantadas por tu entorno, lo cual difícilmente podrás ver a no ser que alguien te haga verlas con mano izquierda y sutileza, en lo que el Maestro es sin duda un experto, según mi visión.

Para mí desolación el día sería casero, bueno hay cosas que cuesta digerir o ver, pero todo tiene su sentido, aunque cuesta algo de asimilar…

-Buenos días estimado amigo, ¿cómo fue la noche? espero que la cama no fuera muy dura.

-Bueno es mejor que el asfalto y eso es de agradecer.

-Qué bien huele el pan, ¿quién lo hace?

-Tengo un pequeño horno en casa, a veces cuando tengo ganas lo hago yo mismo…normalmente me gusta ir a buscarlo, es grato charlar por las mañanas, hay que ser sociable y aquí la gente es muy de estar por casa. Cuando vas a buscar el pan no cambias de lugar o de energía, solo trasladas tu energía y la compartes.

Podía escuchar el crepitar de la leña en la chimenea, cómo el fuego ascendía y se perdía en la oscura chimenea, para convertirse en materia libre, tras un largo presidio con cuerpo de madera…

Eso dice el Maestro que somos energía, que ocupamos un cuerpo y tenemos que aprender de otras energías, para no atarnos a un vehículo que usamos, pero que ni mucho menos tenemos que dejar de atender como tal, pues sin él no somos nada y nunca llegaremos a cumplir con nuestra misión, que está marcada por nuestra forma de cuidar nuestro cuerpo que es nuestro hermano de fatigas.

-Cuidado que quema, está recién hecho.

-¡Gracias! es de agradecer el calor del té y a su vez agradable al tacto de madera caliente…

Mi mente volaba en el tiempo, en fracciones de segundo, como si tuviera vida propia y me veía en casa de mi madre, pegado a una antigua estufa de gas que me calentaba, antes de ir al colegio, con una taza de leche con Cola-Cao.

-Es agraciado, Maestro. Tiene todo lo que uno añora y busca, un hogar, donde sentirte vivo y a su vez poder formar parte de algo. Eso, es difícil de encontrar, hasta hay gente que mataría por solo una fracción de esto.

-Bueno, lo difícil de tener algo no es el tenerlo, sino saber valorarlo como tal, podemos tener mil cosas y nunca tener nada que en verdad valoremos y cuidemos.

Mientras el Maestro compartía este sentimiento se acercó a la tetera para poder coger un poco más de té…

-Pero hay personas que, tras una vida, le preguntas si encontraron lo que buscaban y responden ¡No!

Y tras muchas horas de charla se dan cuenta de que lo que buscaban estaba en sus manos, que solo tenían que estirar la mano y cogerlo… y te preguntaras: ¿cómo?

Pues, cuando das la oportunidad a alguien de que te dé lo mejor de sí mismo, como no atreverte a dar lo mejor de ti mismo, sin limitaciones, sin reglas, sin impedimentos, ni normas…

Dar sin esperar, eso nadie lo hace, las personas somos mentales, funcionales. Pedimos lo que no damos y no damos lo que pedimos.

Este es un mundo mental, donde podemos llegar a comprendemos, pero como acto de protección no bajamos la guardia, por el simple miedo al dolor, al ser vulnerables. Eso nos impide ver ese sagrado lugar, que dejamos de ver, porque es más fácil, por eso tras mil caídas nos preguntamos: ¿Por qué a mí? ¿por qué nunca fui feliz? y entonces la mente que es muy sutil y el ego muy sabio… empiezan a realizar lo que más le gusta… buscar culpables… y con eso nos aliviamos y nos creamos un estado que tardé o temprano, termina saliendo y como no… hacernos ver lo peor de nosotros mismos.

Lo que elude una gran pregunta, que muchos ni siquiera se atreven a preguntar o pronunciar: ¿seré yo el culpable o lo son los demás? entonces sale aquello que nunca supimos ver… la verdad… pero la mente va aún más lejos y se engaña a sí misma... y si son los demás los culpables y yo solo soy una víctima en toda esta historia... y así es como se vive una mentira, la cual nos hará más ciegos...

Hasta que un día una enfermedad, un estado de soledad hace mella en nuestra alma y como si un día sin esperarlo topáramos con un muro de hormigón… y delante nuestro solo hubiese una opción… ver la imagen del espejo que hemos creado que muestra todo lo que se perdió y no tuvimos, por esa gran ceguera llamada ego y egoísmo, que nunca nos llevó a ningún puerto. Tras decir eso cogió una tostada recién hecha.

-La verdad es tan frágil como esta tostada y dicho esto, la partió por la mitad... pero de una forma u otra, podemos unirla y reconocer que la separatividad está hecha de creencias, suposiciones y limitaciones que uno crea a lo largo de su vida… y como si fuera magia la volvió a unir y me la ofreció...

-Puedes hacer de tu vida lo que quieras, solo rompe tus patrones mentales y humanos.

Me quede de piedra…

-¿Cómo has hecho eso?... unirla...

-Yo nunca separe nada, solo use la capacidad de la materia para mostrarte lo limitados que estamos… "y dicho esto, volvió a tomar un sorbo de té"…

-No hay límites, salvo los que tu mente ponga. En esta vida hay que tener control sobre cuatro elementos: agua, fuego, tierra y viento, cuando domines esas cuatro facultades, podrás cambiar lo que toque y corresponda, nunca fuera de las leyes del libre albedrío, las cuales rigen para todos por igual y con distinta forma, según actos y crecimientos personales.

Y hoy aprenderás a desvincularte de tus adicciones, dependencias, las cuales hacen que no puedas ver más allá de ti mismo, o en su caso no potenciar tus cualidades, las cuales tienes que despertar, pues ya hace mucho que están dormidas.

Tras terminar y recoger los utensilios del desayuno, pude ver al Maestro poner dos sillas una delante de la otra en la mitad de la sala y en una se sentó él con su bastón, mientras yo terminaba y me unía a él.

-¿Y ahora qué hago? pregunté.

"El Maestro me miró y con una sonrisa de complicidad"…

-¿Ves ese armario de puertas grandes?

-¡Sí!... "contesté".

-Bien, pues ábrelo y encontrarás dos cajas grandes.

"Me dirigí a dicho armario y saqué dos cajas grandes con sus tapas correspondientes"

-Ponlas una a cada lado de la silla y siéntate…

"La verdad es que las cajas pesaban un poco y yo estaba intrigado"

-Ahora ves y recoge tus cosas para poder hacer uso de ellas.

-Bueno ahora vamos a desvincularte de todo aquello que te impide o limita tu estancia en este lugar, que es necesario para tu crecimiento personal. Muchos antes que tú optaron por hacerlo, pues aprendieron que, en verdad, no podían estar entre dos aguas….

-Ahora ya puedes destapar las cajas y ver que hay dentro de cada una de ellas...

Abrí la de mi izquierda, estaba llena de tarjetas Sim de móviles de todas las marcas, unas más viejas y otras más nuevas...

La otra caja estaba llena de móviles, Pas, iPhone, tabletas, portátiles, agendas personales, vamos todos los soportes tecnológicos que se pueden tener en la actualidad...

-¿Y todo el mundo dejo aquí sus propiedades?

"El Maestro volvió a sonreír"

-Tu sólo ves un objeto que valoras por lo que es, ellos vieron sus ataduras y limitaciones, pero aquí no te hará falta, aquí serás tú la máquina, el cerebro, el instinto hará que decidas cómo actuar en cada momento...

-¿Y nadie se lo llevó?

-Cuando salieron de aquí, su conexión era tan grande que para saber de alguien o contactar con alguien, sólo les hacía falta ser ellos mismos.

La verdad es que algo dentro de mí se aferraba a eso que yo llamo tecnología, cuando cogí el móvil y saqué la tarjeta, sentía como si abandonara a mi madre, a mis amigos y mis seres queridos, pero me di cuenta de que estaba solo, que solo eran anclajes, dependencias, algo que más que ayudarme, me hundía en mi pasado...

-Yo saldré un rato, te dejo para que reflexiones… y pienses que es lo que quieres en tu vida. Nadie te retiene, ni te limita, eres tú el que tienes que elegir lo que quieres conservar y lo que dejas partir…y quizás algún día hagas como muchos… dar gracias por todo y hacer su nueva vida...

-Aquí no hay rejas, ni cerrojos, eres libre de irte o de quedarte, pero si te quedas, nunca volverás a ser el que eras, serás más bien un hombre nuevo y eso es lo que has de ver, sopesar y valorar tú mismo.

Vi al Maestro levantarse con su bastón, viejo compañero de caminos...

-¿Y si decido irme?

Me miro con una ternura que jamás nadie me regalo.

-Nadie te obligo a venir y nadie te obligará a quedarte... eres tú el que decides que quieres hacer con tu vida, mira tú pasado, ese ya lo conoces, es de dónde vienes... el futuro aún está por escribir y eso es lo que has de ver o por lo menos valorar...

Oí que la puerta se cerraba, pude sentir el alma de alguien que apenas conocía, al darme un futuro sin esperar nada a cambio, hacía mucho que nadie hacía algo por mí...

Miré los objetos, podían valer miles de euros en el mercado, pero vi que solo eran… eso… objetos sin vida, inanimados, que sin una persona que los utilizara, solo eran eso objetos muertos, que no servían para nada… y una tras otra, fui separando tarjetas, móviles y demás objetos. Solo me quede con una cosa… los anillos de casado, pues aún tenía limitaciones, apegos sentimentales a algo que ya hacía mucho que partió…

Al poco tiempo, escuche el inconfundible sonar del bastón golpear la madera envejecida por el tiempo, me miró a los ojos y comprendió mi decisión...

-No muchos deciden, solo unos pocos... entonces cogió las cajas y las fue llevando al armario...

-Me queda una cosa, lo malo es que no va en ninguna caja...

-Creo que sé dónde la puedes usar, ¿si es de tu buen ver?

-Sí, creo que sí...

-Coge tu abrigo que hace frío...

Me llevó a un viejo orfanato que se encontraba en un estado muy deplorable…

-Bueno esta es una opción de cientos de miles...

Al llegar a sus puertas pude ver a un niño sentado en una vieja silla de madera, al no tener una silla de ruedas para poder moverse y así infinidad de cosas más...

-Hola, te presento al futuro alumno...

La joven enfermera respondió: si sabemos de usted y nos complace poder acogerlo en nuestra humilde casa...

-No, el honor es mío, al poder comprobar que son un ejemplo a seguir por las generaciones venideras...

-Y en que puedo ayudarles...

-Bueno, más bien soy yo el que quiero ayudar, ¿si no es mucho pedir?

-¡Aquí una mano nunca está de más, sino al contrario...

-Tengo unos viejos objetos, que ya no me sirven en mi camino. Estiré la mano y se los di... la chica no se lo podía creer, elevó el rostro bañado en lágrimas… y me dijo: Dios es grande y ha escuchado mis plegarias…

El niño de la silla, al verla llorar, le preguntó: ¿Sor María, está bien?

-Sí, Millas. Dios te mando una silla de ruedas y camas para todos.

La joven salto a mis brazos, diciendo: Gracias, gracias, no sabe cuánto llevo rezando y rezando... me emocione como un niño al que le regalan un juguete nuevo...

-Ahora entendí lo que el Maestro me quería decir... solo son objetos que nos impiden avanzar, pero que a otros les allanan el camino que eligen en su duro caminar…

Tras salir del orfanato... el Maestro me preguntó:

-¿Sabes lo que has dado?

-No, bueno si... al final he dejado algo que me pesaba y que ya no forma parte de mi presente...

-Aquí no hay oro desde hace más de cien años, cuando se agotaron las Minas Negras...

-Con cada anillo podrán hacer un nuevo orfanato, camas y sillas para todos los niños...

-Ahora entiendo lo de…- ¡He rezado y rezado!

"Entonces me pare y pensé"…

-¿Sería este mi destino, que estaba ya marcado?

Volví a escuchar al Maestro

-Hay deudas que sin saber cómo, terminamos pagando de corazón.

-Dar sin esperar nada a cambio.

-¿Entonces en otras vidas hice lo contrario y ahora lo devuelvo?

-No corras, no corras, ya habrá tiempo de explicarte ciertas cosas...

-Jope, ¿no me dejará así, sin respuesta.?

-¿Qué has dicho?

Mi mente volvió a parar y volver al mundo terrenal, y tras la reflexionar, dije…

¿Eso me costará la cena?

-¡Pues sí!... "dijo él"

-Maestro acabo de hacer un pedazo de obra, ¿no me va a perdonar esa cosita de nada?

-El acto no te exime de culpa...

"Entonces usé lo que siempre funciona con mi madre... y le dije...

-¡Por fa, unas tostaditas, que la noche es muy larga!!

-No te va a servir el truco de tu madre…

"y siguió andando"... "mi mente seguía pensado"... -¡Qué hambre voy a pasar!! y de lejos escuche...

-Sí, mucha, mucha, a lo mejor te rebajo el castigo

"Y como un niño que consigue su objetivo, me fui dando saltitos... y así es como un hombre de treinta años iba dando saltitos, tras consiguió un pequeño gran triunfo"... ¿o fue el niño interno?

El pasado es un anclaje que nos une a nuestros miedo, temores y dudas, los cuales van acompañados de una creencia, que justifican nuestros actos cometidos, como un justificante, para no ver, aceptar y reconocer que había otros caminos, otras soluciones. Alma

El don de saber escuchar

Entre las tareas que habitualmente hacía en la casa, estaba como no, la de estar presente en las consultas que el Maestro solía hacer al cabo del día y que no eran pocas, de hecho, parecía un mercadillo con tanto ir y venir gente. Lo que más me fascinaba era poder ver la conexión de su alma, sabía hacer cada gesto, cada movimiento, nunca decía más de lo justo, con palabras cortas o frases ajustadas, que decían más de lo que yo llegaba a entender y comprender…pero con el tiempo descubrí la sabiduría, la cual me hizo ver, entender comprender, de ahí que…

El mejor sabio no es aquel que lee mil libros, ni recorre mil valles… más bien es aquel que conecta con su esencia, que le redescubre quién es y lo que es. Alma

-¡Pase, en seguida el Maestro le atenderá!

-Gracias, me irá bien descansar un poco, hace días que camino y el tiempo no acompaña.

-¿De dónde viene?, si no es mucho preguntar...

-Vengo de Bahía, bueno hace poco que estoy aquí y no sé qué distancia hay…

"Entonces escuché al Maestro decir:"…

-Está a unos cincuenta kilómetros rio arriba y con este tiempo es como recorrer cien kilómetros entre charcos, barrancos y temperaturas bajo cero y más si viajas de noche. Te tengo dicho que no vengas, que ya me desplazo yo en el carro, no estás para muchos trotes y ya tienes una edad… le dijo mientras le cogía la mano y le miraba delicadamente como si de una delicada rosa se tratase.

-Lo sé, pero es urgente.

-Mucho, si te ha hecho salir de casa.

-Bueno, cuéntame… tengo curiosidad.

Ella miró al Maestro, como preguntándole si podía confiar y si era apropiado contarlo delante de mí.

-Tranquila, es una gran alma.

-Hace dos noches, vi salir lobos del bosque, dirección a la montaña, pensé que era normal, por el tiempo y la subida del río, pero no era así, tras dos lunas bajaron unos excursionistas del lado norte, uno de ellos era una mujer, la traían muy tapada, pues tenía una herida en una pierna. Me preguntaron por un médico y les dije que el único estaba a unos cincuenta kilómetros de distancia, al saberlo se pusieron pálidos, como si la muerte les persiguiera.

-¿Cómo estaba la mujer?

-Según pude ver, tenía una herida en la pierna... era del otro lado...

El Maestro se apoyó en su bastón y pensativo se acercó a las ascuas… estiró su mano y echó un leño al fuego… y mientras miraba al fuego... le dijo:

-¿Por qué vienes a mí?

La anciana, se levantó y contestó:

-Tú sabes cómo pararla, me lo dijo el bosque....

El Maestro ciño las cejas diciendo:

-A veces no es cuestión de parar, matar o encerrar algo, es más bien, jugar a su juego y seguir las reglas... mientras el rojizo del fuego se reflejaba en su rostro...

-No hay reglas para ella, no juega según nuestras leyes, solo actúa por venganza, instinto y ganas de poder.

-Ella sabe muy bien quien soy y como juego, no creo que le interese que entre en su… Plan o en lo que sea que esté buscando... Entonces, la miro a los ojos y le dijo:

-Has acertado en no dejarla seguir camino, hubiera sido su muerte...

-Creí que era lo más adecuado, según las circunstancias.

-Has hecho lo correcto...

-¿Cada cuánto tiempo tenía dolores?

-Cada cuatro horas...

-No tiene mucho tiempo y la distancia es muy larga, ya a estas horas tendrán cercada la casa...

-Bueno establecí un perímetro sagrado de mil metros...

La miró y sonrió...

-Veo que no eres tan inocente...

-Aprendí de un gran Maestro...

-Solo soy un peregrino más, con algo más de conciencia, mi querida hermana, le dijo, mientras rozaba su mejilla con su mano diestra.

-Mi querido hermano, salimos en quince minutos, prepara comida, mantas y curas… especialmente una caja de madera que encontrarás en ese armario...

-Sí, Maestro...

-Respecto a ti... no estás preparado para esto, si quieres te puedes quedar, es algo mío, lo cual no está a tu nivel evolutivo… ya tendrás tiempo de conocerla en su debido momento… no te quepa duda de ello…

-¿Conocer a quién?...

-A la Dama del Bosque… a todos se nos presenta una vez en la vida, como una prueba de fe que superamos o caemos. De ahí que muchos lo intenten y pocos lo consigan, pues muchos insensatos se adentran en su juego, donde morir o vivir es cuestión de un simple hilo, el cual decide tu destino. De ahí que primero se nos den raíces, conocimiento y Maestría, para superar un peldaño más en la vida de todo ser de luz.

-Hay un pequeño problema... "respondió la anciana"…

-Lo he visto jugar entre los árboles... la noche en que los lobos salieron, lo vi a él que llevaba una antorcha, la cual hacía que la noche fuera día...

"El Maestro me miró, sorprendido"...

-¿Estas segura?...

-Cuando me abrió la puerta esta noche, supe que algo lo había traído aquí… y ese algo escapa a nuestro conocimiento...

"El Maestro se acercó a mí"...

-Parece que tu destino está unido al mío, más de lo que yo creo. Está bien, vendrás conmigo, no te separes de mí, pase lo que pase, en la montaña...

"Eso me acojonó, pues hasta ahora nunca el Maestro me había dado una orden tan firme como aterradora, por lo que ello conllevaba"…

-¿Quién soy yo?

-Buena pregunta hermano, buena pregunta...

"Me sorprendió, de nuevo, al leerme el pensamiento"...

-¿No sabe lo que es la intimidad? es que me siento desnudo cada vez que lo hace y me da una rabia.

"El Maestro se echó a reír"...

-No te preocupes… si yo te oigo, ella también... salimos en diez minutos.

-¡A veces pienso que se chulea de mí.!

"Entonces el Maestro miró a la anciana"...

-¡Así todo el día!...

-No te quejes tanto, es tu viva imagen cuando tu tenías diecinueve años...

-Yo no me quejaba, tanto solo compartía opiniones...

-Sí, lo que tú digas... "sentenció la anciana, lo que hizo que nos riéramos a la vez los tres"…

Y con estas risas comenzó uno de los viajes más increíbles que pude vivir en este nuevo mundo espiritual.

Un día el peregrino, llegó a Compostela, cansado, fatigado y lleno de recuerdos… personas, imágenes y un tobillo dolorido… pero algo le faltaba, al darse cuenta, lo buscó… vació su mochila, la volvió a vaciar… y nada... algo le entristeció, lo que hizo que su mirada se fuera apagando por momentos…

-¿Qué tal, compañero, como fue el camino?

-¿Camino?... Cerró los ojos y respondió, tras coger su bastón…

-Aún, no lo he empezado…siempre pensé que, haciendo este camino, conseguiría mi meta y me he dado cuenta de que mi camino… más bien, no está en este mundo…si no donde nunca quise ir y nunca fui…

-¡No te entiendo!

El camino hace al hombre… El alma hace el camino. Alma

La Dama del Bosque

Tras depositar mis cosas en un viejo carro de tirado por dos caballos, me senté detrás, con mis pensamientos. Miré al cielo, estaba deslumbrante con un hermoso manto de estrellas que me tranquilizaban, dentro de mis sentimientos… tras un rato, anhelaba mi coche de Nueva York, pues los baches eran considerables, pero también tenía su encanto, pues solo se escuchaba el rodar de las ruedas, sin bullicio, sin estrés, eso me hizo respirar profundamente y entrar en un estado de relajación, que me hizo cerrar los ojos poco a poco, mientras de fondo escuchaba hablar al Maestro y la anciana.

Mi mente viajó en el tiempo, a un valle frondoso y un prado verde, muy verde, era como una moqueta verde, donde había dos personas de las que algo me indicaba algo que se escapaba a mí entender y comprensión.

Había tomado el cuerpo de una mujer, podía sentir sus sentimientos, preocupaciones y responsabilidades… incluso podía mover las manos, como acto de sorpresa, como si estuviera asimilando lo que estaba viviendo.

-Adhenea, no te alejes tanto...

-No te preocupes, mama, ahora me acerco un poco más.

La niña recogía flores para regalárselas a su madre y adornar un pequeño jarrón, que siempre renovaba cada mañana, para poder estar conectada a su hermosa tierra. En eso que la niña levanto la vista y pudo ver unos nubarrones negros…

-Mama, creo que va a llover, se aproximan nubes...

-No es posible, es un día muy limpio... La madre se quedó mirando el cielo como sopesando o intentado discernir…

-Esto no son nubes, Adhenea quédate aquí, hasta que yo venga.

-¿Pero mamá?

-No hay peros, si pasa algo y no regreso, vete a casa de la tía Mery, ¿lo has entendido?...

La niña con cara de susto asintió con resignación, como dando por perdida su voluntad...

La madre tras dejar a la niña, emprendió camino por el sendero de tierra y piedras... a los cinco minutos, escuchó unos pasos tras de sí, y se sobresaltó...

-¿No te he dicho que te quedes allí?

-No puedo, tengo miedo...

-Está bien, pero no te separes, pase lo que pase.

Con el paso del tiempo, cada vez era más evidente de que algo pasaba en el pueblo, explosiones, gente corriendo de un lado a otro.

Los pensamientos de la mujer eran cada vez más y más pesimistas, el castillo estaba en llamas y el bombardeo de las balas de cañón era casi continuo. La mujer apretó con más fuerza a su hija...

-Te tendrías que haber quedado...

En un acto de supervivencia, empezaron a correr hasta la entrada del castillo... hombres muertos, heridos y gente llorando… entre las nubes de pólvora pudieron distinguir la entrada al palacio.

Tras correr entre escombros, consiguieron llegar a uno de los aposentos principales... al querer entrar, una espada se les cruzó en su camino, lo que hizo que se les cortara la respiración y que la madre cogiera a su hija entre los brazos.

-Perdón Señora, no fue mi intención...

-¿Dónde está el Rey?

-No entre, mi Señora, no es un lugar seguro y menos para la pequeña.

-Tengo que entrar, es mi marido quien se juega la vida...

-Como quiera Majestad...

"Tras una orden, se abrió el gran portal de madera, envejecido por el tiempo"…

-Mi amor...

-¿Cómo estás? ¿qué pasó?...

-Estoy bien, ya sabes que nunca te engañaría...

Mientras recorría su mejilla con sus manos...

-¿Quién fue?

-Lord de Ávila...

La mujer de rabia cogió una espada... El Rey, con más sabiduría que impulso, estiro su mano...

-No mi amor, no dejes que te lleve al otro lado, él se alimenta de tu debilidad, rabia ira. No le des el gustazo de verte perder tu luz, has de pensar en la pequeña, el intentara romper el linaje...

-Has de pensar en ella, en vuestro futuro, en el Reino, no hay oscuridad que apague nuestra luz...

-Deja que me despida de la pequeña...

-Tranquila, está preparada y es fuerte...

-Mi pequeña, papá va a emprender el camino hacia el Gran Valle, ¿te acuerdas donde van las almas?...

-Sí…

-Cuida de mamá y nunca os dejéis llevar al otro lado, sea cual sea la ofensa y oigas lo que oigas de mí o las historias que oigas, tú sabes que no son ciertas… ¿verdad, hija mía?

-Sí, se cómo trabaja la otra parte...

En ese momento, una niebla tenue me alejaba de esa visión, pues al mismo tiempo escuchaba una voz distorsionada y pude deducir que era la del Maestro...

-¿Estás bien, estás bien?

-Sí, si…

"El Maestro me miro a los ojos y me dijo"…

-No dejes que ella sepa de tu vida.

-¿Ella?

-Ella ya sabes mucho de ti, demasiado, mantente a un lado y no dejes que te muestre o te lleve a tu lado más oscuro.

¿Cómo sabía el Maestro, de mi visión?... No podía dejar de pensar en lo que había vivido en esos minutos, que para mí fueron eternos y muy reales.

Seguía viendo ese manto de estrellas, que seguía trasmitiéndome esa calma, que tanto buscaba…

El golpear, de las piedras con las ruedas de madera, era como una nana que me invitaba a dormir, a pesar de lo que había vivido hacía unos instantes.

Tras unas horas de viaje...

-Venga amigo, ya hemos llegado.

-Pude ver un bosque, muy espeso, de árboles de grandes raíces y frondosas ramas que parecían proteger la entrada, como vigilantes milenarios....

El Maestro se acercó a mí y me dijo:

-No te identifiques con lo que veas o sientas, mantente a un lado, con la mente en blanco, ella sabe de ti y eso no es bueno, pero sé que algo os une y tú tienes mucho que ver en este viaje...

-Pero ¿quién es ella?...

Me miró a los ojos, como buscando un rastro, un indicio...

-No cruces la fina línea de lo racional, ella intentara, llevarte a su terreno… eso no me aclaró nada, más bien todo lo contrario...

Tras recoger algunas cosas, dejamos el carro y nos fuimos adentrando en la espesura de la noche Búhos, serpientes y otros visitantes de la noche nos iban observando, mientras nos dirigíamos a un destino incierto y lleno de dudas, por lo menos en lo que a mí concernía.

Desde este punto teníamos que llevar antorchas, estábamos en la zona más complicada, entre dos aguas, donde la fina línea que separa lo presente con lo que yo llamo el mundo de los muertos, es casi nula, por eso cuanta más luz haya, mejor que mejor... decía la anciana.

Mientras decía eso, sentí una brisa en la nuca, pude sentir calor, un aliento que me hizo girar de golpe.

-No pude ver nada, pero lo había sentido y era muy real. Por el rabillo del ojo, puede ver una sombra a mí derecha... y un susurro se hizo presente...

-¡Está cerca, muy cerca! y ya sabes de quién hablo y como si fuera una cueva, una palabra retumbó dentro de mí…

-¡Tú hija!

En ese momento el Maestro se percató… y puso su mano en mi hombro...

-¡Vuelve amigo mío, vuelve!

-Esta vez me costó más de lo normal, estaba completamente fuera de mí, era como una espesa y densa energía que se aferraba a mi piel, mente y alma... y una luz cegadora apareció ante de mis ojos...

-No la dejes por nada, esta antorcha será tu protección, de ahora en adelante, tú destino depende de ti. Ahora ya sabe lo que quería, y lo usara.

En mi mareo energético, intentaba salir de mi estado, estaba mareado, con ganas de vomitar, pero sabía que era solo un efecto, como decía el Maestro: ¡se aprovechan de nuestras carencias!...

-La debilidad es como un portal abierto, absorben nuestra energía, pues de eso viven y de eso se mantienen...

Intenté recuperar la calma con la respiración, la energía perdida o robada... tras unos minutos encontré el equilibrio, la vista ya no era turbia, más bien muy clara, tanto que podía ver a más de ocho metros de distancia.

-Bueno emprendamos la marcha, esto sólo ha sido un aviso y hay almas que esperan nuestra ayuda...

Encontrándome a mí mismo

Seguía la estela de mis dos acompañantes, por un sendero lleno de ramas, que a veces no podía evitar y recibía algún que otro latigazo en plena cara. Con el paso del tiempo aprendí a ir un paso por delante del Maestro y evitar dichos acontecimientos.

La anciana paro de golpe, como si fuera topado con un muro…

-Hay que volver, el camino esta sellado...

-¿No hay otro camino más cercano?

-El que hay es demasiado denso, no creo que él pueda pasar y es un riesgo que prefiero evitar...

El Maestro me miro con esa mirada que tanto me llenaba de amor, paz y dulzura...

-Está preparado...

-¿Estás seguro?

-No me hago responsable de lo que pase a partir de aquí, sobrepasa mi conocimiento.

-Los caminos cambian, según creas en ti mismo, si le das el poder al otro lado es cuando perderás tu auténtica esencia... eso me decía el Maestro mientras posaba su mano en mi hombro...

La anciana respiro hondo, como si fuera encontrado esa luz al final de un túnel, donde todo, a veces es oscuridad.

Pude sentir algo extraño, en ese momento, los árboles hablaban entre ellos y podía ver cómo, incluso, movían sus ramas para facilitar el avance.

-¿Estáis viendo eso? o ¿es solo un sueño?… Los dos miraron hacia adelante y pudieron ver como la naturaleza se unía a nuestro caminar.

-No hay mejor Don que saber amar y creer en ti mismo, verás milagros jamás vistos por el ojo humano.

Estábamos viendo algo que no había sucedido en miles de años, cuando los seres elementales le dejaron al mortal el destino de este mundo, fuera cual fuera en sí mismo.

Pero algo me decía que solo era una tregua, una concesión que tendría un tiempo y tras dicho tiempo… volveríamos estar solos, pero era algo con lo que la Dama del Bosque no contaba… que entraran tres mortales en un bosque, a los cuales cambió e hizo más fuertes, más seguros de lo que tenían que afrontar, y sin duda alguna nos unió en cuerpo y alma ante una circunstancia que sería la iniciación que lo cambiaria todo, a la hora de alcanzar un peldaño más en un camino espiritual… que no había hecho más que empezar.

Más tarde llegamos a una cascada, desde donde se divisaba un hermoso valle, cubierto por una fina capa de nubes y una hermosa luna llena, que daba esa luz tenue que dejaba ver las copas de los árboles, a nuestros pies había una casa con una pequeña luz en la ventana…

-Hay luz, hemos llegado a tiempo... decía la anciana.

Pude mirar atrás, los árboles se retiraban, como unos fieles protectores en una noche muy larga, a partir de ahora sólo dependíamos de nosotros mismos...

-Es hora de bajar amigo mío, me decía mi estimado Maestro.

La bajada era pronunciada, pues el camino de noche no era igual, cualquier despiste te haría caer, de ahí que cogiéramos una cuerda y poco a poco fuimos bajando, por un destino que aún estaba por escribir…

Al llegar abajo, había una densa y espesa arbolada, apenas se podía distinguir un matorral de un árbol... algo me perturbaba, sentía sus ojos, su aliento...

-Casi podía verlo, aunque estuviera escondido…

Entonces pude verla de nuevo...

-Siempre te he buscado y sentido...

-¡Lo sé! de hecho esto, es solo una vulgar trampa, la casa solo es un cebo muy bien planeado...

-Veo que el Maestro te ha enseñado bien, a sentir y ver las cosas... yo mismo me sorprendía de mi forma de hablar y con la seguridad con la que lo hablaba.

-Me gusta en que te has convertido, has crecido mucho y eso es digno de ver...

-¿A qué juegas? ya sabemos los dos que es lo que nos une...

-Me gusta jugar y más si está en juego una presa de tan digno nivel...

-No soy tú presa, quizás te lleves una sorpresa...

-Lo dudo, sé cómo eres, como piensas y donde eres más débil, donde nadie ha entrado nunca, ahí es donde estoy yo…

El Maestro, se acercó a mí... volvió a mirarme a los ojos, asintió con la mirada...

-Recuerda, no te dejes llevar por tu debilidad, de eso se alimenta ella. Me gusta cuando muestras lo que en verdad eres, has elegido una forma humana y simple, pero siempre llamas la atención, no has conseguido pasar desapercibido, pero en la ciudad siempre has sido de los que resaltaba del montón...

-Por eso ella, se fijó en ti, eras especial y siempre lo supo...

-No quiero hablar de eso...

-¿Temor, miedo?

-Tú no sabes lo que es amar a nadie y nunca lo sabrás… sólo te guías por ansia o avaricia, tu ego te jugo una mala pasada y ahora es eres una sombra de ti mismo.

-Yo por lo menos se lo que soy y ¿tú?

-Quien me va a parar, otros antes que tú lo intentaron y sigo aquí, que puedes hacer que ya no hayan hecho tus predecesores...

Pude ver como se movía entre los árboles, acechando, calculando el mejor lugar para atacar.

-Es hora de que sigáis camino... el Maestro respondió...

-No vine aquí a perderte...

-O volvemos todos o no vuelve nadie...

-Por esta vez hazme caso...

-Os daré tiempo, el circulo de protección está apenas a veinte metros...

-Lo sé y sé cómo hacerlo...

-Sólo tendréis una oportunidad...

-Su ego la pierde, esa mi baza y es la opción que tenemos para salvar a esa mujer... el Maestro volvió a pensar, cerró los ojos… se fue a un árbol y cortó una rama...

-Esta es tu salvación...

-¿Una rama?

-Si justo lo que te hace falta...

-¿Algún día, me contara sus jueguecitos de niño? se puso a pensar...

-No, sería demasiado fácil... en toda la noche, esta fue la única vez que consiguió robarme una sonrisa...

-A pesar de todo me sigue sorprendiendo...

-Es un placer estar con usted, Maestro...

-El placer es mío...

-Salga ya y no lo piense más…

El Maestro índico a la anciana que se preparara para ir lo más rápido posible, la anciana no comprendía nada, pero sabía que no había otra vía, más que la que yo tenía.

-¿Te vas a sacrificar? que noble y egoísta por parte de ellos, son viejos no se les echara de menos…

-Tú tienes una vida por delante

-¿Por qué no sales de tu agujero? es hora de que te muestres, al fin y al cabo, es lo mejor que sabes hacer, trabajar en la sombra. ¿O te da miedo salir?...

-No tientes a tu suerte...

-Pues venga sal y muéstrate…

-Pude ver a un ser de un metro setenta de alto, con una especie de sotana negra, carcomida por el tiempo...

-¿Preguntáis si tenía rostro?, hay seres que su oscuridad es tan profunda que ya no tienen resquicios de su parte humana…

-Poco a poco se fue acercando, confiada, como muestra de poder y seguridad...

-Ya estoy aquí, ¿creías que huiría?

-Nunca lo pensé...

-¿De qué formas quieres morir? rápida o lenta, es un respeto hacia mi rival como tal…

Poco a poco me iba moviendo, para tener lo más cerca posible el círculo de protección, la verdad es que me temblaban las piernas, era algo que me superaba… pero tenía que tener sangre fría y jugar mis cartas…

-¿Quién te dijo que moriría hoy? tienes malos informadores, pensaba que te informabas mejor, pero veo que solo es fachada… me pasé, eso la enfureció...

-Pude sentir su aliento frio, su rabia, ira y ganas de venganza…

Seguía pensando en las palabras del Maestro…

-Esto es tu salvación... cogí la rama y la usé como espada...

-Y tú ¿de qué forma quieres morir?...

-Pequeño necio, insolente... me respondió, mientras se acercaba rápidamente, como la misma muerte que coge un alma...

-Ese fue mi segundo de gloria... cuando estaba justo encima de mí, salte sobre una roca y prácticamente volé por encima de ella…

Un grito seco, profundo y desgarrador surgió de su oscura alma…

Al saltar conseguí unos segundos, que eran vitales para mi…pero cuando ya casi estaba a punto de cruzar... se cruzó en mi camino.

-¿Dónde crees que vas?

-¿A por un té?

Eso la enfurecido tanto que perdió una décima de energía...

-No sé cómo fue o como pude hacerlo... elevé la rama y la prendí en llamas, era su final… había conseguido colocarla entre la luz y el circulo de protección, no tenía salida, era como intentar escapar de entre dos fuegos.

Mientras tanto el Maestro había conseguido cruzar el circulo con la anciana, ambos vieron lo ocurrido...

-Es como en mi visión... decía la anciana... un joven con una antorcha de luz que iluminaba un bosque...

-Has de impedirlo, no puede cambiar lo establecido, si ella muere se perderá el equilibrio, todo cambiará y ya nada se podrá controlar. Ella forma parte de la balanza has de evitarlo como sea... el Maestro volvió a cerrar los ojos...

-Algo me dice que aún no hemos visto nada…

-¿Cómo quieres morir? despacio o rápido... ese ser sabía que su ego le ganó la partida que su fin o su vuelta a casa era inminente y eso le aterraba...

-Cada vez que me acercaba a ella, era como si su piel se quemara al contacto con el fuego, tanto por delante como por detrás...

Entonces pude ver algo que me sorprendió…

-En el fondo de su alma, vi a una niña aterrada, como no sabiendo el porqué de esta situación…. como buscando a su madre a la que añoraba y pidiendo que la protegiera entre sus brazos... pero entonces recordé mi visión del Rey...

-Nunca dejes que te lleve a su terreno, él se alimenta de tu debilidad y odio...

El mensaje lo pude descifrar….

-Ese hombre me enseño que el mejor acto… es un acto de amor y de comprensión...

Volví de nuevo al lugar… respiré hondo y…

-¡Te puedes ir!... "Le dije a la Dama del Bosque. Le sorprendió mi afirmación de dejarla marchar sin más"

-Me puedes ganar, vencer, destruir… y ¿me salvas la vida? ¿porqué?...

-Aprendí que el amor lo cura todo…

-Es un acto de amor, no veo a un enemigo, tan solo veo una niña asustada, temerosa, que no sabe dónde está y quien es... me aparté y le devolví de nuevo su vida.

-Te arrepentirás, de esto y todas tus generaciones... mientras se escuchaba un grito ensordecedor en un bosque que empezaba a acariciar el sol del alba, mientras una sombra se difuminaba en la nada.

Cruce el circulo de protección y caí rendido en los brazos de mi Maestro...

-Has aprendido, que amando es como se salva uno a si mismo... "Me depositó en el suelto, para mi descanso"

-Tengo que ayudar a esa mujer…

Mientras desde el cielo se veía a un hombre, como si fuera una mariposa, mirando a las estrellas, con la mirada perdida, satisfecho de sí mismo… Sabiendo que este encuentro no sería el último con la Dama del Bosque, por la humillación infringida…

-Pero eso será otra historia. Ahora es el momento de descansar y recuperarme, pues aún tengo que volver a casa… Pero me seguía preguntando a mí mismo:

-¿Quién será mi hija?...

El sueño de una gota es llegar al inmenso océano, para unirse a la totalidad de lo que todo somos y buscamos y así poder decir… ¡Misión cumplida! Alma

Tierra de bonanza

Así lo cuenta mi Maestro...

Para poder tener cosecha, primero hay que saber sembrar, pues dicha cosecha dependerá de tu esfuerzo y del cariño con que la cuides a lo largo de un periodo, donde se decantará su futuro por un simple acto... Nunca dejes nada al azar, sé tu destino y mentor.

Tras una vuelta a casa dura, por el camino y por el esfuerzo realizado, llegamos y mi vieja cama era un hotel de siete estrellas, que jamás podría pagarme, por lo recibido en ese preciso momento.

Me aferré a mi almohada, como un niño se aferra a su pequeño osito de trapo… tras cerrar los ojos, me dormí, fue lo mejor en años...

-¿Se puede saber, que haces?... mire por el rabillo del ojo...

-¿Qué, que hago? descansar estoy muy malito...

-Venga déjate de tonterías que hay faena.

-Maestro acabamos de venir de un largo viaje y estoy muy cansado...

-La otra parte no descansa, con que, nosotros tampoco podemos.

Y como pude me levanté, cogí mis sandalias y mi viejo abrigo...

-Bueno, ya estoy Maestro, ya podemos irnos...

El Maestro se quedó mirándome como no dando crédito a lo que veía...

-¿A dónde vas?

-Ha dicho que teníamos faena…

-Pero no he dicho donde...

-Jope, Maestro avíseme de estas cosas, que siempre me pilla a contra píe... y soltó una medio sonrisa.

-¿Has dicho jope?...

Vamos fue como recibir una descarga eléctrica por sorpresa...

-¡Huy! que va solo ha sido el sonar del viento...

-¡Ya! Eso te costara las madalenas... bajé la mirada como dándome por pillado...

-¡Bueno! y ¿qué es lo que tenemos que hacer?...

-Acércate y lo verás por ti mismo... tras dejar el abrigo y sentarme en uno de los sillones de madera…vi delante de mí una campana, con un trocito de madera…

-¿Qué es esto?

-Es una campana tibetana, sirve para unir lo material con lo espiritual...

Cogió el bastón de madera y la parte de la campana, donde se sujetaba y empezó a rotar el palo por el filo de la bóveda de la campana, en ese momento un sonido agudo salió de ella, recorriendo cada célula de mi piel, un sonido especial, de los que es difícil de olvidar…

-Cuando un alma se une con su interior sagrado, se crea un vínculo sagrado, esta campana lo que hace es demostrar el nivel al que estamos de **unidad con uno mismo**, es como una prolongación de ti mismo.... Por eso hay que trabajar con ella, no es fácil, de ahí que se lleve horas el poder hacerlo, pero para ello primero hay que trabajar internamente, tener raíces, sabiduría, esto no es sentarte y girar el bastón, más bien ver a qué nivel espiritual estamos y hasta donde hay que llegar, para estar en armonía con uno mismo.

-Eso está chupado...

-¿Ah sí? pues veamos hasta donde te domina el ego...

Como pude, pues soy patoso con las manos, cogí la postura y empecé…

Ni un sonido, me quede sorprendido...

-Bueno, es la primera vez, usted ya verá que pronto lo hago...

Tres horas más tarde... estaba de los nervios y sudando, como un cerdo…

-A mí no me vence una campanita de nada... entonces, vino el Maestro

-El saber estar, no implica una lucha... cuando algo no sale, es mejor desconectar de tus tensiones, así sólo pierdes energías y no compensa dicho esfuerzo...

-Solo has de ser tú mismo... te bloqueas internamente y no fluyes, de ahí que el intento sea nulo y malogradamente pierdas más de lo que ganas...

Me di por vencido y me fui a dar una vuelta a la montaña, pues realmente estaba agobiado por empeñarme en que lo podía hacer. En el trascurso de mi caminar, opte por la senda del río donde solemos pescar con el Maestro.

Pude ver a un niño con una caña, me acerqué a él para ver como lo hacía y así desconectar un poco... que ignorancia la mía, cuando el destino sigue su propia partida...

-Hola, buenas tardes ¿cómo va la pesca?

-¡Hola! bien, pero hoy no es mi día, no consigo poner el cebo...

-Quizás te iría mejor dejarlo por un rato… ¿te apetece jugar al tres en raya?

-¡Bueno! creo que será una buena opción… nos pusimos a jugar y perdió dos partidas seguidas. Estaba estresado, tenso, perdido en sus pensamientos, sin encontrar su equilibrio. Eso lo sentía yo de una forma muy intensa... de repente le vi coger aire, muy profundamente, desde el estómago hasta los pulmones, lo retuvo durante unos segundos y tras cerrar los ojos lo soltó muy despacio… los abrió… y pude sentir y ver como encontró el equilibrio... Volvió a la partida y en un segundo me ganó con solo un movimiento...

-¡Huy! perdona... volvió a su caña y esta vez consiguió poner el cebo a la primera… podía ver en su mente como su padre, antes de morir, le decía...

-Nunca luches contra corriente, siempre para, piensa, sopesa y actúa en consecuencia...

Terminó de tirar el cebo...

-Bueno es hora de que siga, gracias por las partidas...

-De nada, a ti por lo que me has aportado… y cuando ya me iba...

-¡Ah! tú también tienes a un hombre que hace de padre y te enseñará lo mismo que me enseño el mío, en su momento.

Me sorprendió, de qué forma conectaba con la energía y su claridad a la hora de trasmitirla.

Al llegar a la casa, me acerqué a la mesa, donde estaba la campana y la cogí con delicadeza. Respiré hondo e hice girar el trozo de madera… durante cinco segundos pude escuchar un leve sonido que me hizo vibrar hasta mi quinto chacra de una forma intensa…

Mientras tanto, el Maestro me observaba desde el marco de la puerta y con un té en la mano...

-¡Ya veo que has conocido a Lucas...

Solté una lágrima, por la emoción de conectar con esa energía que, de una forma u otra, deseaba tanto, como ese niño al poner el cebo que su padre le enseño a colocar...

-¡Vas, bien! solo te falta un poco de práctica y sacar los desechos de tu vieja casa y llegarás a conectar tan profundamente, que nunca olvidarás la lección… Sólo ten paciencia y no te juzgues tan duramente, todos pasamos por ello y casi todos lo superamos tarde o temprano.

Tras unos segundos… escuche que llamaban a la puerta, deje la campana en la mesa…

-Era una niña morena de ojos negros que traía una cesta de mimbre entre sus manitas...

-¡Hola…! me dijo.

Me arrodillé hasta ponerme a su nivel de visión...

-¿En qué te puedo ayudar?

-Mi pajarito tiene un ala rota...

-¡Huy que bonito! ¿cómo se llama?

-Rayo, me lo encontré un día de tormenta, pero no puede volar y mi madre me dijo que me tenía que ocupar de él hasta que pudiera volar...

-¿Tú crees, que volverá a volar de nuevo?

-¡Claro! solo le hace falta que le des mucho cariño, el resto lo hará la Madre Tierra… "le puse la mano en su hombro"...

-Anda pasa, seguro que el Maestro tendrá algo que le ayude a volar de nuevo... y así es como terminó un día de bonanza para todos, incluido este pequeño ser que un día su instinto le jugó una mala pasada, al igual que a mí esta tarde al pretender ir contra viento y marea.

Y como dijo el Maestro: Si la otra parte no da tregua… ¿Por qué nosotros sí?

Es una frase que hay que saber leer, entender y como no... dar una justa respuesta... que espero sepáis ver desde la mirada de la inocencia sabia de ese niño interno, el cual todos llevamos dentro.

¿Marta que haces?, como me cojas frío no sabes la que te meto, ven aquí ¡ya!… pero Marta seguía bajo el agua en aquella vieja plaza de tierra, dando vueltas y vueltas como una noria, riendo y siendo feliz en una edad en la que los niños, no buscan ni piensan… más bien, se funden con la vida… De lejos se entremezclaba la voz de su madre y la de su novio…

-Marta, Marta…

-¿Qué haces? vuelve…

Se podía escuchar un eco en la distancia, que hacía volver a Marta a esa callejuela de Barcelona…

-Sentirme viva, eso es lo que hago... nunca dejes de ser…esa pequeña niña. Alma

Un pasado que nunca muere

Se podía ver el pasar de los peregrinos, por las mañanas, unos llevaban muchos bultos, otros apenas unas ropas de repuesto. Así es como se podían ver los días pasar, de Almas con sus cargas y limitaciones, por ello el Maestro nos hace ver y aprender que arrastramos todo aquello que nunca dejamos, que insistimos en remolcar, como una vieja caravana que el tiempo ha ido mermando, envejeciendo y cómo no desgastando. Ruedas gastadas, faros con poca visibilidad, chapa corroída y un motor que ya no enciende, pues sus conectores, ya hace mucho que dejaron de tener esa divina y apreciada conexión con lo que en verdad somos. Porque, al fin y acabo, es una imagen de nosotros mismos, que nunca vemos o nos negamos ver, de ahí que, a veces y muy a menudo, el Maestro tenga su peculiar visión o labor de desengancharnos de unos hábitos de los cuales somos fieles creyentes y devotos seguidores, pero como todo en este mundo o plano de conciencia, el destino nos marca un camino el cual no podemos evitar, pues nuestra chispa divina va unida a lo que nosotros llamamos… ¡Evolución!

Brasil, año presente…

-¡Hola! Buenos días, busco al Padre Michel...

-Pues ahora no está, ha ido a las aldeas y no suele venir en varias semanas...

-Es muy importante que hable con él...

-Mire le entiendo, pero me es imposible ayudarla...

-Por favor, ayúdeme, vengo de Europa y él es mi única oportunidad...

El joven, le respondió:

-Sólo le queda ir a las aldeas, pero no se lo aconsejo, el camino es largo y una mujer blanca aquí, es un plato muy suculento para las mafias y como no, a que le roben...

-Mire me sé defender muy bien y no es la primera vez que voy a un país donde te matan por un reloj...

-El joven la vio muy segura...

-De acuerdo, vaya a esta dirección y pregunte por el Sr. Jack, él se ocupará de todo, pero es un hombre muy especial, solo viaja con sus normas y si no las cumple la deja en medio de la selva y le da igual que sea mujer...

-Gracias, por ayudarme y por la información...

-¡Ah! recuerde una cosa… nunca dé nada por hecho, ni por seguro, de ello dependerá de su vida...

-Nuevamente, gracias.

Mientras tanto…

-Venga que no tengo toda la noche...

-¿Qué prisa tienes, ya has ganado cinco manos?

-La Diosa Fortuna está enamorada de mis manos, que le voy yo a negar o decir...

-Venga no sea malo e invíteme a una copa.

Jack cogió a la joven y la sentó entre sus piernas.

-Ya sabes Venus que no pago copas...

-Eres un cerdo...

-No más de lo que haces tú para llevarte una buena propina a casa y yo no te juzgo por ello...

-Eres…eres...

-Lo sé, un cerdo... "dicho esto la cogió y la beso en los labios"

-Venga Jack, no eludas la partida que nos debes mucha pasta...

La joven se soltó de sus zarpas...

-¡Ojalá Dios te de una muerte rápida!

- ¿Para quedarte sola con estos salidos? me echarías de menos, muñeca...

-¿Por qué siempre terminas dándole la vuelta a todo?

Estiró la mano y le dio un cachete en el culo...

-Porque somos de la misma calaña.

En ese momento se escucharon silbidos en la taberna…

-Menuda morenaza...

-Dios dame una cadena, para ser tu esclavo...

-¡Sigue soñando!

-Encima es de armas tomar...

Mientras se escuchaban carcajadas en la cantina…

-Busco al Sr. Jack...

-¿A esa escoria? yo de usted saldría por donde ha entrado...

-Mira Jack, parece que alguien te busca, pobre desdichada y que karma ha de tener contigo… jajaja...

-Anda déjame ver…

-Pues sí… ¡vaya morenaza!

-Ten cuidado tiene uñas...

-Esas son las que más me gustan...

-¿Es usted el Sr. Jack?

-El mismo que viste y calza...

-Estoy buscando al Padre Michel...

-Pues aquí, no está...

Lo que provocó las risas de los presentes…

-¿Es igual de estúpido con la gente? o ¿le viene de nacimiento?

La camarera le respondió...

-Tranquila es de nacimiento, se crio con seis hermanos, de ahí su casta de cerdo con las mujeres...

-Perdona, ellos aprendieron de mí...

-Jack eres la monda, pero te ganas enemigas, vayas donde vayas...

-Yo no las busco, ellas me buscan a mí.

-¿Para qué busca al Padre?

-Me hace falta hablar con él...

-¿Pecados impuros? ...Jajaja…

-No seas tan condescendiente y vayas a purgar sus pecados, que seguro que son más de los que yo tengo...

-Pues vaya a la Iglesia seguro que lo encuentra allí...

-No, Sr. Jack está en las aldeas, por eso me hace usted falta...

-¿Y qué pinto yo en las aldeas? ¿no querrá que coja los hábitos? Jajaja...

-Quizás le hiciera falta algo de humildad, pero el infierno está más acorde a su energía personal...

-Caramba Jack… te ha tocado la horma de tu zapato...

-Si me sigues pinchando te irás sin ropa a casa y a ver como el explicas eso a tu mujer

Mientras dejaba el puro en el cenicero y se incorporaba del asiento...

-Lo pillo Jack, lo pillo...

-Pues no se me ha perdido nada en las aldeas señora mía...

-Yo no soy nada suyo, señor...

-Está bien, ¿y si salimos a pasear un rato y arreglamos nuestras… diferencias? aquí el aire está muy enrarecido...

-Ten cuidado Jack que esta se pone de negro y en el altar…

Cosa que provoca las risas de los presentes...

-Muy gracioso, Tomás, no tientes a tu suerte...

-¡Ah!, Venus esta ronda la paga el chistoso de turno...

-Ya te vale, Jack, que la parienta controla mi pasta...

-No te hubieras casado... Mala suerte...

-Usted primero, señorita... Noemí.

Tras pagar su copa salieron de la cantina...

-Hay que estar muy loca o desesperada para venir a Brasil sola...

-Más bien obligada por las circunstancias que la vida me ha puesto delante y la necesidad de buscar respuestas...

-Ahora me dirá que es mística...

-Para ser tan prepotente, sabes mucho de la búsqueda...

-Bueno yo también en mi vida tuve una búsqueda, eso es muy normal en todos...

-¿Y qué paso? ¿no la encontró?...

-Bueno... digamos que vi el escalón y decidí dejarlo... por el momento...

-Nada se deja, nada se evita, pues al final, esa cosa nos encuentra y termina por devorarnos por dentro como un cáncer, que en verdad nos libera de una forma u otra.

-Pues para hablar y pensar así no hace falta que busque al Padre Michel, ya se tiene a sí misma...

-Hay respuestas que no encuentro...

-¿Y en verdad a quién buscas, señorita Noemí?

-Quiere que le diga la verdad...

-Bueno yo no obligo a nadie a contarme su vida o a contar lo que no quiere decir...

Noemí ando unos pasos...

-Busco al Maestro.

Jack la miró como si supiera algo de él, como si no le fuera desconocido su nombre...

-Veo que conoce algo de él... ese es mi peldaño...

-¿Y sabe dónde está?

-No quiera saber lo que no sabe, él es un gran hombre, pero tiene sus normas y quién no las cumple, termina saliendo de su vida...

-¿Le odia o le valora?

-Le respeto y algún día volveré a ese peldaño, mientras, hago lo que me aconsejó…Sal y vive la vida, luego volverás...

-¿Me podría llevar con él?

-No puedo, no es mi hora, antes tendrás que hablar con el Padre Michel, él te pondrá en contacto, si te ve preparada para ello, si no es así, habrás echo un viaje tontamente...

-Vale, ¿entonces me llevarás a las aldeas?

-Espera, espera, yo no te he dicho nada… hay más de seiscientos kilómetros hasta llegar a la selva y entre medio tienes bichos, serpientes, mosquitos, asesinos y traficantes…

-A mí no se me ha perdido nada en la selva...

-¿Miedo?

-No, solo sabiduría y un hombre que valora su vida...

-Entonces veo que no me va ayudar, era de esperar...

-Yo nunca le prometí nada, solo salir y charlar tranquilamente...

-Pues gracias, por su…charla, ya buscare a alguien que me lleve…

-Sólo un loco y con muchos enchufes la llevaría y está en la zona más peligrosa de Brasil, aquí solo encontrara su muerte, señora mía...

-De acuerdo Sr. Jack, me arriesgare, no he llegado hasta aquí para darme la vuelta, como usted hizo en su momento. Seguro que el destino me facilitará las opciones, sea cual sea su resultado...

-Tenga cuidado, aquí la vida vale poco y el hecho de ser mujer... mucho menos…

Y así fue como Jack vio alejarse a Noemí hacia un destino incierto, lleno de peligros y sin respuestas...

De la sombra, salió la camarera...

-¿La dejas sola a su suerte?

-¿Ahora me espías?

-Deja ya ese papel, de chulo de cantina, te conozco muy bien, hay algo que te corroe o más bien te da miedo...

-Yo no tengo miedo a nada...

-Es lo que él te dijo y se ha cumplido...

-Y sabes que está cerca tu vuelta...

-Solo es un viejo chiflado con aires de misticismo, solo eso…

Se acercó a Jack y le beso en la mejilla.

-Estoy segura que harás lo correcto, buenas noches...

Jack seguía pensando en sus palabras que le recordaron lo que un día el Maestro le dijo…

Pero Jack se había amoldado a su vida presente, a sus hábitos, a tenerlo todo controlado. Había conseguido respeto, honor y tener un hogar... pero en lo más oscuro de sí mismo, algo le decía que estaba vació, que nada de lo que tenía le llenaba y eso le daba miedo, quizá eso fue lo que el Maestro le hizo ver… que llenamos nuestra vida de vacío, para luego encontrarnos en la más oscura y triste realidad, de la que no podemos huir por mucho que lo intentemos...

Jack miró el puro que tenía entre los dedos, mientras su fuego rojo se consumía y reconoció que tenía una vida que se iba gastando lentamente, sin ser feliz o por lo menos sin ser consciente de que en verdad, le faltaba su peldaño… un peldaño que todos buscamos y añoramos.

Un viaje sin retorno

Noemí estaba sentada en un porche, en las afueras del pueblo, con unas mochilas y un sombrero, que le aliviaba de los primeros rayos de sol de la mañana. Había conseguido un guía, que le pidió un pago por adelantado pues no se fiaba de poder cobrarlo… de ahí su exigencia, pero su hora de reunión se atrasaba más de una hora y eso ya le hacía a sospechar, llamó al móvil del guía, pero no daba señal, eso ya le hizo sospechar más aún que le habían timado, había perdido el dinero y lo más importante, las esperanzas de poder ver al Padre Michel...

-Ya le dije que no se fiara de nadie...

Noemí, dio un salto sorprendida, no lo esperaba, había aparecido de la nada...

-Y ha tenido suerte, la podría haber matado y robado en el camino o algo peor…

-¿Peor?

-Violada y vendida como esclava a las mafias...

-Anda, sal escoria y pídele perdón a la señorita y devuélvele su dinero...

-Perdóneme señorita... dijo el guía ladrón, mientras miraba a Jack de reojo...

-Mírame bien, pues la próxima vez… no seré tan benevolente y ya sabes bien de lo que hablo...

El joven salió corriendo como alma que lleva el diablo...

-Bueno ahora que va hacer, ¿buscar a otro? o ¿dejarlo y repensar que hacer con su vida?

-Noemí le miró fijamente...

-No pienso olvidar mis sueños, lo contrario que usted...

-Bueno, yo solo lo deje a un lado, ¡no es lo mismo!...

-Siga maquillando su mundo, pero es el que es, le guste o no...

-Haremos una cosa, usted deja de recordar mi pasado y yo la llevo...

-¡Ah! sí, ¿por qué?

-Bueno, soy un alma caritativa que busca su redención...

-Ya… ¿cuánto cuesta su redención?

-Bueno, sólo la mitad de la mitad de lo que le pensaban a cobrar…el resto se lo dará al Padre Michel, será mi diezmo, hay que ser justo después de todo ¿no cree?

-Dejémoslo en que así podrá tener la conciencia tranquila...

-Bueno es un término adecuado...

-De momento y para tu conocimiento, te sobran mochilas...

-¿Estás loco? me hacen falta casi todas las cosas que llevo...

-Tú lo has dicho, casi todo... son mis normas y hay que cumplirlas. Llevarás una sola mochila, que ha de contener: utensilios de limpieza, higiene personal, medicamentos, comida y ropa de recambio, la justa, pues se lavara por el camino y el dinero encima, nunca en la mochila ¿te ha quedado claro?

-Si muy claro...

-Bien, pues manos a la obra, el tiempo es oro, nos ponemos en marcha en veinte minutos, no quiero mal aprovechar el día y el camino es muy largo...

Tras arreglar la mochila, Noemí y su nuevo porteador, iniciaron el camino, que sin duda iba a cambiar la forma de pensar y de ver la vida, tanto del guía como del guiado.

-¿Cuantos kilómetros por día tienes previsto hacer?...

-Unos cincuenta kilómetros, más o menos, dependerá del tiempo, de los imprevistos y de si estas piernas echan para andar y como no de tus agujetas, espero que tengas buenos calcetines, aquí los pies se castigan mucho y más por el sudor...

-Ya he andado muchos caminos, en eso puedes estar tranquilo que no seré una molestia, ni una carga...

-No es molestia. Sólo has de saber a lo que te enfrentas para poder superarlo, si no sabes eso nunca sabrás si conseguirás tus metas y como no, supérate a ti misma...

Él Maestro siempre decía: no se hace un hombre por ser más sabio, sino más bien por sus raíces, pues un hombre sin raíces no es nada... es una regla básica… la potencia sin control es una muerte segura. Él siempre lo decía y lo seguirá diciendo, es una auténtica verdad, sólo un sabio puede llegar a ver y entender...

-Veo que te enseño más de lo que yo creía.

-No tienes ni idea de lo que me enseñó, pues no tiene precio y menos aun lo que llego a cambiar mi vida, como mortal...

-Pues tenemos mucho tiempo... me lo podrías enseñar...

-Yo no soy el Maestro, no te puedo enseñar más de lo que sé. Él tiene un don, algo que solo unos pocos pueden llegar a enseñar...

cuando estas con él, algo te envuelve, te rodea… es algo que nunca he sentido con nadie, es una calma que…

-¿Qué?

-Eso hay que vivirlo, no hay palabras.

-¿Ves esa montaña?

-¡Sí!

-Pues ahora, mira lo que hay detrás, has de ir más allá…

-Nunca te fijes en la primera imagen que vea tu mente, más bien fíjate en lo que la envuelve, has de sentir y conectar con la naturaleza, con cada hoja, con cada copa de árbol que te dirá algo o te explicará lo que ve, siente y percibe de su presente, pasado y futuro. Sólo has de saber ver las señales...

Mientras me decía esto, lo volví a ver conectando con todo lo que le rodeaba...

-Se aproxima tormenta, hay que buscar refugio...

-¿Cómo sabes tanto?

-Lo viví durante tres años y esos tres años fueron los mejores de mi vida…

-Si no es pedir mucho, ¿por qué lo dejaste?

-Si no vives o experimentas eres una creación incompleta, que nunca llegará a ser lo que tiene que ser... y yo estaba incompleto, por eso me tuve que alejar, para poder evolucionar y pulir mis adicciones, sexo, tabaco, lujuria, ego, tentaciones...

-Pero si vives de ello, no has dejado nada...

-Sigues sin ver el mensaje, no es todo oro lo que brilla...

-Y esa frase de… sigues sin ver el mensaje... la escucharás mucho, si te toca y corresponde, por boca del Maestro, no te quepa la menor duda...

Noemí estaba viendo a alguien muy distinto del que había visto en estos días, alguien profundo, con raíces y valores propios…

Había comprendido, que se había desenvuelto en un habitad donde se sabía defender, amoldar y como no... aprender de sí mismo y no perder sus raíces...

Algo le decía que este viaje iba a ser muy enriquecedor, pues algo del Maestro latía en este hombre y con una fuerza que nunca había sentido y experimentado nunca.

Por eso, algo muy fuerte sentía dentro de sí misma, obligándola a buscar y encontrar a un hombre, del que sólo sabía su nombre. Algo imperioso le obligaba a estar con él, dentro de esta locura de sentimientos y emociones.

Un día una niña estaba en su cama, mientras su madre la acurrucaba…

-Mamá, ¿quién reza por ti?

-A veces, la abuela, el papá y otras tú.…

-No, no… yo te pregunto: ¿quién reza por ti?

-No te entiendo mi amor...

-Él está bien... pero solo pregunta...

-¿Quién es él?

-Javier…

La madre, con la voz entrecortada, respondió...

-¿Qué...que dices?

-Me pregunta cada noche, porque mamá no reza...

-Yo siempre le contesto…no sé…conmigo, no habla mucho de ti…

“La madre tenía los ojos bañados en lágrimas”…

-Es que… he perdido mi fe...

-Él dice que no, que está muy viva…

-Dice que cuando vuelvas a rezar, podrá volver a casa… donde te esperan…

“La madre empezó a rezar…Padre nuestro que estas”…

-No, mamá...

-Dice que reces tu oración…

La madre ya no sabía que decir o hacer... cerró los ojos y empezó a rezar de nuevo: Por el valle de mi alma, yo sigo a mi Dios, donde todas las almas, escogerán la salvación, por el valle de mi alma…para guiarte hacia el sol… Alma

La elección

Se podía escuchar el crepitar de las ascuas del viejo abuelo, así es como conocí el nombre místico de una hoguera... La noche era muy cerrada, pero aún se podían ver los destellos de luz provocados por los rayos solares.

Jack seguía poniendo troncos de leña al fuego, mientras podía ver el reflejo de los colores del fuego en su rostro.

A veces me paro a pensar porque el destino sigue empujándome hacia algo que no sé si, en verdad, es lo que debo hacer…

En mi viejo trabajo, podía sentir como los días eran largos y sin sentido, donde cada día era igual al anterior.

Siempre observaba a Natalia, como se esforzaba en poner más y más de sí misma para ascender a un puesto superior, para poder mantener a su pequeña Lucia, su hija es lo único que le quedó de su familia, pues su marido murió en un accidente de coche, desde entonces solo pensaba en su trabajo.

Hay un joven que está enamorada de ella, desde hace años, pero él se ve como una cosa insignificante y pequeña, que no está a su altura, por eso la sigue viendo como un sueño inalcanzable, lástima que no tenga más autoestima, pues es un chico agraciado y sería un buen padre y compañero de camino.

Un parpadeo de ojos devolvió a Noemí a su presente.

-¿Porque buscas a un hombre que ni siquiera conoces?... "le preguntó Jack".

-Bueno, he ido a muchos lugares, dando vueltas, queriendo saber más de mi misma, para entender porque la vida es tan dura conmigo, porqué tras conocer muchas religiones, tradiciones y creencias… al final todas han resultado como un callejón sin salida. Algunas me han aportado muchas cosas, estabilidad, respeto, auto valoración y disolución de mis egos, de los que aún hoy en día sigo desprendiéndome.

Incluso este viaje, es algo que nunca hubiera hecho por mí misma, si no fuera porque un día alguien me preguntó: ¿Qué quieres hacer con tu vida?

-Yo le respondí: No lo sé, en verdad no lo sé, solo sé que este lugar me asfixia y no me deja respirar… Hay algo dentro de mí que quiere que salga, que grite, que indague y profundice, pues las respuestas están ahí, sólo he de atreverme a dar un paso y este me llevara a otro.

-Pero... veo que hablas de ti en tercera persona, no veo que hayas hecho nada de lo que cuentas, más bien has ido haciendo lo que los demás han hecho o han sentido. Es como verte vivir la vida de otros, sin que nunca hayas hecho nada por ti misma.

Noemí asentía con la mirada clavada en el fuego, como si lo que hubiera escuchado hace unos segundos, la hubiera hecho despertar de un sueño desconocido, que no sabía que lo estuviera viviendo...

-¿Y qué hago?

-Esa pregunta sólo la puedes contestar tú misma...

Mientras, Jack echaba otro tronco de leña a la hoguera...

-En la vida no se puede decidir por los otros, son ellos los que han de poder discernir entre un camino u otro. Yo te puede explicar mi experiencia, pero no puedo marcar tu destino. Mi experiencia te puede abrir caminos e incluso despertar a otros mundos, pero dentro de este mundo, eres tú la que ha de elegir que hacer, como y cuando...

-El Maestro siempre dice: No hay dos pasos iguales, ni dos almas que contengan la misma esencia, siempre habrá algo que las distinga entre sí.

-Eso es profundo... respondió Noemí, mientras lo miraba...

-Sí y muy explícito... Nunca he conocido a un ser tan… dulce y firme en sus creencias, que no explica, si no que te hace vivirlas. Encontrarás muchos maestros, maestrillos y prototipos, que solo buscan una ganancia monetaria o poder tener a su lado muchos alabándolo.

El Maestro es todo lo contrario, no busca sobresalir de los demás e incluso reconoce que no es perfecto, que hay cosas que se le escapan por mucho que haya vivido, pues como él dice: sólo se una décima parte de la verdad y al día de hoy, sólo soy un niño que busca aprender más y más de sí mismo, pues de esa energía nos alimentamos y ella nos proporciona el poder de encontrar nuevas cosas, que nos hagan vibrar en un tono superior de vibración... que nos despierte del letargo del que anhelamos y deseamos despertar...

Según iba pasando la noche, me sentía más y más a gusto con este nuevo compañero de camino. Había tenido otros, que terminé viendo que solo eran una fachada, una costra que nunca terminó de curar. En él, en cambio, se podía ver que tenía un alma cristalina, para la que era imposible ocultar nada, que no fuera el mismo.

De vez en cuando, me gustaba poner un leño en la hoguera para poder sentir más calor y ver como las llamas se elevaban por encima de nuestras cabezas.

Jack estaba durmiendo, mientras yo seguía con mis pensares… justo en ese momento, escuché un ruido entre unos matorrales delante de mí... cogí un tronco de madera, impulsada por mi instinto de supervivencia...

-No hace falta... me dijo Jack

-Es un capibara, lleva toda la noche queriendo acercarse para calentarse y refugiarse de la lluvia... "Con una mano le indicó que se acercara, con desconfianza le miró y tras unos segundos se acercó con sus tres crías, las cuales no se separaban de su lado"

-Tranquila hay sitio para todos.

Parecía entenderle, pues se acurrucaron con sus crías a los pies de viejo abuelo...

-¿Cómo has hecho eso?

-¿Hablar con los animales? Bueno, el Maestro me enseñó a conectar con la naturaleza, conexión que perdimos hace mucho tiempo... Entre los muchas retos y pruebas de fuego que me planteó, el saber conectar y compartir tú espacio con seres de este mundo... era una de ellas...

-Se aprende a despertar tu instinto dormido, el cual, de una forma u otra, en un momento de tu vida te servirá para subsistir en momentos difíciles...

-Intenta descansar, no hay nadie más cerca y te hará falta, el camino es largo.

Con los primeros rayos de sol, el bosque comenzaba a despertar de su letargo... con el cantar de los pájaros y el sinuoso ruido del riachuelo entre las piedras... no muy lejos de allí, puede ver a Jack pescando algunos peces del río.

Miré a mi lado y la madre con sus crías ya no estaba, supongo que al igual que nosotros su vida continúa y también tenía que llegar a algún sitio.

-¡Buenos días Noemí! ¿cómo fue la noche?

-¡Buenos días, Jack!, muy bien, muy enriquecedora, la mires como la mires...

-Bueno me alegro que este viaje sea mejor de lo que te imaginabas o por lo menos su inicio se presenta lleno de expectativas...

-La verdad es que no tiene mala pinta...

-Bueno, aquí no tenemos un hotel de cinco estrellas, pero la Madre Naturaleza sabe proveer de comida fresca y recién cogida de su vientre...

-Pues muchas gracias, señor cocinero...

-De nada, todo un placer...

-¿Qué plan tenemos hoy?

-Bueno…tenemos que pasar por una aldea, para preguntar si han visto al Padre Michel, normalmente les hace una visita cada vez que va a las aldeas...

-¿Él fue quien te presentó al Maestro?

-Bueno... Él fue una de las piezas del puzle que me llevaron a él, acompañada de muchas otras, claro está, pero se podría decir que fue una de las principales a la hora de enlazar con él.

Tras recoger el campamento iniciamos la subida de una montaña, que siempre recordaré por su nombre: el pico de la neblina... Es un lugar que jamás podré olvidar, pues sobresale de todo como un gran obelisco...

Siempre he visto valles llenos de naturaleza, pero Brasil es otro mundo, son montañas y montañas, una detrás de otra como un inmenso valle eterno sin fin, donde cada montaña es diferente a la anterior...

-Hay que cruzar la neblina antes de que caiga el coche, pues no es seguro, al caer la noche... me decía Jack, mientras se apoyaba en su viejo bastón...

-¿Porqué?

-De noche la montaña se convierte en afilados cuchillos, de los cuales te has de proteger... el agua se trasforma en peligrosas cascadas, pues no hay cuevas... tan sólo una gigantesca pared, pulida por el tiempo.

-¿Crees que lloverá?

Vi a Jack, respirar hondo, mientras miraba al cielo...

-Tenemos el tiempo justo, pero habrá lluvia, cuanto antes salgamos mucho mejor...

Tras escuchar su consejo, iniciamos la subida por una montaña, seca, sin árboles que la proteja y sin vida que la habite.

-Procura pisar en firme, esto resbala mucho y más de uno a terminado montaña abajo, con una pierna rota...

Tras dos horas de viaje y la noche empezando a caer, Jack comenzó a acelerar el paso.

-Venga nos queda poco, solo un esfuerzo más, Noemí...

-En eso estoy, en eso estoy...

Al traspasar la cumbre pudimos ver el fuego de la aldea, eso nos dio un respiro, pues en cierta forma nos seguía preocupando el mal tiempo...

-¿Cómo llevas los pies?

-Bien, algo doloridos, pero bien...

-Dentro de nada podrás descansar, solo un esfuerzo más... Empezaron a caer las primeras gotas de lluvia, justo al cruzar la cima lo que en cierta forma nos preocupó...

-¿Queda mucho para llegar?

-Una media hora... respondía Jack mientras miraba al cielo...

-No tendremos la suerte de que pare, lo mejor será buscar algún refugio montaña abajo y seguir tras la tormenta...

Al llegar a media pendiente pudimos ver un saliente, en el que pudimos acampar por un tiempo...

-Aquí la lluvia aparece y desaparece como por arte de magia, por eso hay que saber muy bien orientarse y también saber prever qué tiempo nos espera, pues tu vida puede depender de ello...

-¿Cuánto esperaremos?

-Hasta que el agua sea muy débil, si nos adentramos sin esperar, quizás tengamos problemas y aquí estamos resguardados.

Algo inesperado

-Bueno, es hora de bajar, el temporal ha arreciado...

Tras recoger las mochilas iniciamos la bajada final por un terreno difícil, por lo resbaladizo que estaba...

-Tranquila, es cuestión de calma y paciencia...

Tras una media hora…

-Bien, ya tenemos hecho lo más duro, ahora es cuestión de cruzar esta pequeña bajada y estaremos en casa...

Me fui agarrando de todo aquello que tenía a mi alcance, ramas y arbustos para ayudarme a bajar, pero más de una vez me caí al suelo, pero, visto lo visto, íbamos bastante bien...

Jack paro en seco, pues escuchó algo...

-¿Pasa algo?

-Escucho un sonido de fondo que no logro distinguir…

-Será algo normal, la montaña es muy grande, podría venir de cualquier sitio...

-No sé, no termina de convencerme, iremos con cuidado, esta zona no la conozco bien.

Al bajar un poco más nos sorprendió un gran estruendo...

Al mirar hacia arriba, pude ver unos árboles caer con gran virulencia.

Jack, en seguida, supo que era…

-Es una riada, hay que salir de aquí... pero era demasiado tarde. Yo como pude me agarré a un árbol, Jack no tuvo tanta suerte y fue arrastrado por la ola de fango, piedra y rocas, lo perdí de vista por un segundo…

-Jack, Jack… pero el ruido era más fuerte que mi voz, sólo pude agarrarme con fuerza y rezar por salvar mi vida… fueron minutos eternos, las ramas me golpeaban e iban cortando mi piel, los objetos me golpeaban, como si yo fuera la causa de su desplazamiento y sólo pensaba en estar en casa, en que todo esto fuera un sueño, una pesadilla... pero no podía olvidar a Jack y su destino incierto...

Tras un tiempo, la lengua de barro y troncos fue bajando hasta convertirse en un campo lleno de rastrojos como si de un tsunami se tratara... empecé a apartar troncos, ramas... buscando a Jack, busqué durante más de una hora, sin respuesta, me di por vencida, algo me decía que Jack no lo había conseguido… sólo pensaba en la aldea, en cómo llegar y pedir ayuda, pues contra más manos mejor....

Conseguí llegar a un camino que estaba limpio y supuse que me llevaría a algún lugar habitado…

Comencé a andar sin rumbo fijo, como una moribunda que espera su final...

Me senté en una roca junto al camino, desde allí podía ver los amasijos de rocas y árboles arrancados de la Madre Tierra, como si hubiera hecho limpieza de lo frágil y hubiera mantenido lo que en verdad tenia raíces... recordé un pasaje de un antiguo libro: Cuando busques algo que has perdido, calma tu mente y deja que tus ojos te guíen... y así fue como pensé en Jack, en su interior, en su alma pura y libre... miré de nuevo el desolador paisaje y puede ver algo que se movía entre unos árboles… pensé que era por el viento o el agua reinante que seguía fluyendo... entonces decidí dejar el camino y cruzar campo a través... al llegar al mismo río, puede escuchar muy levemente y como si fuera un susurro: Noemí...

Salí corriendo como pude, lo vi entre las ramas, puede sentir su alma...

-Jack, Jack, por el amor de Dios estas vivo... al llegar a él, solo veía su mano, el resto de su cuerpo estaba oculto bajo un montón de restos, tras una hora retirando ramas lo pude sacar y abrazar, como no había abrazado a nadie en mi vida...

-Está bien, Noemí, no termines de matarme, que no puedo respirar… aquello que me hizo reír...

-Estás vivo, estás vivo...

-Tengo rota una pierna, tendrás que ir por ayuda…

-¿Y dejarte aquí? ¡la noche es cerrada, hay animales que buscaran comida, tras la tormenta, no cuentes con ello!...

-¿Y cómo piensas hacerlo, no tienes fuerza para llevarme?

-Haré algo... construiré una camilla, algo se me ocurrirá…

Tras darle agua, le limpie el rostro y le di algo de comer, como puede lo saque al camino y empecé a hacer una camilla de troncos y ramas...

-¡Bueno!, Jack, ya tenemos trasporte ahora es cuestión de ir poco a poco, hasta llegar a algún sitio habitado… a un kilómetro está la aldea y como pude empecé a arrastrar la camilla por un camino más o menos plano, con baches que intentaba esquivar o minimizar su impacto en Jack…

-Descansa Noemí, si te castigas mucho no podrás llevarme y será un esfuerzo en vano...

-Está bien, haré un pequeño receso, el mundo no se hizo en un día…

-Gracias por volver por mí...

-Tú también lo hubieras hecho y no me tienes que dar las gracias, estamos para ayudarnos en los momentos bueno y en los menos buenos…

-¿Te apetece un poco de agua?

-Sería de agradecer...

En ese momento pude ver a un señor de negro, con un paraguas, andar por el camino, pensé que era algo visual, mental, pero miré dos veces y era clara la visión...

-¡Ayuda, ayuda!... por favor… ayúdeme...

Mientras aspeaba las manos en lo alto... el hombre me pudo ver en el camino y empezó a correr, al llegar a nuestra altura…

-¿Pero que les has pasado?

-El desprendimiento, no cogió por sorpresa...

-No puede ser lo que ven mis ojos...

-¿Jack?

-Padre Michel...

-Dios es sabio en su sabiduría...

-¿Qué haces por estos mundos?

-Dígaselo a ella, por ella estoy aquí en esta camilla...

-Algo gordo le debes, para terminar de esta forma...

-¡Quizás! pero ahora me hace falta ayuda, luego me reprocha todo lo que quiera...

-Soy el Padre, Michel, mi querida hermana...

-Yo soy Noemí y el destino quiere que le encuentre a usted...

El Padre puso cara de sorpresa, pues al mirarme algo le llego...

-Bueno, voy a la aldea a buscar ayuda enseguida vengo…

-Padre...

-¿Sí, dime? hermana...

-¿Porque no está en las aldeas?

El padre me miro dulcemente…

-La madre me obligo a quedarme, algo tienes que ver en todo esto...

No me sorprendió la respuesta, pero sí que el cosmos se moviera tan rápido....

-Pasa con todo, cuando uno tiene un destino predeterminado...

Jack respondió:

-Más de lo que te imaginas y esto solo es una minucia de lo que es capaz de hacer cuando un alma tiene un destino que cumplir…

Me senté junto a él, meditando lo ocurrido, mi viaje a Brasil, encontrarme con Jack, con padre Michel... y tantas y tantas vuelva que he dado para luego encontrarme en que el camino que elegimos, cuando toca es cuando todo se conjura, hasta una tormenta de agua en la que te juegas la vida y te refuerza en tus creencias y aprendizajes de un libro que apenas recordabas, pero que la mente guarda sabiamente en sus entrañas.

Aunque a veces pensemos que solo es un conjunto de egos, negaciones y enjambre metal que solo hace que nos compliquemos la vida, cuando todo es mucho más fácil de lo que pensamos.

Supongo que todo juega su papel y que nosotros somos su lienzo en blanco donde exponer su gran creación, de la cual somos todos participes, en gran medida, para bien común.

De lejos podía escuchar las voces de las gentes, mientras seguía pensando en que este viaje que cada vez era más y más complejo...

Mientras Jack dormía tras un día muy largo y duro para ambos... pude ver las caras de los aldeanos implicados en la ayuda, como si nuestro color de piel no existiera, sin que nuestra forma de ver la vida nos separara, algo que en la civilización moderna actual no se da salvo en lugares como este que lo que prolifera es dar sin esperar nada a cambio, por eso hoy en día en este llamada civilización, si no das, no recibes, pues la gente ya olvidó lo de ayudar a otros sin buscar ganancias y aquí los ves, poniendo codo con codo y hombro sobre hombro para sacarnos de un desastre, del cual todos sin duda alguna sacaremos algo bueno que poder compartir y recordar en nuestros días de vejes, y sin duda alguna Tú sacaras más de lo que piensas e imaginas.

-Hola de nuevo, Noemí...

Esta frase me saco de mis pensamientos...

-¿Me permites que te lleve del brazo?

-Gracias Padre, será un placer...

-No, el placer es mío, puesto que el destino te ha hecho llegar a mí, será un honor charlar por el camino, así me pones al día de tu caminar….

- Pues verá Padre…

Y aquí dejamos de momento, a nuestros nuevos compañeros de viaje para que puedan conocerse algo más… pues en menos de veinticuatros horas Noemí tendrá que partir hacia un nuevo destino, tan pronto se recupere de sus heridas, pues la vida no para por eso nunca des nada por echo y nada por sentado, hoy estarás aquí, mañana en otro lugar … alcanzado tus metas y sueños.

"Aquel que se abre al cosmos sin condiciones, sin limitaciones, es aquel que en verdad conseguirá alcanzar su yo superior" Alma

El segundo viaje

Me pude levantar con las primeras luces, después de una noche muy larga, a Jack le tuvieron que entablillar la pierna y tenía para varios meses…

Me llegó un olor a pan recién hecho y también ese olorcillo a café recién hecho… Me vestí con mi ropa nueva y decidí salir a la estancia contigua donde pude ver al Padre Michel junto a un horno de piedra, avivando las llamas, mientras observaba la humilde estancia, sin grandes lujos y lo que más me llamo la atención fue un cuarzo rosa dentro de un circulo de piedras más pequeñas, como si estas protegieran a la grande.

-Buenos días padre ¿cómo está?

-Hola, Noemí, buenos días... estoy bien, la mañana está siendo muy fructífera, ya hemos empezado a desbloquear el camino de salida de la aldea con la ayuda de las aldeas del norte.

-¿Dónde está Jack?...

-Está en la enfermería, con suero para el dolor, tendrá que estar allí unos meses mientras no se pueda mover y después el tiempo de la rehabilitación...

-Vaya, pues era mi guía, tendré que esperar, para poder seguir mi camino...

-Bueno, eso no es exactamente cierto y que coincida con tu cometido, te has de marchar dentro de veinticuatro horas, no te puedes quedar, hay cosas importantes que tienes que afrontar, y además aquí no eres útil, ya lo tenemos todo controlado…- le dijo esto a Noemí mientras depositaba una taza de café en la mesa...

-Tengo pan, espero que lo puedas comer, es del que hacemos aquí...

-Sí, de hecho, es su olor lo que me despertado esta mañana...

-Pues siéntate y sírvete tú misma...

Cogí la taza y la pude sentir caliente, algo que ya hacía tiempo que no sentía, hasta mis manos parecían celebrarlo por la forma que se apretaban a ella... Ver el humillo del vapor me hizo volar en el tiempo, cuando mi madre me daba una taza de Cola-cao, bien caliente en pleno invierno... tras mi reflexión...

-Pero, yo no conozco nada, no sé cómo llegar y a donde ir...

-Bueno, tenemos a una compañera que también tiene que ir a donde tú vas y sabe moverse por estos mundos de montaña...

-¿Y a dónde voy? si no es mucho pedir...

-Pues irás a Danba…

-¿Qué es Danba?

-Es una ciudad tibetana en china, pero más bien iras a un poblado un poco más aislado, pues ahí es donde vive tu verdadero destino... El Maestro.

-¿Quiere que recorra medio mundo?

-¿Hasta Danba?

-¿Sabe lo que me ha costado llegar hasta aquí?

-Yo solo sé que… si nunca das un paso, nunca sabrás hasta donde pudiste llegar y nunca llegaste... y eso será una duda que te seguirá toda la vida...

-Tú elijes si quieres ir o quedarte, en eso yo no puedo hacer nada, mi querida hermana…

-Tú avión sale en veinticuatro horas, los trenes solo pasan una vez en la vida… y esa elección sólo está en tus manos...

Mientras me decía esto, cogió mi mano… entonces volví a sentir ese calor que muchas veces siento en la distancia y no sé su procedencia... acto seguido, me dejo con mis pensamientos…

-Que dilema o decisión, era uno de mis temas pendientes, siempre medito mucho las cosas antes de hacerlas, pero esta vez el tiempo corre en mi contra y he de decidir si encontrar mis respuestas o seguir con mis dudas y dejar esa respuesta sin resolver…

Como el padre dice:

-Es algo que te seguirá toda una vida...

Ojalá fuera más fácil elegir, pero son muchos miedos, que de una forma u otra he de superar, pero… ¿qué hacer?...

En ese momento entró una niña de apenas catorce años…

-Hola tú tienes que ser, Noemí...

-Sí y ¿tú quién eres?

-Bueno, soy tu guía…

No tenía palabras para responder, era una niña…

-Veo que tu mente viaja muy deprisa...

-¿Perdón?

-Tienes una mente muy juguetona, juega contigo, lo que implica que te pierdas muchas cosas y lo que es peor... se escucha desde dos valles más allá del norte...

-¿Qué es eso que se escucha?

-Bueno, aquí aprendemos a controlar la mente, hay gente que está todo el día con la mente en marcha y parecen motores de avión…

-Carai, eso no lo sabía...

-Pues la tuya está igual, no para, lo que impide que encuentres tu centro, tu talismán sagrado, tu energía sagrada o como dice el Maestro, tú templo interno...

Intente digerir lo que escuchaba, sentía y como una niña de poca edad deja su casa, su hogar y se adentraba en un viaje, que ni mucho menos sería fácil y lleno de peligros...

-Por cierto... si no vas, no me dejarán cumplir mi misión.... no sólo está en juego tu misión, también el que yo alcance la mía, también tengo miedo, pero más miedo me da no saber, quien soy y porqué estoy aquí, sólo piénsalo, si decides no ir, lo aceptaré… gracias por escucharme...

Me hacía falta hablar con Jack, él me entendía, me daba paz en los momentos difíciles, cogí un trozo de tostada recién hecha y me dirigí a la enfermería…

-Hola luchador, ¿cómo estás?

-Dolorido, pero bien dentro de lo que cabe...

-Perdona por lo ocurrido, no quería que nada de esto te pasara...

-No tengo nada que perdonarte y no eres culpable de nada, tranquila yo decidí el camino y es mi responsabilidad, así de paso dejo un poco mi viejo mundo que ya tenía que dejar…. Gracias por ayudarme a coger un nuevo camino. Me han dicho que te vas a Danba...

-Bueno, tengo dudas y ahora si no voy mi pequeña guía no podrá cumplir su misión...

-La pequeña Luna...

-¿Se llama Luna? bonito nombre y yo tonta de mí no le he preguntado ni su nombre…

-Es una niña muy especial, el Maestro le dijo que un día volvería, para cumplir su parte y veo que ya es hora…

-No puedo responsabilizarme de nadie, ni siquiera lo puedo hacer de mí misma...

-Tienes que confiar más en ti misma...

-Eso es lo que ella me dice, que mi mente me impide ser yo misma y alcanzar mis metas... dice que tengo una mente muy activa y es cierto, ya lo sé, pues como ella dice: Soy un motor de avión encendido…

Ambos nos echemos a reír a la vez…

-Ya veo que Luna te ha dado un toque…

-Sí y muy hondo, para lo pequeña que es...

-Es un cielo de Ángel, seguro que cuidara de tú, sólo dale una oportunidad…

-¿Tú crees que saldré de esta?

-Has superado una avalancha, el resto está chupado... confía en mí, si el Maestro anda detrás de esto es que algo muy importante te espera...

Le mire con los ojos tristes, sin vida sin esperanza…

-Mi pequeña y gran amiga, no te dé miedo sentir, experimentar y volar sobre las nubes de tormenta, ellas solo buscan que salgas y alcances tu destino, que está más allá de lo que la mente piensa y cree...

Entonces respiré profundamente y volví a sentir esa calma que tanto anhelaba y que me ayudó a soltar la presión que tenía en el pecho desde que pasé por la avalancha de barro, agua y troncos...

-Ahora te dejo que has de descansar…

-Te veo con mi mochila, antes de partir…

Jack sonrió de nuevo…

-Esa es mi chica...

-Que descanses mi querido porteador…

-Gracias...

Tras dejar a Jack, volví a la habitación donde empecé a preparar mi mochila…

-Veo que has decidido marcharte…

-Miré detrás de mí y vi a Luna…

-Tu mente habla muy fuerte y más cuando está contenta...

¡Si me hacía falta hablar con Jack y disolver viejas heridas de guerra!

-¿Eres tan trasto siempre?

-Casi siempre, eso me dicen todos…

Me acerqué para abrazarla…

-Procura cuidar de mí, tengo mucho miedo...

-Ya somos dos...

-No dejes que mis miedos oculten mi alma...

Podía sentir la energía de esa chica, la del Maestro y la de Jack, en una sola alma…

-Creo que cada día soy menos yo misma y más yo misma...

Al igual que otras veces, reúno mis pequeñas pertenencias e inicio un segundo viaje hacía donde nada es lo que es y nada parece ser lo que es, parece un juego de palabras, pero en verdad es como unir un puzle, en el que todo encaja a la perfección y esta vez llevo a una chica, que es una prolongación de un hombre que no conozco, pero que siento más y más cerca cada día que pasa.

¿Me pregunto hasta que limites me puede seguir o llevar este tan conocido Maestro? sea cual sea, es algo que no puedo evitar, pues de alguna forma, estoy unida a él.

-¿Preparada para coger las riendas de tu vida?

-Sí y con muchas ganas de iniciar mi camino...

-Bueno ya somos dos...

-Si nos han puesto juntas por algo será, pues de cada persona que me han puesto en mi camino, he aprendido a superarme a mí misma, espero que de ti también aprenda cosas y como no, conocerte un poco más y hacernos buenas amigas…

-Bueno, eso ya lo somos, solo nos falta engranar las piezas para formar un buen equipo de trabajo…

-¿Eso también lo enseñan aquí?

-No, eso lo aprendí de mi vida en la ciudad, cuando mendigaba por un plato de comida, desde entonces he valorado más tener una buena amiga, que no un grupo de gente del que no te puedes fiar, por miedo a ser vendida o usada como un trapo viejo…

-Veo que la vida contigo se ha esmerado mucho, para que saques ese rubí que llevas dentro...

-Bueno más bien me ha hecho ver ese rubí que soy, pero de nada me arrepiento…

-Bueno, de algo si, de no haber encontrado antes al Padre Michel, con el que he visto un camino, una meta, que me ha hecho ver que sin esfuerzo no hay recompensa, por eso cada día, para mí es una nueva oportunidad, que venero como un regalo para mi alma, de la que espero volver a conocer su origen y destino...

-Pues bienvenida a bordo, mí estimada Luna...

-A ti por dejar tus miedos y abrir una puerta a mis esperanzas...

Cuando al caminante le sobra el bastón

Desde que dejamos la aldea hemos pasado de casi de todo, tormentas, rasguños e incluso diferencias que nos han unido, dentro de lo que cabe, más la una con la otra…

-Esta zona es algo complicada, pues por aquí viven mucho ladrones y traficantes… pero no te preocupes, no hay nada que temer, si vamos con cuidado y no nos metemos en los asuntos de nadie...

-Bueno confío en las energías, en que nos conduzcan y nos lleven rápido para coger ese avión...

-Vamos bien de tiempo, en eso no te has de preocupar…

-Mira esa cima es buen lugar, pues desde allí tendremos visión de todo lo que hay debajo y estaremos seguras…

-¿Quién te enseño tanto de la montaña?

-Jack, es un genio de la escalada y las orientaciones, podría llevarte a ciegas por un campo de minas y no te darías ni cuenta de ello…

-Veo que os une algo especial, por tu forma de hablar …

-Bueno, yo de pequeña pasé muy mala vida, enfermedades y él siempre estuvo allí, como un segundo padre… dijo Luna, mientras dejaba su mochila en el suelo y se sentaba...

-Es bonito este lugar, se puede uno enamorar de él, con sólo leer los rayos de luz que se cruzan entre las copas de los árboles, como si de un tapiz se tratara o un pergamino que se muestra ante tus ojos…

-Eres una romántica de las letras…

-Bueno soy de las que siente mucho lo que ve y vive…

-Mi padre me enseñó a leer, a escribir y a sentir la vida en las hojas de un árbol, el alma de un manantial, cuando el día se desperezа de su largo sueño nocturno…

-Carai, eres una auténtica poetisa...

-Gracias, aprendí a escuchar los distintos idiomas de las cosas, incluso más de lo que uno quisiera, en ciertas situaciones…

-Peor sería que no sentirlas, como muchos occidentales, encerrados en sus despachos con asientos de cuero y limusinas caras...

-Bueno, por todo pasamos de una forma u otra, unos en los despachos, otros en las calles frías y sin vida de un pueblo dejado de la mano de Dios...

-Bueno, Dios no deja nada, es el hombre que elije que quiere… Una ciudad limpia o una calle llena de piedras y sin servicios públicos, pues lo segundo no da dinero, en cambio lo primero da fama, riqueza, reputación y prestigio, y ahí nace el ego en todo su esplendor y gloria, que muere con el sol del día…

-¿No has pensando en meterte en política? seguro que cambiarías el mundo o por lo menos, esta tierra que ves cada día…

-Quizá algún día, de momento me preparo para formarme y tener raíces y poder hacerme un ser de provecho y liquidar mis deudas, que, seguro que son muchas o pocas, como dice el Padre Michel…

-No hay pecadores, ni deudores, sólo Almas que evolucionan con el paso de tiempo...

-Sois increíbles, tenéis tanta sabiduría que rebozáis en ella, lástima que seáis pocos…

-Bueno, unos pocos cambiarán el mundo, mientras el resto seguirán sus estelas. No hay que desesperar, hoy se siembra una semilla… y mañana nacerá un fruto que alimentará a muchos.

Me sorprendía la madurez de esta niña, con las ideas muy claras, sin fisuras, sin un síntoma de flaqueza, le da igual lo difícil que sea, ella cree en su energía y la energía que nos guía, aunque a veces se ponga difícil. Ella sigue viendo un resquicio de luz en lo más oscuro del camino, que la ayuda a levantarse y seguir luchando, pese a quien pese.

-Bueno es hora de dormir un poco, aún nos queda un largo camino y tenemos que estar frescas para ello...

-Sí y la noche acompaña, a que estemos secas, después de tanta lluvia y piedras...

-Por eso hay que aprovechar las treguas de la Madre, que de tanto en tanto nos da... felices sueños, feliz viaje por las estrellas…

-Lo mismo digo, mi querida Luna.

Me desveló un ruido seco, como un golpe, pensé que sería alguna piedra caída por los temporales, pero era distinto a los ruidos de la montaña, al abrir los ojos vi una sombra que se desplazaba por mi lado, al incorporarme me dio un golpe que me hizo perder el conocimiento…

Me desperté, aturdida como su estuviera borracha tras una noche de fiesta, pero nada más lejos de la realidad, pude ver a Luna atada a un poste y yo sentada y maniatada de pies y manos…

-Venga preciosa, verás que bien lo pasamos juntos y luego sacaré un buen dinero por las dos… acto seguido le rasgó la camisa, dejando su pecho al descubierto, mientras ella no dejaba de llorar, pidiendo clemencia…

-Venga, si lloras le quitas el encanto y sé que puedes reír y gozar nena…

-Déjela en paz, es solo una niña, hijo de puta…

Se acercó a mí…

-Eres muy mal hablada, para lo buena que estas...

Mi instinto fue escupirle en la cara… lo que provocó que me diera una bofetada...

-Así aprenderás a mantener la boca cerrada, ya la abrirás cuando debas y seguro que lo haces muy bien…

-Pero ella es trigo limpio y quiero ser el primero en tastarla, seguro que siente mejor a un hombre ahora que dentro de diez años…

-¿No crees?

-¡Maldito hijo de…!

No me dio tiempo a terminar pues me dio otra bofetada…

-¡Cállate! ya te daré lo tuyo y seguro que tú ya estás muy curtida y además… cogió mi camiseta y la rompió, para luego quitarme el sujetador…

-Menudo par, seguro que eres toda una maestra…

-Tengo curiosidad… metió su mano en mi pantalón, mientras me cogía de la nuca… y comenzó a moverla…

-Carai, como te has puesto nena… pero ya que estoy aquí y antes de ocuparme de esa putita...

Yo seguía, aturdida y sin saber que pasaba, ni lo que estaba haciendo este individuo, se bajó el pantalón…

-Ahora, abre la boca…

-Eso está mucho mejor, ya te decía que callada estabas mejor…

Entre los movimientos puede ver de refilón a Luna, pues pensaba que mejor la dejara a ella y se ocupara de mi…

-Si mírala, hay para las dos…

-Así, hasta el fondo...

Me daban arcadas, pero este mal nacido no tenía piedad…

-Así, perfecto muy bien, me darán mucha pasta por esta boca…

Estuvo todo el tiempo que quiso…

-Tranquila, que, si no ella no tendrá su buen macho, gracias por ponerla a su punto, tu amiga te lo agradecerá…

Tras terminar una bocana de vomito salió de mí, como acto de asco…

-Carai, como lo has puesto todo… luego lo limpiaras, guarra.

-Ahora te toca a ti!, tu amiga ya ha preparado el camino, seguro que has disfrutado tanto como ella…

Luna lo miro con desprecio y le escupió en la cara…

-Te maldigo desde lo más hondo de mi alma…

Le soltó una bofetada...

-Ya te educare monada, tenlo por seguro, sacó un cuchillo y terminó de desnudarla…

-Que bien, te lo depilas, seguro que ya sabes lo que se hace… jejeje…

Pero en mi percepción, mareo y pérdida de visión, pude ver una segunda sombra…

El hombre solo pudo sentir el frio cañón de un revolver…

-¿Qué tal boludo?, buena noche para montar una fiesta y tu sin invitarme…

-Padre David... decía esto mientras tragaba saliva... no es lo que parece, se lo juro…

-No jures en vano, una mujer atada, desnuda y otra de segundo plato, te has ganado el infierno, del cual no saldrás en mucho tiempo… le decía esto mientras mantenía apretado el percutor…

-Suéltala ahora, despacio y con la mano izquierda…

Pude ver a un hombre robusto, con un sombrero, estilo vaquero, con barba recortada…

Tras soltar a Luna, esta le soltó una patada en los huevos, lo que hizo que se desplomara…

-Esto por mi amiga, cabrón...

Rápidamente se aproximó a mí...

-¿Cómo estás? perdona te prometí protegerte es culpa mía...

-No es culpa tuya, sólo son cosas del destino que no entendemos y de alguna forma se nos escapan sus razones…

-No, es mi culpa, perdóname…

Tras soltarme las manos, me abrazó como nunca nadie en mi vida lo había hecho antes…

El Padre David, levantó el revólver y apuntó al individuo…

-¿A dónde crees que vas boludo?

-Sólo iba a tomar el fresco…

-¿El fresco? Volvió a amartillar el revólver… y le apuntó a la cabeza...

-Mi fe me prohíbe matar, pero no que te deje morir, se acerca tormenta y los lobos andan sueltos y con hambre, seguro que llegareis a un acuerdo…

-¿No me dejará fuera, para que me coman?

-Tienes buena chicha, seguro que... tendrán para un rato, pero antes ponte las esposas…

-Eso es como ejecutarme, Padre…

-Es justicia, ¿te las pones o te las pongo? elije.

-Ya me las pongo Padre, ya me las pongo...

Tras ponérselas, lo cogió del brazo y lo saco por la puerta…

-Tranquilo, ellos tendrás más piedad de la que tú has demostrado con ellas.

-¿Lo dejara morir?...

-Tranquila está desorientado, lo he tirado a un viejo gallinero vacío. Mañana lo cogeremos y lo llevaremos al pueblo para que lo juzguen por violación.

Yo seguía temblando, como una rosa…

-Ahora me ocupare de vosotras, no os pasará nada, me manda el Padre Michel, presintió que habría problemas, pero el mal tiempo me retrasó… lo siento mucho, de verdad que lo siento.

-No es culpa suya Padre... es de ese enfermo al que nunca se le debió dar la vida...

-Eso no está en nuestra mano, no somos juez y verdugo, solo podemos hacer justicia dentro de lo que se nos permite…

-La ha violado, ¿qué justicia repone eso, he? dígamelo, Padre, dígamelo...

-No puedo cambiar lo sucedido, pero puedo evitar que ese hombre lo vuelva a hacer con otras chicas y eso si está en mi mano…

-Deme el revólver, ahorraré tiempo y dinero…

-Luna, eso no va hacer que el tiempo retroceda, solo hará que tu alma se oscurezca y eso no es lo que te han enseñado, en la aldea…

-¡No, pero usted no sabe lo que es ver como violan a tu amiga y casi a ti!, no lo sabe… no me cuente cuentos, ya soy mayor para que me los cuente…

-Lo sé, y te comprendo, pero eso sería un grave error que nunca podrías cambiar, ni borrar en tu vida y te seguiría, cada día…

-¿Por qué lleva un arma? si eres cura…

El padre David enfundo el revólver, se dirigió a una vieja butaca de madera y tras sentarse, junto las manos como si rezara...

-Yo cometí ese error, el cual me sigue cada vez que cierro los ojos y al día de hoy…

-Veo cómo sale esa bala y ciega una vida… vi morir a mi hermana tras ser violada por un grupo de borrachos... un día, después de unos años, decidí tomarme la justicia por mi mano...

-No sabía nada de este mundo, y lo ejecute, por rabia, ira y mil cosas más… por eso, hoy en día, la uso para defender y arrestar a quien osa hacer esto a una mujer, niña o anciana…

Ambas se quedaron mudas tras el relato…

-Y es más... mi hermana vino una noche de lluvia, donde yo vivía en mis infiernos personales, donde no deseo a nadie y me contó…

-Era mi destino salvarte a ti, si yo no hubiera pasado por eso hubiéramos muerto los dos… no te culpes de nada, todo fue lo correcto, hoy en día hay alguien que salva vidas de otras mujeres, que como yo no tienen como defenderse…

-Perdona Padre David... la ira me cegó... decía Luna, mientras agachaba la cabeza y recordaba los miles de enseñanzas recibidas en la aldea...

-No tengo nada que perdonarte… sólo que no estás preparada para ese viaje que inicias y hoy lo has visto… te mueve la ira, el odio, el rencor y el cólera… mi consejo es que vuelvas a la aldea para terminar tu trabajo pendiente, tras pasar por el pueblo para entregarlo a la justicia…

-No puedo, soy su único guía, está sola y tiene miedo… y encima la han violado, por no haber hecho bien mi trabajo: protegerla…y entre lágrimas… se desplomó en sus brazos, como una flor que se rinde ante la adversidad...

-Se lo prometí, entiende, se lo prometí...

Como pudo Noemí, se acercó a ella…

-Luna, has de ver o entender, que te han hecho ver lo peor de ti misma, es duro, pero has de ver esa luz que siempre ve en cada caída…

-¿Cómo es posible que te violen y veas algo de luz en ese acto?

-Ahora mi querida amiga no veo nada, pero seguro que algún día lo veré con otros ojos y otra sabiduría…

Noemí puso sus manos en su rostro y la miró a los ojos y le dijo: Eres un Ángel que ha de volver a volar, te lo dije al salir de la aldea... No dejes que la oscuridad oculte mi alma... por eso te pusieron en mi camino, para elevarte y evitar que cayeras en esa oscuridad del alma, que muchos cruzan y pocos retornan, como es el caso del Padre David.

Luna lloraba mientras pronunciaba estas palabras:

-Eres más fuerte que yo… y nunca lo has visto en este tiempo!…

-Amiga mía, puede que sea así, pero me llevará su tiempo entenderlo... por eso tienes que volver y terminar tu aprendizaje, para que un día sea yo quien venga a por ti y te ayude de la misma forma que tú me has ayudado a mí…

En la habitación solo se escuchó a dos mujeres unidas por un mismo llanto, que las hizo subir un peldaño más alto, al que pocos consiguen subir y brillar con la misma intensidad, en una montaña que está hecha para crecer y evolucionar.

La noche fue larga para todos, en especial para Luna y Noemí, imágenes y despertares constantes, bañadas en sudor y pesadillas, como un sueño que nunca termina…

El padre David, mientras tanto, con la imposición de manos en sus cabezas fue aquietando sus mentes, lo cual consiguió tras varias horas de esfuerzo y empeño.

Con las primeras luces del alba, todo parecía en calma, como si una dulce y tranquila mezcla de incienso y romero cubriera toda la casa...

-Hola mis pequeñas, es hora de partir, el avión espera y la policía también…

Tras desayunar recogieron sus mochilas e iniciaron su camino. El hombre estaba esposado y listo para andar hacia el poblado más cercano...

-Tranquilas está bien atado, para su destino final, os tomaremos declaración y podrás partir a tú avión, tal y como tenías previsto…

No dejaban de mirar a ese hombre, como intentando entender o ver su acción, pero su mente en estos momentos, solo veía y sentía una cosa… pena, lástima y odio...

El Padre David las miraba…

-Lo peor de todo es saber que hay gente, como está, en este mundo sin reparos, ni conciencia y aún menos respeto por la vida humana…

Justo al llegar al pueblo el hombre se paró, como queriendo decir algo…

-Perdónenme señoritas, no era yo quien guiaba mis actos, pero no tengo escusa y menos el pedir lo que yo no les di, de todas formas, ojalá nunca hubiera subido a esa montaña y ojalá nunca hubiera pensado que se puede coger aquello que no se da por voluntad propia…

Noemí se acercó a él...

-Tendrás mucho tiempo para pensar en tus actos y yo para perdonarte… pero al día de hoy solo tengo ganas que pagues por lo que has hecho a mí y a mi amiga…

Tras declarar salieron de la comisaria…

-Bueno, es hora de terminar el camino...

-¿Estás bien y sabrás llegar?

-Bueno, según el Padre David sólo tengo que cruzar esa cima y encontraré el aeropuerto…

-Ha sido un placer andar contigo amiga mía…

-No más que el mío, el poder aprender de ti y el poder saber que algún día estaremos juntas, en un tiempo no muy lejano…

-Recuerda… no dejes que la oscuridad oculte tu alma…

-Dalo por hecho... y se fusionaron en un tierno abrazo…

-Bueno Noemí, cuídate y nunca dejes de ser lo que eres y recuerda… aunque llueva, siempre sube montaña arriba…

Noemí se quedó algo pensativa…

-¿Por qué ha dicho eso y a que venía tal mensaje?

El Padre David se giró y le dijo:

-El mensaje está dado, solo aplícalo en su debido momento, amiga mía.

Noemí seguía pensando…

-He de parar este motor que tengo por mente, así se va a enterar todo el mundo de mis pensamientos.

Recogió su mochila, miro al cerro, respiro hondo y pensó: Sólo un paso más y alcanzaré mi nuevo destino, que tanto tiempo llevo buscando…

A partir de ahora Noemí andará sola, dependerá de si misma, para todo lo que tenga que afrontar, pero una cosa es segura… el destino lo quiere así y por algo será.

El viaje fue largo, hasta llegar a Danba, lugar místico y desconocido por muchos…

Pero será mejor que descanse, lo mejor será dormir y confiar en las manos expertas del piloto y recordad que lo que dejo atrás han sido pruebas de fuego, que las he superado todas y con creces… pero que lo que aún está por llegar no es nada comparable con lo que dejo atrás…

Se podía ver un sol radiante, sobre un mar tranquilo, centelleante por los rayos del rey sol y justo debajo los reflejos metálicos de un avión que llevaba a una mujer, hacia lo que pocos pueden llegar a lograr…

Dejar los miedos y superar el doloroso paso y aceptar que somos un cumulo de cosas y pensamientos de los que dependemos, y hacer uso de lo que tenemos y no usamos, para terminar con la veneración de dioses externos a uno mismo.

En cambio, creamos dependencias, limitaciones y unas interminables cadenas que son un lastre en nuestra vida… y tras ese cambio podemos alcanzar nuestras metas.

Pero primero hay que aprender a disolver lo que hemos creado a lo largo de toda una vida y eso en muchos casos es recorrer el camino andado y desandarlo… y para eso sólo hay una técnica… cambiar nuestra forma de ver y entender la vida. ¡Una vida que, sin duda alguna, hemos creado! con una ceguera que nos impide ver y sentir… algo que hemos olvidado con el paso del tiempo.

Por eso, hoy en día vivimos en un mundo extraño del cual no sabemos nada, ni siquiera escuchar sus mensajes… de una Madre Tierra que anhela que sus hijos vuelvan a sentir y ver lo que eran y den un cambio de rumbo a sus vidas, pero para ello hace falta voluntad de cambio, sin eso nada cambiara…

Por eso, al día de hoy los voluntarios siguen despertando de su sueño eterno, seres que trabajan en silencio, que no esperan nada y lo dan todo, por ellos y por muchos más. Al día de hoy tenemos una oportunidad de cambiar… tan solo hace falta… que una sola gota de agua cambie la comprensión de todo un océano.

Se tú, esa gota y cambiaras el destino de todos. Alma

Retorno al hogar

El día era soleado, se podía ver por la ventana un manto de nubes blancas, como si de una alfombra se tratara… y el sol en el horizonte como fiel testigo y benefactor del mismo cielo…

Noemí seguía durmiendo, mientras viajaba en el tiempo… se encontraba en un hermoso valle, lleno de amapolas rojas, que eran mecidas por una leve brisa… se podía ver un gran roble en la espesura del valle y ella corría entre las amapolas, como una niña que juega sin importarle nada, solo disfrutar del momento, de esa sensación de calma y protección que le daba ese lugar mágico y puro… se paró, por un segundo, al ver salir de la copa de los arboles una luz que le deslumbró, se cubrió con la mano, pero esa luz la traspasaba como si nada, al final provocó que Noemí abriera los ojos y viera la hermosa postal que el día le estaba regalando… tras frotarse la cara para volver al presente, se estiró, pues llevaba muchas horas sentada… y vio pasar a una azafata...

-Disculpe, señorita...

-¿Dígame señorita?

-¿Cuánto queda para llegar a Danba?

-Nuestra hora prevista de llegada son las dos, si nada nos lo impide...

-Gracias, por la información...

Noemí miró su reloj y pudo ver que solo faltaba una media hora, lo justo para espabilarse y recoger las cosas, para poder desembarcar lo más rápido posible…

-Se ruega a los señores pasajeros tomen asiento y se pongan lo cinturones de seguridad, pues estamos a punto de aterrizar. Gracias por elegir nuestra línea aérea y feliz estancia.

Al llegar al aeropuerto, aquello parecía un lugar de locos, gente subiendo, otros recogiendo sus maletas.

Y para quebradero de cabeza de Noemí, estar en país extraño y nadie que la esperase...

-¿Por favor alguien que hable inglés o español?

-Perdone, debe ir a la ventanilla, allí le informaran, aquí solo venta de billetes...

-Gracias, por su información...

Tras lograr pasar por una marabunta de personas, Noemí consiguió preguntar a alguien cómo llegar a Danba...

-¿Qué avión me lleva a Danba?

-¿Está loca? no hay aeropuerto, solo podrá llegar con un medio terrestre...

-Vale ¿qué tren me lleva?

-¿Se ha bebido el entendimiento o qué? no hay trenes, sólo a pie o a caballo...

-¿Qué?, ¿cuánto hay hasta Danba?

-A pie ni idea, a caballo ocho días como mínimo...

-¿Ocho días, dice?

-Parece un loro señora mía, con tanto repetir… se lo diré solo una vez, no hay tren, ni avión, solo medio terrestre… a pie, en carro o caballo, si va en este último llegará antes de que caigan los primeros copos de nieve y no se morirá en el camino…

-Debe de ser una broma...

-Yo nunca bromeo y el tiempo tampoco…

-¿Algo más que le pueda informar?, hay mucha cola y estamos a punto de cerrar…

-No, solo era eso…

-Feliz noche y feliz estada en nuestro país.

-Cómo te odio papa.... repetía Noemí una y otra vez…

Salió del aeropuerto, a un lugar donde nadie se paraba para ayudar, más bien iban de un lado a otro, como si el fin del mundo se tratara…

-Y yo aquí, en medio de la nada, sin saber a dónde ir, ni donde dormir y menos aún donde alquilar un caballo…

Volvió a recordar a unos de sus viejos libros de autoayuda…

-Si buscas algo guíate por tu instinto...

Respiro hondo, vacío su mente, cerró los ojos y se concentró en buscar una pista… tras abrir los ojos dejó que le indicaran algo, una ventana, alguien o una simple tienda…tras unos minutos sus ojos se clavaron en una tienda que no resaltaba de las demás…

Tras cruzar una callejuela de barro, llego a un almacén donde podía ver de casi todo, aceite, pan, arroz y mantas para el invierno, al final de la tienda había un anciano despachando...

-¿En qué puedo ayudarla señorita?

-Busco donde alquilar un caballo...

-¿Alquilar un caballo, dice? en ninguna parte se lo alquilarán, como mucho se lo venderán...

-¿Cuánto cuesta uno que este bien? para llegar a Danba…. El reino de los mil castillos de piedra...

-¿Que se le ha perdido por esos mundos?

-Busco a un Maestro...

El anciano ciño una ceja como pensativo al reconocer en su mente alguna visón o recuerdo…

-Maestro solo hay uno, en esos parajes y la gente es muy reacia a abrirse a los extranjeros, por lo que lo tendrá difícil llegar a él…

-Pero cosas más difíciles se han cambiado, con fe y fuerza de voluntad...

-Referente al caballo… pues unos quinientos dólares...

-¡Esta de broma!, con eso me pudo comprar una moto y me saldría más barato...

-No es por ser mal educado, pero aquí no hay motos, solo caballos y uno que tenga que subir esa pendiente y no se muera en el camino le costará eso, señorita mía...

-Está bien, lo entiendo... ¿dónde puedo mirar uno?

-Aquí mismo...

Noemí puso cara de asombro ante tal respuesta, pues la tienda no era de ese tipo de ventas…

-Usted solo vende cosas del hogar...

-Hay joven señorita, la vida aquí es muy dura y se vende de todo, hasta champú para pelo…

Noemí se dio cuenta de que no se había presentado como debía ante este el amable anciano con el que charlaba…

-Me llamo Noemí...

-Mucho gusto señorita Noemí… yo me llamo Yoco.

-Cuando llegue a Danba lo podrá revender, le darán mucho dinero pues allí no hay muchos como este.

-Gracias por el consejo…

-¿Cuándo piensa partir?

-Pues mañana por la mañana, a punta de alba para aprovechar el día...

-Está bien lo tendrá preparado y listo, para esas horas, como bien me indica señorita Noemí… le pondré comida y una manta, obsequio de la casa, para el largo camino, que seguro no a va ser fácil…

El anciano salió a la puerta de la tienda…

-Se acerca el invierno y este será duro, pues algo se percibe en el aire, este año algo va a cambiar para muchos y para otros será hora de volver al templo donde nacemos y partimos alguna vez en nuestras vidas...

-¿Tanto le dice el aire?

El anciano volvió a sonreír…

-Mucho más de lo que piensa e imagina, solo has de escucharlo desde tu centro…

El anciano le puso su mano en el pecho de Noemí…

-Tú templo es tu hogar, y tu forma de conectar con lo que te rodea… en él están tus respuestas y preguntas… el viento es como un mensajero silencioso, que todos escuchamos, respetamos y en muchos casos tememos, pues trae lo bueno y malo de estos parajes inhóspitos…

Noemí se quedó pensativa como uniendo mensajes, entre unos y otros era como montar un puzle, el cual se estaba montando por sí mismo, sin forma aparente…

El del Padre David, el de Luna y el del señor Yoco…

-Nuevamente le doy las gracias señor Yoco...

-De nada, a usted por comprar en mi humilde tienda.

Tras dejar la tienda se dirigió a una especie de posada para comer y coger una habitación, que era un lujo viendo el pueblo y la antigüedad de sus casas…

-Buenas noches señorita, ¿en qué puedo servirla?

-Me gustaría comer algo caliente y una habitación para esta noche…

-Bien, aquí dispone del Menú, si se dirige a unas de las mesas le cogeré nota y en un momento podrá comer…

-¿Algo de beber en especial?

-Solo agua, gracias…

-Tenga esta es la llave de sus aposentos… la habitación número siete…

Ley, pensó Noemí para sus adentros… ahora la numerología tomaba forma sutil y sin llamar... pero asomando tímidamente… en este viaje del que cada día sacaba más y más de mi misma y de las cosas que trabajé y estudié hace años, como decía un viejo amigo de camino…

-Empápate de todo aquello que puedas y esté a tu alcance, pues tan sutilmente desaparecerá y volverá a aparecer en tu vida...

-Es curioso como todo coge forma, cuando estamos atentos a los mensajes que el alma nos da, son sutiles y casi imperceptibles al ojo humano, pero solo hace falta estar atentos, para que ese algo tome cuerpo físico en lo que nos rodea…

Tras terminar de cenar, Noemí salió un rato a la calle, pudo ver como Yoco cerraba su humilde tienda, mientras su hija lo cogía de la mano mientras daba saltitos, contándole algo del día…

Cada pueblo es un mundo, no son muy diferentes, solo cambian las caras, razas y formas de vida…

No hace mucho, estaba en una de las ciudades más lujosas de Europa, de ahí pase a una donde no había ni luces en las calles y ahora estoy en una en la que el medio de trasporte me lleva casi a la edad de piedra.

Es sutil el destino, cómo nos hace experimentar, sentir y valorar las cosas… por eso, con el tiempo se valora lo que tienes encima y no lo que guardas en un cajón o caja vieja, eso nunca lo usarás, en cambio lo que usarás serán tus manos, que de una forma u otra siempre están activas, vivas y siempre las puedes sentir y ver… las mías han pasado por muchos baches, de los cuales aún tengo sus heridas frescas.

Me cuesta olvidar lo que viví en Brasil, sé que por algo me pasó, algún sentido tiene, pero al día de hoy intento aislarme de ello, sé que un día tendré que volver mentalmente a ello y ver su origen, su razón… pero de momento ante la falta de fuerzas, es mejor dejarlo a un lado… sé que él tiempo me dará respuestas, con las que poder superar ese bache que tanto dolor me ha ocasionado…

Un camino de soledad

La mañana se presentaba fría, pues la noche anterior estuvo nevando.

Al parecer Yaco tiene una muy buena conexión espiritual o simplemente conecta muy bien con su templo.

-Buenos días, señor Yaco, veo que está muy bien conectado con el viento…

-Bueno, eso va por temporadas, hay veces que ni siquiera lo puedo escuchar, por las interferencias del día a día… pero se intenta, se intenta, señorita Noemí.

-Le presento a mi amigo Dracó, un caballo duro, seguro y muy inteligente...

-¿Lo has elegido para mí?

-Bueno, si te soy sincero, él te eligió a ti…

-¿A mí?

-Sí, les dije a todos los caballos: ¿cuál de vosotros se ofrece? y él fue el primero en presentarse… y yo respeto y valoro a los que sin pensárselo dos veces se ofrecen para ciertas cosas… y este animal es muy especial, lo mires como lo mires, eso se nota...

-¡Caramba!, al final conseguirá que me sonroje...

-Por mí no lo hagas, ya soy muy viejo para ciertas cosas…

-¿Viejo? ayer le vi con su hija…

-¡Huy!, esa es mi nieta, es todo un trasto que me lleva de cabeza, en todo el buen sentido de la palabra, claro está...

-Pues no se le ve viejo, está en buena forma física…

-Bueno me cuido mucho y la Madre Tierra se porta muy bien conmigo… tengo amigos que ya están en sillas o asilos, yo en cambio sigo activo, como nunca lo he estado, en mi vida… me puedes ver si no, aquí ayudándote a salir a un destino incierto, el cual espero que sepas coger de los cuernos y hacerte con él…

-Eso espero, amigo mío, eso espero...

Noemí subió a su caballo, para empezar a testarlo y aprender cómo controlarlo…

-Para no haber montado nunca a caballo, no se te da mal…

-Bueno en verdad sí que sé montar, mi padre de pequeña se empeñó en que aprendiera algo que nunca me gustó…

-¿Porqué?

-Era joven y quería estar con mis amigos y cómo no, con los chicos… jejeje...

-¡Hay, terrible y adorada juventud!

-¡Quien pudiera volver a ella!, la vida era más fácil que ahora, solo jugar y jugar, sin pensar en nada más… pero el tiempo no se detiene ante nadie y hay que saber amoldarse y luchar como tal…

-Ayer me acorde de él y por cosas de la vida, lo que tanto odie hacer durante muchos años, hoy me sirve para sobrevivir y cumplir mis metas…

-Me sentí tan arrepentida de lo que le dije, nunca pude decirle lo mucho que le quería, siempre en el extranjero, trabajo, horas y horas de viajes, nunca tuve tiempo para mi … o nunca lo busqué, más bien esto último…

-Seguro, que te entendía a su manera, los padres tenemos ese Don, hacia los hijos...

-Sí... lo perdí hace dos años, cuando más falta me hacía…y no hay noche que no lo recuerde o vea en mis sueños...

-Si está ahí será por algo, nada pasa porque sí, si un alma está en un lugar o sigue en contacto es que algo te ha de trasmitir… por muy difícil que nos pueda llegar a parecer o entender…

-Escúchalo, seguro que te aportará algo en este viaje, sea protección o lo que el destino te depare…

-Yo siento que está en su templo, mirándote y protegiéndote, está bien, lo presiento… mientras cogía la mano de Noemí, para darle tranquilidad…

-Es curioso, la vida me va poniendo gente que me trasmite esa calma, que en ciertos momentos me hace falta y que no sé sacar de mi misma…

-Te has de valorar más de lo que lo haces, es una cuestión de tener raíces y fuerza interna, que en algunos momentos te flaquea por no estar segura de ti misma, porque las circunstancias te superan y no ves solución…

-Pero dentro de ti, hay una joven de corazón fuerte y cuando la dejes salir, se convertirá en tu pareja dual…

-Sólo confía y verás resultados a corto plazo...

-Gracias Yaco, me hacía falta hablar con alguien...

-De nada, un placer aportar algo de luz en tu camino.

-Se me olvidaba… esto es para ti…

-¿Qué es?

-Ábrelo y lo verás...

Noemí cogió un trozo de cuero muy viejo y duro al tacto… al abrirlo pudo ver una daga con una empuñadura de madera con piedras incrustadas...

-Era de mi padre. Es muy hermosa.... es para ti...

-No puedo, es muy especial y seguro que él quería que tú la tuvieras…

Yaco estiró sus manos arrugadas por el paso del tiempo…

-El me la dio para hacer un viaje que nunca quise hacer… Hoy tu podrás hacerlo por mi…

Tras entrelazar sus manos con mías… Noemí tuvo una visión…

-Tenías que estar con el Maestro... ¿Por qué no fuiste?

-Por miedo a perder lo que tenía… y no me atreví a ser lo que en verdad era…

-Por eso estoy aquí, para ayudar a otros a encontrar su camino, como compensación por mi falta de voluntad y por la deuda que tengo con la fuente…

-No viniste a mí, por casualidad...

-El destino te trajo a mí, porque yo soy el enlace con el Maestro...

Noemí seguía atando cabos, visiones, situaciones y de una forma brutal, todo tenía sentido…

-Sea como sea tienes que llevar esta daga, no sé el motivo, pero sé que te hará falta a lo largo de tu viaje ...

Noemí le miro con lágrimas en los ojos y le dijo: sois increíbles, que todos hagáis esto para que yo cumpla mi misión… Ella seguía llorando…

-Mi pequeña Noemí, en estos momentos es cuando puedo ver y reconocer que el camino que elegí fue el adecuado, pues veo que soy tan útil como lo hubiera sido con él, por eso estoy aquí y tú me has hecho ver algo que mi ceguera me impedía ver y reaccionar… me he culpado de algo que, en verdad, nunca debí pensar. Si yo no hubiera estado aquí, muchos no hubieran llegado a Él y por eso tú has llegado hasta mí, para hacerme ver que yo soy una pieza más de este puzle, al cual nunca creí pertenecer… gracias, por quitarme el velo de la culpabilidad, que tanto me hacía falta dejar caer...

Y entre lágrimas Noemí le preguntó…

-¿Y qué te puedo dar yo a cambio de esto?

-Nada, me has dado lo que nadie supo hacerme ver… me siento pagado con ello. Es hora de partir, él destino no sabe de pausas, sólo de lugares, fechas y metas… me llevo algo muy importante, que sin duda alguna conservare durante muchas vidas…

Se inclinó y me beso en la mejilla…

-Buen viaje, Noemí.

Siempre pensamos que lo que aprendemos se pierde por falta de uso. Nuestra amiga, siempre creyó, que era una pérdida de tiempo y dinero unas clases de equitación para una niña que nunca llegaría a tener un caballo, por su coste y falta de tiempo en la vida real… pero un alma miro más allá de un presente, como si supiera algo de un destino muy lejano.

Días después....

Tenía razón Yaco, Dracó era un caballo, fuerte y con mucha inteligencia y personalidad, de hecho, parecía conocer su destino, pues en muchas ocasiones decidía él la dirección a seguir, en muchos cruces de caminos...

Gracias a que el tiempo acompañaba, podíamos sentarnos junto a los arroyos y sentir el agua casi congelada que bajaba de la montaña, he incluso pude atreverme a algo que nunca se me dio bien ¡La pesca!…

Lo cómico de estas situaciones era que muchas veces me parecía sentir o ver como Dracó se reía de mí, cuando terminaba dentro del rio completamente mojada y sin nada que llevarme a la boca…

-No te rías, Dracó...

-Ahora nos tocara pedir algo de comer en las casas de ahí arriba...

Dracó me empujaba con la cabeza...

-Si lo sé, te hace falta comida, habrá que negociar y poner cara de penita…

Noemí, ponías muecas raras…

-¿Esta valdrá? Lo sé es muy mala... tendrás que enseñarme a mejorarlas...

Entonces él se paraba en modo protesta…

-Vale, no mentiré, seré sincera y diré que tenemos hambre…

En ese momento, gesticulaba la cabeza, como aceptando la propuesta y continuaba andado…

-Te pareces a mi madre que siempre me repetía una y otra vez...

-Noemí, tienes que ir con la con la verdad por delante…"mientras gesticulaba con las manos y hablaba con voz ronca"... aunque se caiga el mundo, tú la verdad por delante…

-Sí, pero aquí la gente es muy rara y no nos abre las puertas… hasta en eso tenía razón Yaco…

-¿No se podría equivocar por una vez?, ¿no crees?

Él volvía a empujarla…

-Sí, lo sé, conque menos protestar y más caminar… "Eso también me lo decía mi madre, después de recorrer cuatro grandes superficies, buscando unos zapatos de rebajas, que luego nunca se llegaba a poner, de tantos que tenía en su zapatero"

-Sinceramente, yo creo que lo hacía para chincharme...

-¿Tú que crees?... -Mejor, no te pregunto, jajaja….

-Mira, hay una chimenea encendida… ahora no podrán decir que no están, hay pruebas...

Ambos se dirigieron a una de las puertas y llamarón… los primeros golpes sonaron secos, por el grosor de la misma puerta, que estaba preparada para los días invernales… al llamar por segunda vez, le di con algo más de fuerza, entonces sonó como un eco en la planta inferior, de una bóveda o local muy grande.

-Te veo haciéndote carnívoro de peces...

Eso no le gusto a Dracó, pues me empujó con la cabeza…

-Vale,vale, lo intentaré de nuevo…

-¿Quién va? se escuchó una voz de mujer…

-Hola buenos tardes, soy Noemí y mi caballo Dracó...

-¿Y que buscan por estos parajes?

-Bueno… le responderé lo que me ha dicho mi caballo… tenemos hambre y he de ser sincera…

Salió una anciana...

-¿Hablas con tu caballo?

-Bueno… a eso, mejor no le respondo... dije, mientras miraba a Draco…

-La cuadra está detrás, límpiate los pies y las manos… la cena está en la mesa y no me gusta cenar tarde, me gusta la puntualidad...

-No se preocupe, seré muy puntual… anda Dracó, a correr se ha dicho…

Tras unos minutos, entré de nuevo en la casa… la entrada a la casa era de madera antigua con grandes ventanales, para que en invierno entrara más luz… pude ver unas puertas cerradas y al abrirlas sentí el calor de una chimenea, que caldeaba la habitación…

-Hola, ya llegué… bonita casa señora…

-Menos cortesía que la comida se enfría…

Tras sentarme y probar la sopa, dije…

-Está muy rica, se parece a la que mi madre hace en invierno…

-Gracias, seguro que a tu madre también le gusta dedicarse a cuidar de su familia...

-Sí, la verdad es que le encanta reunir a la familia, cuando puede...

-¿Está sola?...

-Hace mucho que lo estoy y aquí no llegan muchos forasteros y menos mujeres, pues aquí no hay dinero, discotecas o cosas para divertirse, sólo el arado y las ganas de trabajar la tierra…

-Yo voy a Danba...

Me miro de reojo...

-¡Está muy lejos, te pillará el invierno y no cruzarás el Bosque de la Dama!…

-¿La Dama?

-Sí, el bosque lo habita una mujer oscura, siempre se cobra las almas que se pierden en el bosque, por eso es mejor cruzar en verano, esta menos activa y es más fácil cruzarlo...

-Nadie me habló de ella...

Se levantó la anciana, para coger un poco más de sopa…

-Y nadie te lo dirá, aquí es tabú hablar de ciertas cosas y más si no son de este mundo...

-¿Usted cree en esas cosas?

La anciana dejo su cuchara en el plato…

-No más de lo que debo y menos de lo que debiera, que sean rumores, leyendas o lo que uno piense, no me permite el lujo de menospreciarlas, sea cual sea su realidad. La verdad es que nadie pasa por ese bosque y regresa para contarlo…

-Salvo un anciano, que le llaman el Maestro…

-Por lo visto, ella lo respeta y le tiene temor, es un protector de almas y eso ya es otro cantar…

-¿Cómo sabe tanto, si nunca se mueve de aquí?

-No siempre he sido una mujer mayor, también he sido joven y también he tenido mis aventuras de juventud… y ese bosque está maldito. He visto amigos entrar y tras cincuenta años siguen sin dar rastro de vida…

-Entre ellos un hermano mío, que siempre fue una cabeza loca, lleno de pajaritos, pero que era mi hermano a pesar de todo… y cuando alguien pierde a un ser querido, sin duda alguna, cambia su visión de las cosas reales y de las cosas que no son de este mundo.

-Tú eres diferente, se nota en tu mirada, algo te guía y te acompaña… es tu destino, pero llegar a Danba y cruzar el Bosque será toda una hazaña, por no decir una misión imposible… pero nada en esta vida es imposible, si la fe te acompaña y tienes fuerza de voluntad...

-Bueno, tengo algo de todo eso, sólo me falta aplicarlo, en ciertos momentos de mi vida...

-No está mal, mientras sepas aplicarla con sabiduría…

-Bueno, es muy tarde, te enseñaré tu habitación, seguro que el viaje te ha hecho mella y te hará falta descansar…

-Sí, la verdad es que estoy cansada y hace noches que no duermo bajo techo y es de agradecer un techo y una buena cama que te de cobijo…

-Descansa te hará falta...

-Gracias por recibirme y por su generosidad…

-No hay de que, no se le puede negar un plato a quien busca sus respuestas…

Hoy nuestra amiga dormirá bajo techo, algo que sin duda echaba de menos, pues la gente no suele abrir su casa a los extraños, salvo algunas personas que miran en el interior de las personas y siguen pensando que en este mundo aún se puede confiar en los extraños que llaman de noche a tu puerta, buscando el calor de un fuego y una cama donde descansar, tras un largo camino

Se podía escuchar el crujir de la madera vieja, castigada por el tiempo y los pasos de la anciana yendo de un lado a otro de la casa, como si tuviera mucho trabajo que hacer, mientras la noche seguía su rumbo.

Noemí, poco a poco, fue cayendo en las manos de Morfeo que le ofreció descanso, cobijo y calor, en un lugar donde el invierno era duro por sí mismo…

Se escuchó el gallo de la mañana, un sonido que recorría cada rincón de este viejo valle, que parecía una postal navideña de fondo, se podían ver las copas de los arboles llenas de nieve y pequeños charcos del camino, congelados por el intenso frio de la noche, que daba paso al tímido despertar del día. El sol iniciaba su tímida andadura, acompañado de una visible niebla.

Los primeros cantos de los pájaros, se podían escuchar mientras el fluir del riachuelo transcurría tímida y sinuosamente entre las piedras.

Se podría decir que lo mejor de un día no es cómo trascurre, si no como lo afrontas y lo vives...

Noemí saco tímidamente los brazos de la manta, pero los recogió rápidamente, pues la noche había sido muy fría y se notaba, a pesar de estar caliente la habitación, pues el conducto de la chimenea cruzaba la habitación, pero se acordó de Dracó, que tendría hambre y la echaría de menos.

Tras vestirse y abrir las ventanas del cuarto, pudo ver que había más nieve que el día anterior, al bajar por las escaleras pudo oler a tostadas recién hechas.

Al entrar en la cocina vio a la anciana limpiando los pequeños cuencos de madera…

-Buenos días, ¿cómo fue la noche?

-Bien, la verdad que muy bien, echaba de menos el confort de una cama y estar calentita…

-Bueno, somos seres de sangre caliente, no es fácil vivir en lugares tan inhóspitos como este, hacen falta años, esfuerzo y aceptación de lo que nos toca vivir… pero dentro de todo, es confortable vivir aquí, de una cosa estoy segura… como un hogar no hay nada en esta vida.

Noemí pensaba mucho en su madre, en lo que le había aportado como mujer y madre, en que le enseñó que es importante mantener unida como una piña a la familia, de ahí que siempre se entregara más de lo que debía para que los demás tuvieran todo lo que necesitaban, hasta los botones de una camisa, si estaban sueltos. Ella rápidamente cogía su aguja e hilo y enseguida se ponía a arreglarlo...

Esta anciana era un reflejo de ella, pues se la veía constante, de las que le gusta que todo esté ordenado e impoluto…

Mientras tomaba una taza de café con leche, me preguntó la anciana…

-¿Sabes por dónde has de ir?

Tras dejar la taza en la mesa Noemí respondió…

-La verdad es… que no sé nada de este lugar, no conozco sus caminos, ni pueblos…

-Me guío por mi instinto y por mi querido caballo que suele elegir el sendero y el camino a seguir…

-Bueno, es una forma… lo importante es que esa conexión os lleve a vuestro destino.

Tras terminar de desayunar, ayudar a limpiar los pequeños cuencos y recoger mis pertenencias, fui a buscar Dracó… mi sorpresa fue verlo ya alimentado y cargado con unas sacas a los lados…

-No hacía falta, ya es mucho pedir… que me acoja en su casa y me dé de comer y que le dé más trabajo del habitual...

-No es ninguna molestia, es un placer poder ayudar a un peregrino a encontrar su destino y el camino es aún muy largo, por eso te he puesto comida en las alforjas para unos días...

-Gracias por todo...

-A ti, por no dejar de buscar tus sueños, recuerda... "las apariencias engañan", el camino es sinuoso y en muchos casos no expresa la auténtica verdad real…

-¿A qué se refiere? pensaba en mi interior...

-Te doy este viejo candil, que nunca llegue a usar, cuando lo que veas y sientas te haga dudar o estés perdida, enciéndelo, será tu mejor aliado…

Aquellas palabras me dejaron más dudas que respuestas, pero al igual que con otras almas que el destino me puso en mi camino en este intenso viaje, me quedé con el mensaje, ¡seguro de una forma u otra tendrá su razón!

Tras despedirme de la anciana, comencé a subir ladera arriba, pensando en todo lo que estaba viviendo y en lo que el destino
forjaba en cada una de mis experiencias. En cierta forma me aportaba cosas que en mi pasado había carecido de ellas. Son muchas cosas, acompañantes que de repente dejan de estar, como si el destino me indicara que es un camino solitario, que sólo puedo hacer yo misma y de una forma u otra es cierto.

En verdad, el miedo me impidió hacer cosas e incluso decidir qué hacer en ciertos temas… pude ser madre, esposa y compañera, pero eso también fue un eslabón más en mi vida, pues llegado el momento era vacío más que alegría, por eso cada palabra cada frase que alguien me dice, me dedico a analizarla, entender y buscar sus raíces. Ya no es lo que la gente piense o diga, es más una cuestión de seguir un camino y nunca mirar a otros, salvo para recordar que, sin ese pasado, no sería lo que hoy en día soy....

Acaricio a mi viejo compañero de camino, que agradece mi acto con un movimiento de cabeza... en verdad el destino me dio un gran compañero, pues de lo contrario, seguro que mis fuerzas y confianza no serían las mismas.

Me gusta el aire fresco de la montaña, es como un remolino que renueva mi interior, que limpia mi alma de dudas, temores y preocupaciones…

-¡Soy afortunada!, sé que pocos pueden hacer estos viajes, pues el cotidiano hace que dejemos de buscar lo verdadero, pero una cosa no quita la otra, también somos Humanos y como tal tenemos que vivir y sentir la vida, pues no podemos estar cojos, si vivimos solo en un lado de la balanza al final terminas padeciéndolo, lo ideal es encontrar un equilibrio. No hace falta que dejemos algo, por miedo a perder lo otro, por eso, nunca dejes de estar en armonía, amar y ser amado/a, no importa lo que ocurra o cuál sea el resultado final…

-Si dejas de sentir, de compartir es como estar muerto/a en vida… sé que añoro cosas de mi vida pasada, pero no es algo que me ate tanto como para dejar de ser yo misma, si algún día alguien vuelve a mi vida sea cual sea su pasado, estaré preparada para darle lo mejor de mí misma… mientras tanto, me dejare llevar como el caudal del rio y el fresco aire que llena mis pulmones, pues todo tiene su recompensa, he ahí la magia de lo que se nos da, tú decides que copa tomar y cual dejar, pero también es cierto que a veces podemos tomar las dos… Es cuestión de ser sabio/a y discernir… ¡Esa es la gran lección!

El tiempo empieza a empeorar, de hecho, es difícil poder ver más allá de unos metros, pues la intensa niebla dificulta poder ver mucho más allá…

-Venga compañero, seguro que encontramos un lugar donde descansar hasta que pase la noche, pues también nos hace falta un fuego y una buena cena… entonces me acorde de las palabras de la anciana…

-¡Las apariencias engañan!...

-Fue como un flash de la mente o cuando el subconsciente lanza como una bomba de profundidad… tiré de las riendas hacia atrás…

-Espera Dracó, saqué el candil y lo encendí y estiré el brazo lo máximo que pude, pero solo veía… más y más niebla, como una inmensidad completamente blanca delante de mí... y como un instinto que despierta de un letargo… pude tener una visión más clara…

-Estaba justo en un acantilado, lo que veía no era una niebla infinita, era la propia caída y su aterradora carta de presentación, como pude intenté recular, pero Dracó pesaba demasiado, sentía como perdía base de apoyo, intente mover el candil para ver donde estaba y como poder actuar, pero eso fue mi última acción, tras empezar a caer sin control hacia el mismo abismo, solo pude que estirar las manos para cogerme a lo que fuera, mientras Dracó desparecía en la gruesa capa de niebla, que lo engulló para desaparecer ante mí. Mis manos luchaban por encontrar a donde agarrarme y tras varios intentos encontraron una rama...

-No sé cuánto tiempo que estuve colgando, ni que fue de mi compañero, yo solo rezaba por mi vida… y cuando más débil estaba algo dentro de mí tiro la toalla… justo en ese momento, de la nada surgió una figura que… tomo forma en la niebla… pude ver a un anciano con barba estirar la mano…

-Coge mi mano, Noemí...

Fue como recibir de mi último aliento, mi última plegaria, esa ayuda que tanto buscaba… tiró de mí con fuerza, como jamás nadie lo hizo en mi vida… esa imagen desapareció y la propia inercia me llevó a tierra firme y me ayudo a descansar los brazos, los cuales ya no sentía por el esfuerzo realizado...

-Miraba al cielo, con la respiración entrecortada por el esfuerzo y pude ver como la niebla iba desapareciendo y dando lugar a un hermoso cielo azul… como pude me levanté…

-¿Dracó, Dracó?... "Dentro de mis limitaciones, puede ver que la caída era de unos cuatro metros… pude verlo tumbado de lado, sin movimiento"

-¡Ya voy compañero, ya voy!

Tras descender unos metros, por un escueto sendero de piedras, nieve y hielo… pude sentir su calor, su latir, fue como encontrar el amor de alguien que dabas por perdido y tras regresar de entre los muertos, te hace ver que la vida se abre camino hasta en los momentos más insospechados y eso me dio fuerzas… me abrace a él, como si me diera miedo abrir los ojos y ver que no era una realidad efímera…

La sombra que todo lo sabe

Recordé mis antiguos viajes por la India, donde visité a un anciano sacerdote que me enseño el poder de las plantas medicinales para curar heridas, era una de las cosas que me enseñó y regaló para mí viaje... ¿casualidad? no lo creo…

-Fui a buscar dentro de mis alforjas unas yerbas, las mastiqué durante un rato y se las apliqué como una cataplasma que cubrí con una venda, asegurada con un esparadrapo… que provocó la queja de mí compañero…

-Lo sé, pero esto te quitara la infección y te ayudara a cicatrizar… le puse una manta que le daría calor, mientras el día florecía en su máximo esplendor, pude ver que estábamos cerca de un sendero hecho por los animales, pues había yerbas aplastadas…

-Dracó es hora de movernos, si nos quedamos aquí no podremos subir con la nieve, pareció entenderme y como pudo intentó levantarse, yo me puse delante, pues al ser estrecho el camino podría dirigir mejor el camino a seguir.

Tras un largo camino, pudimos llegar a una explanada...

-Lo ves, ha sido fácil… intentaremos descansar en un claro…

Pude ver que estábamos en un bosque, me chocó pues no sabía que estuviéramos tan cerca de uno, aquí era más habitual encontrar montañas escalonadas y no planas…

-Bueno Dracó, al final hemos tenido un golpe de suerte y podremos dormir en mejores condiciones…

Me seguía chocando la falta de sonido, carecía el bosque de cantos de pájaros, la luz era muy escasa, pues apenas entraba el sol entre las copas de los árboles…

-Bueno, creo que acamparemos aquí, hay sol y podemos ver quien se nos acerca y es un lugar que nos protege del fuerte viento y del frio…

Dracó se echó en el suelo, se le veía cansado de la subida y la caminata, lo agradeció con un movimiento de cabeza… pude encender un fuego para darnos calor y comer algo caliente.

Me gusta oír el crepitar de las llamas, poder sentir y ver el fuego es algo que me calma.

Antiguas civilizaciones dicen que el fuego es una fuente de sabiduría, que nos trasmite conocimiento, sólo hay que escucharlo, sentirlo y como no entenderlo y preguntarle para encontrar respuestas a nuestro presente… por eso somos muchos los que nos quedamos mirándolo, como el que mira al infinito sin pensar en nada, sólo creando ese matrimonio sagrado que nos une y se funde en un solo ser, lo que favorece el brotar de esa sabiduría que tanto anhelamos y buscamos.

-Buenos días Dracó, ¿cómo fue la noche? le preguntaba mientras me estiraba, la verdad es que, a mí, me ha ido muy bien, estoy como nueva… déjame ver tu herida, así de paso cambiamos los vendajes...

-¡Caramba!, está mucho mejor… a este paso, en unos días estarás como nuevo, de momento tienes que ir con calma y no hacer travesuras…

Dracó, asintió con la cabeza, como entendiendo… cogí las riendas y empecé a andar para evitarle cansancios innecesarios...

No dejaba de ser curioso este silencio, ni animales, era como estar en un bosque fantasma donde nada tiene vida…

-Intentaremos salir de aquí cuanto antes… no estoy tranquila…

Tras unas horas de recorrido, pudimos ver una aldea, en la lejanía se veía el humo de las chimeneas, eso era buena señal y nos daba esperanzas…

Escuche como el viento movía unos arbustos, al mismo tiempo que algo paso junto a mí, lo que hizo que me girase…

-¿Quién está ahí?

El silencio fue la única respuesta. Seguía mirando en mi entorno, como buscando algo, más bien era mi intuición la que estaba activa, sabía que algo se está moviendo, podía sentirlo fuera lo que fuera…

-Sé que estás ahí, te puedo sentir, sal de donde estés escondido…

-Veo que tu intuición está viva, a pesar del tiempo…

Era una voz femenina, la que salía de entre los matorrales…

-¿Porque no sales?

-Todo a su tiempo, no tengo prisa, estás en mis dominios…

-¿Dominios? el bosque no es de nadie, es de todos…

-Te equivocas, este es mío y solo mío...

Cada vez, me sentía más intranquila…

-Dracó, voy a montar, sal lo más rápido que puedas, si es que aprecias tu vida...

De un solo salto monté sobre Draco y salimos al galope, como alma que lleva el diablo… a pocos metros, pude ver un sendero, iluminado por el sol y muy distinto a lo que conocíamos del bosque hasta ahora… pero en mi huida, una rama de un árbol salió a mi encuentro, lo que provocó mi caída… Dracó se paró en seco, mientras yo seguía estirada boca abajo dolorida por el golpe…

-¿No pensarías que iba a ser tan fácil huir de mí? verdad...

-¿Quién eres? ¿y qué quieres?

-Esa pregunta me es muy conocida en estos tiempos, será que muchos se pierden en las oscuras noches y caminos sin encontrar destino seguro, por no seguir su instinto…

-¿Qué? ¿Me atacas y te atreves a darme lecciones de sabiduría? Deberías hacértelo mirar... yo de ti iría con menos arrogancia y menos ego…

-No sabes quién soy...

-No lo sé, ni me importa. Sólo sé que quiero irme y dejarte en tu mundo de fantasía, con tus trucos de bruja pirada…

-Eso te va a costar caro...

-No me digas…

-Pues aquí estoy, si tienes valor sal y da la cara…

Y de la nada como si de una neblina se tratase, apareció una Dama con un traje oscuro, de estilo medieval, que la hacía hermosa. Lo que contrastaba era la belleza y la maldad que la envolvía…

-Prefiero darte donde más duele, para que nunca olvides mi presencia…

No terminaba de entender su mensaje, pero algo me hizo mirar a Dracó…

-Veo que intuyes bien y haces bien por lo que se avecina…

Entonces pude ver como se movía hasta llegar al lado de Dracó…

Mi mente seguía dando vueltas"

-¿Qué hacer? no conseguía hilvanar las ideas, hasta que recordé al mercader, busqué en mi cintura la daga que me ofreció y entonces salté como pude y se la clavé en la espalda, haciendo un sonido espectral que recorrió todo el lugar…

No podía quitárselo de la espalda, por el lugar donde se lo había clavado…

-¿Quién te dio esa daga, quien?

-Alguien que te conoce, por lo que veo…

Me miró fijamente con una mirada que podría helar al mismo infierno, sonrió y… puso la mano sobre Dracó, al tocar su piel provocó como una onda expansiva que nos hizo caer de golpe… mientras ella huía entre los arboles del viejo bosque moribundo…

Tras levantarme corrí a su vera y me arrodillé junto a él...

-Venga levanta, amigo levanta... le dije, mientras las lágrimas recorrían mi cara...

-Por Dios, levanta compañero, levanta…

Él me miro con una mirada de … hasta siempre… y al volver a tocar su piel, se desvaneció como el polvo…

Mi corazón se partía en dos, de dolor y de incredulidad…

-¿Qué daño te hizo este pobre ser? sólo me ayudaba, sólo eso… Algo en mi interior latía, como aviso de que ella volvería y tenía que reaccionar... como pude cogí mi vieja mochila y comencé a andar hacia ese camino nuevo que había visto minutos antes…

Al cruzar una línea, casi imaginaria, sentí el aliento de la muerte en mí nuca…

Sabía que era ella… ande unos pasos y me giré…

-Esto sólo es el principio... no importa donde vayas o donde te escondas, te encontraré…

Caí al suelo y puede ver una imagen espectral de alguien o algo que hacía mucho que había dejado este mundo… yo respiraba entrecortadamente y me hiperventilaba, lo que me provocó una visión borrosa y sensación de mareo… pero aún tuve fuerzas para levantarme y seguir andando entre la nieve… sin mirar atrás y con la mente ocupada, en un solo pensar... el sacrificio de Dracó no podía quedar ahí sin más, por eso busqué fuerzas de donde no las había y voluntad para seguir andando… por ese camino sin retorno...

Tras unos metros pude ver a un anciano recoger leña de un viejo árbol caído… se me quedó mirando, cómo no entendiendo como había llegado hasta allí…yo me tambaleaba, sin saber a dónde iba, con las fuerzas justas…

-¿Está bien señorita?

Lo miré... sin casi verlo.

Ver no veía nada, tan sólo sombras y sentía un gran dolor que superaba mi capacidad humana… al llegar a su lado me desplomé en sus brazos… como cuando cae un árbol milenario…

-Señorita ¿qué locura le ha hecho entrar en el bosque?

Desde lo alto, se podía ver a una mujer desmallada en brazos de un anciano, que solo hacía que rezar y rezar, por la gran locura que una mujer había hecho al entrar en un lugar vetado para los vivos y abrazado por los muertos…

Y así comienza mi tercer viaje… ¡En busca de mi Maestro!

Un duro invierno

Por estas épocas, el Maestro y yo solemos ir mucho a las casas cercanas, pues la gripe y viejas heridas suelen pasar factura y más cuando la gente envejece…

-Maestro...

-Sí, dime, querido amigo…

-Ha llegado un señor del pueblo, dice que estos días las nevadas han bloqueado el camino del bosque y no se podrá pasar en un tiempo…

-Bueno, según parece durante unos meses no podremos hacer acopio de víveres, por suerte siempre soy precavido y tenemos suficiente, justo para ese tiempo.

Pude ver al Maestro pensativo…

-¿Qué piensa? pregunté…

-Algo ha pasado en el bosque, habrá cambios después del invierno, según percibo en las energías…

-¿Buenos?

-Todo es bueno, sólo hay que sacar lo positivo de los cambios y si no es así, es que no has aprendido nada de lo que te he enseñado…

-¿Qué paso en el bosque?

-Bueno, dejémoslo para su debido momento… ahora nos toca ayudar a quien de verdad lo necesita, ya tendremos tiempo de solucionar otros menesteres… me dijo, mientras depositaba su mano en mi hombro, como acto de confianza...

-Hoy toca traer leña, es un invierno frio y hay gente que no ha podido hacer provisión de leños…

-Bueno ya estoy listo, he dejado las ascuas bajas para luego poder hacer un buen té…

-¿También has puesto el protector de la chimenea?

-Sí, eso ha sido lo primero que he hecho…

-Pues manos a la obra…

-Toc, toc… se escuchó en la puerta principal…

-Ya voy yo, Maestro...

-Buenos días ¿que se le ofrece?

-Me gustaría charlar con el Maestro, de un tema personal…

-Salíamos ahora mismo para hacer unos recados…

-No importa, déjala pasar, iremos un poco más tarde…

-Hola Cecilia, cuanto tiempo sin saber de ti...

-Bueno, es que todo me va muy bien y no me es necesario venir tan a menudo...

-Eso es bueno, según se mire y me alegro… ¿en qué te puedo ayudar?

-Bueno…tengo una hija que desde hace unos años sale con un chico y al parecer algo no va bien...

-¿El qué?

-No sé… quizá sea que desconfío o que nunca veo lo bueno de los cambios o que las personas somos raras de por sí y veo más de lo que en verdad hay, de ahí mis dudas...

-Bueno, siéntate para haber que se puede hacer…

-¿Puede pasar mi hija?

-Por supuesto, es la principal interesada…

-Amigo mío, prepara la tetera y algo de picar… y pon leña, esto llevara un rato… te puedes unir cuando estés preparado y gracias de antemano…

-De nada, todo un placer ayudar en lo que pueda…

Pude ver a una chica de unos veinte años desmejorada, aparentaba más edad de la que en verdad tenía… se movía con dificultad, como dando síntomas de dolor...

-Hola ¡caramba! te has hecho toda una mujer, pequeña Kanová…

-Bueno, intento seguir los consejos que me dio, pero esto me supera y ya no sé qué hacer...

-Bueno, no tienes que tardar tanto en tomar decisiones, has de venir antes, así te evitas pasar por baches innecesarios…

-Nunca dejes que el fuego llegue al telar, pues si lo haces, terminarás padeciendo en vano…

-Sí, eso dice mi madre y yo ciega nunca le hago caso…

-Bueno, no es momento de castigarte, solo eres un alma en evolución y como tal tienes derecho a equivocarte, somos humanos y eso es muy normal.

Tras ayudarle el Maestro a sentarse en uno de los sillones, llegué yo con algunas pastas y unos tés...

-Gracias, amigo mío... siéntate con nosotros, ya lo sirvo yo.

-¿Y en que te puedo ayudar?

-Bueno, la verdad es que no duermo bien, son constante los dolores. Antes está muy bien, pero desde que fui a vivir a la nueva casa… no sé… algo va mal… no duermo, en el tema pareja… nos llevamos mal, bronca tras bronca…

-¿Dónde vives?

-A unos kilómetros del pueblo Alegría, justo debajo de la montaña…

-¿De la montaña?

-Sí, había una vieja casa desocupada desde hacía años, busqué al dueño y le dije que, si me la alquilaba o vendía, al final me la vendió...

-¿Precio alto o bajo?

-Bueno, fue casi un regalo, pues él no hacía uso y al ser una pareja joven, como acto de buena fe, me la dio como algo simbólico…

-Entiendo ¿hay algo más, que te pase en tu vida normalmente?

-Bueno, sólo tengo pesadillas, y no termino de curar este resfriado que arrastro desde hace ya seis meses…

Pude ver al Maestro pensativo, como viendo que algo no iba bien…

-¿Cómo es tu pareja?

-Un trozo pan, yo creo que lo agobio y castigo por mi presente y eso que nunca hemos tenido broncas… sólo que desde que hemos buscado la independencia de las familias, todo nos va mal, como si alguien nos hubiera echado mal de ojo.

-Eso no existe y es mejor que te lo quites de la cabeza, sino crearás dioses externos a ti y nunca conseguirás quitártelos de encima… "El Maestro le decía esto, mientras cogía la taza de té"

-Es un paso erróneo, tienes que pensar en que hay algo que falla y que no sois vosotros…

Volvió a dejar, la taza en la mesa…

-Mi consejo es que estés un tiempo sin ir por esa casa, que estés con tu madre durante una temporada, hasta que pase el invierno y todo esto desaparezca por si solo…

-Pero tengo toda mi vida allí...

El Maestro le cogió la mano…

-Ahora es prioritario tu vida y tu salud. El alumno y yo iremos a esa casa y en unos días te digo algo…

-De acuerdo ¿me podrías dejar unas llaves, para poder ver toda la casa?

-Sí, aquí las tiene...

-Hoy no vuelvas a esa casa, directamente te vas con tu madre….

-¿Pasa algo con la casa?

-No te preocupes… primero hay que ver que es lo que pasa y cuál es el origen del problema, tu sólo descansa y dedícate a ti misma, del resto me ocupo yo...

-Gracias Maestro, por ayudarme...

-No hay de que… para eso estoy...

Tras despedirla, se recogieron las tazas…

-Tenemos que ir a esa casa, lo dejamos todo para mañana, coge abrigo, comida y algo de beber…

-Es hora de que alguien le recuerde cuál es su lugar…

Lo vi con firmeza y seguridad, él había visto algo que no me contaba… pero mi razonamiento era el justo, no preguntar y dejar que él hiciera su trabajo…

Mientras nos dirigíamos al lugar, seguía pensando en mi encuentro con la Dama del Bosque, en lo que me unía a ella y porque esa ira y rencor por alguien que no conocía de nada…

Me parecía un camino sin fin, veía los árboles como si fueran algo infinito, apenas podía ver sus formas, pero si su energía. A veces cerraba los ojos para descansarlos, pues me molestaba incluso el forzar la vista, por el contrario, miraba al Maestro, con esa mirada serena, tranquila y dulce…

-¿Cómo puede estar tan tranquilo, sabiendo a dónde va y no estar preocupado?

Me respondió con una media sonrisa…

-Nací para esto, sé lo que soy y quien juega al otro lado y no tengo miedo… pues para poder subir una montaña tienes que tener templanza y seguridad…

A veces dudo de no poder estar la altura del Maestro…

Entonces el Maestro paró el carro…

-Nunca crees dioses externos a ti, eso te hará débil… cada uno estamos al nivel que debemos estar y nunca te has de valorar o desvaloras porque otra alma sepa hacer más cosas o menos… La Otra Parte se alimenta de la debilidad de los demás y eso aquí es dar pie al Otro Lado, si crees que no estás preparado te acerco a alguna aldea, para que te lleven a casa…

-Y no te preocupes, no es cobardía, es sabiduría reconocer la debilidad y de esta forma la podrás contrarrestar y superarla.

-Sólo es una opinión, a veces una opinión es una verdad… de ahí que sepamos discernir entre una cosa y otra…

Me quede pensativo, nunca nadie me hizo ver esa pequeña pero gran verdad, la cual me hizo ver que no tenía que potenciar mi debilidad, más bien reconocerla y transmutarla…

Miré al Maestro… y le dije …

-Sigamos, merecerá la pena aprender algo más, a mi nivel…

El Maestro me regalo esa dulce mirada que siempre entraba en mi alma como un bálsamo, que diluía mis dudas y miedos.

Tras unas horas… llegamos a una bifurcación, donde el camino se separaba… bajé primero para ayudar al Maestro…

-Gracias, amigo mío... ¿qué diferencia ves en estos dos caminos?

-Bueno no veo mucha diferencia, hay nieve y parecen iguales…

Entonces tendrás que ver algo más de cerca…

Estiró la mano y cogió tierra para mostrármela…

Estiré mi mano, pero rápidamente él me lo impidió…

-No estás preparado, coge tierra del otro camino...

Y le traje una muestra… de donde él me indicó.

-Bueno, esta es más viva, mojada y tiene un color más natural… en cambio esta otra es negra y seca, a pesar de que hay nieve no está ni mojada…

-¿Cómo es posible?

-La Otra Parte juega sus cartas y ha ampliado su contrato…

-¿Su contrato?

-La primera vez, fue por necesidad, pues no tenía otra opción…

-La pregunta es ¿por qué ha optado esta segunda vez?

Se levantó e intento divisar la casa, desde el punto en el que estábamos…

-Ata el caballo en el poste que hemos visto al entrar, allí estará seguro…

Tras dejar la carreta nos dispusimos a caminar por el camino paralelo…

-La casa está en el otro lado, de ahí los problemas de la chica que vino a casa esta mañana a vernos y no hace falta ver la casa, ya sé todo lo que tenía que saber…

-Ahora hay que charlar y tener respuestas…

-¿Con quién vamos a charlar no hay nadie?

-Sabiduría, hermano, sabiduría…

-Ahora jugaremos al cazador cazado y que mejor cebo que unos de sus deseos...

-Eso me sonó a mal rollo…

-¿Es mi intuición o soy yo el cebo?

-Avispado alumno tengo, sin duda, el cual veo que escucha cuando le hablo...

-Eso le costara un desayuno...

-Me lo apunto para cuando me debas una…

-¿Usted, nunca pensó en dedicarse al teatro?

-Ya lo hice en otras vidas, y se me dio bastante bien…

-Anda un poco más y estará todo listo para que se cierre la trampa…

Tras andar unos pasos cruce una especie de frontera, donde no había sonido alguno, ni animales, sólo un eterno silencio y una seca sensación que podía secar tu propia saliva…

Entonces el Maestro tiro una piedra que retumbó en un inmenso eco…

-Ahora retrocede despacio hasta donde yo estoy…

Tras un segundo sentí algo frío en mi nuca, una sensación que ya conocía… y al girarme la vi a ella… la Dama del Bosque…

-Entrégamelo y me retirare a mis reinos…

Entonces el Maestro terminó por alejarme de ella…

-¿Sabes que los contratos no se pueden romper, ni negociar? salvo que vuelvas a la luz por voluntad propia y tú no quieres volver...

-Odio que sepas tanto…

-Es mi deber…

-¿Porque este segundo contrato?

Lo que hizo que me mirase a mí…

-¿Tanto lo odias como para embarcarte en un segundo contrato?

-No son de tu incumbencia mis deudas o contratos…

-Lo son, cuando involucran a mi alumno…

-No dejare este lugar, ni sus tierras...

-Entonces me ocuparé de que nada, ni nadie, los pise…

-Mucho trabajo para un anciano que se mueve con bastón...

-Que no te ciegue tu ego y no me infravalores por mi apariencia…

-Ya me ocupé de ella...

Decía esto mientras me miraba...

-Tú serás el siguiente...

-¿Ella?

-No preguntes, sólo juega al juego del despiste, te da algo que anhelas a cambio de tu ira y eso la alimenta, por eso estas por estas tierras…

-Hay presas más fáciles…

-Será mejor que vuelvas a tu reino, aquí corres peligro, siempre rondan los guardianes y ellos, no entienden de contratos, más bien de deudas y tú tienes muchas.

-Nos volveremos a ver joven alumno, cuando él no esté, ya saldaremos nuestras deudas…

-Anhelas mi energía, pues yo no te la voy a regalar sin más... sé que algo nos une… y ese algo nos unirá o nos separará…

Se quedó mirándome fijamente, como si lo que nos uniera… fuera algo personal… que yo aún no conocía a ciencia cierta.

-Bueno amigo mío, te ha salido un rival de mucho nivel… es hora de que trabajes profundamente, pues ese rival hurgará en cada mella, en cada herida sin cerrar, hasta que encuentre una brecha para poder entrar dentro de ti como un cáncer sin piedad. Pero no te preocupes, la luz es más poderosa de lo que muchos creen, de ahí que el que cree en sí mismo, nunca caerá en las garras de la Otra Parte.

-¿Quiénes son los guardianes?

-Bueno, hay entidades que se ocupan de hacer cumplir las normas y leyes…

-Cuando un alma involucionada cruza el límite o sobrepasa lo pactado, es cuando automáticamente ejecuta la orden de regreso, pues se rige por las deudas acumuladas, por eso las almas conocen sus límites y leyes, ella está al filo de ley…

-Entonces, hay límites de acción…

-Sí, para todos, en eso no hay diferencia, por eso cuando un guardián se cruza en tu camino, no hay vuelta atrás...

-Entiendo...

Tras esta explicación, volvimos a la carreta para volver a casa, poder contar a la jovencita el resultado y acordar las decisiones a tomar.

Un Dios externo

De regreso a casa…

-Me habló de un Dios externo a mí… ¿qué significa eso?

-Bueno, la mayoría de almas solemos andar entre sombras, cuando un alma decide por activa o por pasiva dejar que otra persona rija su vida es cuando creamos un Dios externo a uno mismo… en otros casos, cuando alguien se pone un listón de referencia con otra persona es cuando anula su propia identidad, pues se desvaloriza a sí mismo y ello propicia el que nunca consiga alcanzar sus metas, pues nunca podrá aceptar que él podría estar a un nivel igual o superior… por eso tu decías… "a veces pienso que nunca estaré a su altura"...

-Eso es crear un Dios externo… y eso crea debilidad y la Otra Parte siempre está ahí para recordarte que, si eres débil, eres fácil de cazar…

-No es fácil pensar como usted, Maestro…

-Bueno, todo lleva su tiempo y su aprendizaje, nada se consigue sin esfuerzo, caídas, errores… cada escalón tiene una dificultad que radica en cómo superar ese nivel, por eso cuanta más sabiduría tengas más puertas se te abrirán. No es una cuestión de si puedo o no puedo, más bien es cuestión de si aceptas que puedes estar en el lugar que te corresponde…

-Suena bonito "el lugar que te corresponde"

Mientras el Maestro seguía conduciendo la carreta, yo seguía pensando en lo que aún tenía que evolucionar y aprender y también sabía que tenía que hacerlo rápido, pues las situaciones se iban precipitando, unas tras otras y a veces me superaban…

Pero es cierto lo que dice el Maestro, dejar mi reino a otro o dejar que mi reino y destino lo rija otra persona, por el simple hecho de verme inferior, eso es como venderme, sin tan siquiera intentarlo o por lo menos probarlo, sea cual sea su resultado…

La vuelta a casa fue más tranquila, me podía deleitar con las imágenes del camino nevado, lástima que no tenía un móvil, hubiera sacado unas fotos increíbles…

Otra cosa que aprendí, es que no hay que ser tan dependiente de una tecnología, antes tenía el móvil conectado veinticuatro horas al día… desde que llegue aquí estaba más libre de energías y de una máquina que al final me había hecho esclavo de ella. Ahora me encuentro en un estado de armonía más constante, antes solo conseguía estarlo unos segundos, pues el mundanal día a día terminaba pasando factura, quemándome energéticamente, moralmente, y como no, nunca terminaba el día sin tomar pastillas para todo. Aquí he aprendido a ser yo mismo, a hacer uso de las herramientas y no a depender de ellas.

Ahora entiendo que significa eso de "crear Dioses externos"… que fácil es cuando él me lo cuenta, es como leer un libro abierto, del que siempre sacas una frase, una estrofa que encaja en los momentos justos y adecuados… Ni antes ni después, sólo se produce cuando uno entiende y comprende su significado, de lo contrario nunca se produce, si no estás preparado para ello.

Llevo conmigo desde que llegué una pequeña piedra, dicen que es rara, pues no se encuentra tan fácilmente, no sé ni cómo se llama… pero cuando estoy intranquilo, nervioso o perdido, la cojo con fuerza, como si de una fuente de luz se tratara… sé que tarde o temprano la tendré que dejar, pues también es una dependencia… el

Maestro siempre me dice: "Nunca dependas de algo externo, pues cuando ese algo falte caerás detrás de él"

-Sí, en lo más sutil y efímero está el crear Dioses externos… hasta con una piedra… será insignificante, pero es muy real y cuando uno se da cuenta es cuando ve su debilidad…

Me pareció ver a un niño, unos metros antes de llegar a la aldea…

-Pare un momento, Maestro...

Cuando paró, vi a un niño jugando entre los arboles con sus amigos... y le dije…

-Hola, ¿te gustaría tener una piedra de colección, dicen que es muy rara de encontrar?

-Hola, buenas noches Maestro…

-¿Es muy chula?

-Sí, cuando miras a través de ella y a contraluz se ve el arco iris… vale, cuídala mucho, es una gran piedra llena de sabiduría…

-Sí, lo haré y gracias por dármela…

-Una pregunta...

-Dime...

¿Por qué no la quieres tú?

-A mí ya no me hace falta…

-Gracias de nuevo...

-Ya podemos seguir, Maestro

-Haces bien… cuanto antes te desprendas de tus ataduras, antes podrás dejar entrar las nuevas energías… es tarde y aún quedan muchas cosas que hacer…

Y así trascurre el día de hoy, dentro de lo que yo siempre llamo….

Enriquecer el alma

Noemí

Las primeras lluvias han llegado, poco a poco las nieves dejarán paso a la primera tormenta que llama a nuestras puertas.

Dicen los viejos del lugar que el Paso Mayor ya está transitable, pues este invierno ha sido duro por las nevadas, tanto que han dejado a la mitad del valle aislado, pero bueno, todo tiene también su lado positivo. Es hora de ir sacando nieve de los caminos, habrá mucha gente que quiera ver al Maestro, tras un largo invierno lleno de dificultades.

-Bueno amigo mío, hoy bajaremos al pueblo, tenemos que recoger víveres y comprar algunas maderas, pues el viento las ha terminado de romper y no se pueden dejar rotas por más tiempo, de paso también iremos a la farmacia, pues nos hacen falta vendas, yodo, tiritas, alcohol y provisiones...

Cogí mi vieja chaqueta, pues el día era soleado, pero seguía haciendo bastante frio... y nos fuimos al pueblo…

Se podía ver a todo el pueblo en movimiento, tras una noche muy larga, pues aquí se suelen despertar muy temprano… según el dicho: "Cuanto antes lo hagas, antes te podrás sentar a disfrutar de la chimenea"

El Maestro se paró delante del almacén de maderas…

-Te dejo el carro, ve a la farmacia y recoge esta lista, nos vemos aquí dentro de un rato para cargar las maderas...

-De acuerdo, enseguida vengo…

Me gustaba ver de nuevo vida en las calles, pues en estos meses pasados apenas habíamos podido ver a los niños, corretear y escuchar sus risas sin fin… vi a Amanda...

-Buenos días, Amanda... saludé, mientras paraba el carro...

-Buenos días...

-¿Cómo ha ido todo por casa?

-Bien, mucha tranquilidad y alguna salida obligada…

-¿Has escuchado el rumor?

-¿Qué rumor?

-Dicen que alguien cruzó el bosque este invierno. Que locura habrá hecho que un alma se adentre en ese lado oscuro…

-¿Y quién dice eso?

-Una anciana, esta mañana volvió tras unas compras y dice que Dios puso su mano, pues nadie nunca ha cruzado el bosque en invierno y ha vivido para contarlo...

-Bueno, quizá sólo sea un rumor, ya sabes que las palabras cambian tras ser divulgadas…

-No, se la veía muy segura y es más... reflejaba miedo en su cara, no estaba contando todo lo que sabía…

Me quedé pensativo, es verdad que este invierno han pasado cosas extrañas, cosas que nunca antes había pasado, quizá fuera verdad…

-Bueno sea cual sea, ya nos enteraremos, de momento voy a seguir camino, nos faltan medicamentos…

-De acuerdo, cuídate y dale recuerdos al Maestro...

-Sin duda alguna se los daré de tu parte, mi querida amiga mía, dentro de un rato, que pases un buen día…

-Eso espero, eso espero…

Seguí camino, hasta llegar al almacén donde había quedado con el Maestro…

-Hola, buenos días...

-Hola buenos días, me manda el Maestro por estas cosas…

-Ha ver… bueno, tienes suerte tengo de todo, hoy nos han traído la comanda tras este parón y dispongo de casi todo...

-¿Algo nuevo que contar?

-Nada en especial, salvo el rumor que corre de lo ocurrido en el bosque…

-¿Que era hombre o mujer?

-No lo sé, sólo se sabe que es una locura y encima viajando solo por estos parajes…

-Bueno, si ha conseguido pasar, será que le toca…

-Seguramente, pero como se suele decir... ¿A qué precio? y si mereció la pena…

-Sí, eso es muy cierto...

-Bueno, aquí tienes el pedido, dile al Maestro que un día de estos pasaré por su casa, tengo un dolor de espalda que no me deja dormir hace más de un mes y me está matando....

-Pues no lo dejes por más tiempo, ahora que los caminos están abiertos, te podrá ayudar...

-Gracias, seguiré tu consejo...

Tras salir del almacén, me dirigí al encuentro del Maestro, que ya en esperaba con las maderas…

-¿Estabas ligando? amigo mío....

-Pues como no sea un resfriado…

-Anda baja, que aún te dejaré sin cena…

Lo que provocó la carcajada de los dos...

-Espere, espere… tengo, el pedido... le dije, mientras le mostraba la bolsa…

-Y yo los pies fríos de esperar…

-¿Qué es lo que gano?

-Sí, es culpa mía… pero tenía un motivo…

-¿Cuál?

-Dicen que alguien cruzó el bosque…

El Maestro se quedó pensativo, como intuyendo algo que no terminaba de compartir…

-Eso no es justo, yo he compartido…

-Y yo he compartir los pies fríos… me contestó, ciñendo una ceja...

-¿Te parece poco?

-A veces, pienso que disfruta... nos volvimos a reír los dos…

-Un poco...

-Que malo que es.... jajaja…

-Venga que el día es corto y si no arreglamos la ventana pasaremos frio…

Tras terminar de cargar las tablas, volvimos a casa, pues aún teníamos muchas cosas que hacer....

En el camino de vuelta, me dijo algo...

-Si es cierto eso, que alguien pasó, aún tiene que cruzar el Bosque del Norte...

-¿Y es peligroso?

-Bueno, según el momento en que se cruce. Si ese alguien cruzó, le estarán esperando allí, pues no hay otra entrada al valle…

-¿Iremos?

Entonces, miró al cielo en la distancia, como hablando con alguien, como si viera más allá de lo que yo podía ver y sentir…

-No podemos ir, algo ha de pasar y no es nuestro momento…

-¿Le dejará solo en el bosque, a su suerte?

-Es un alma fuerte y sabia… sabrá cruzarlo… de momento hay que arreglar la casa, luego Dios dirá…

Tras un largo sueño

La noche era bastante fría y el crepitar de la chimenea era el único sonido en aquel cuarto envejecido por el tiempo

-¿Crees que despertará?

-Es una mujer fuerte, sino lo fuera, no habría llegado hasta donde ha llegado...

-¿Sabes algo de ella?

-No, sólo repite una y otra vez… Dracó, Dracó, como si estuviera en un sueño…

-Pobrecilla, lo que habrá pasado en ese maldito bosque...

-Sea lo que sea, hasta que no despierte no sabremos nada...

-Sólo nos queda confiar y esperar…

-Es solo una niña, que anda perdida en sus sueños, solo falta traerla de nuevo a casa…

-¿Porque no avisamos al Maestro?, seguro que él sabe que hacer…

-Si dentro de unos días no hay cambios, iré en su busca. El camino ya está abierto, démosle unos días, no se pierde nada por esperar… ahora es mejor dormir, el día ha sido muy largo y nos hace falta descansar...

-Abrígala bien, no coja frío…

-A veces, cuando el toco siento como escalofríos, es como si tuviera fiebre y no tiene…

-Es tan raro lo que le pasa…

-Sí, es verdad que lo es, nunca había visto nada igual…

-Pero no podemos entrar en sus sueños, ha de salir sola, si no logra hacerlo nunca despertará, por mucho que sea nuestro deseo que mejore…

-Y vivirá en un mundo paralelo, del cual nadie sale...

-Se parece a María...

-Sí, cuando la vi tirada en la nieve, corrí pensando que era nuestra hija, pero al llegar supe que nunca la volvería a ver… por eso luché por traerla aquí, es como curar una herida que nunca cicatriza del todo, por mucho que uno quiera...

-Si conseguimos salvarla, seguro que ella, esté donde esté, estará orgullosa de unos padres que nunca dejaron de tener esperanza…

En ese momento ambos se abrazaron, como si algo les hubiera cambiado la vida, al aceptar que esa alma había regresado a casa...

Y escucharon una dulce voz la habitación…

-Ella os ama, os venera y os honra...

Ambos miraron a esa extraña, que intentaba levantarse de su postrado estado. Ambos corrieron junto a ella, por miedo a que se hiciera daño al incorporarse…

-Tranquila, no tengas prisa, poco a poco…

-¿Qué has dicho?

-¿He dicho algo? no lo recuerdo…

Ambos se miraron y entendieron que a través de esa mujer… su hija les respondió… lo que les hizo los padres más felices de este mundo… por tener una respuesta que les tenía durante años, completamente dolidos, con una tristeza que era imposible poder soltar y desde ese momento ya podían respirar tranquilos, pues tuvieron la certeza de que, en un lugar de ese mundo de luz, ella era feliz.

-¿Dónde estoy?

-En las afueras del pueblo de Valle Blanco, en una casa…

-Tengo que irme, llego tarde...

-No puedes irte así, primero tienes que coger fuerzas, el invierno aún está presente…

-¿Qué tiempo llevo aquí?

-Llevas inconsciente dos meses...

-¿Dos meses?

-No puedo quedarme, he de irme…

-No irás a ninguna parte hasta que estés recuperada y estoy seguro que ese lugar no se va a mover de donde esté. Salir ahora sería un suicidio y no merece la pena…

-Estoy mareada...

Poco después Noemí perdió el conocimiento…

-Busca al doctor, dile que es urgente… que la chica ha despertado y que nos hace falta... ¡Corre, corre!

El anciano cogió el caballo y emprendió camino hacia el pueblo para buscar al doctor…

-Tranquila pequeña, todo saldrá bien, le dijo mientras le acariciaba el pelo delicadamente.

Noemí seguía viajando entre mundos, recordando vidas pasadas y comprendiendo los momentos presentes que de una forma u otra le hacían ver que lo vivido era parte de un ciclo, muy bien organizado, hasta el más mínimo detalle.

Pudo ver a Dracó cabalgar por el valle verde, como si nada hubiera pasado en verdad, como si todo fuera un sueño…

De vez en cuando, escuchaba una voz muy peculiar, que le decía… "El camino siempre serpentea a la derecha, como serpentea la vida" aquella frase que se le quedó marcada en su propio ADN espiritual.

Unos días más tarde… Noemí ya comenzaba a caminar por sí sola, con la ayuda de quien nunca le pidió nada, ni tan siquiera una moneda.

Cogió una manta para protegerse del frio reinante, se acercó poco a poco a la puerta principal, con los ojos medios cerrados, para evitar el resplandor de la luz… tras tanto tiempo sin ver el sol, se acurrucó en su manta…

-Qué bonito día.

-Sí, la verdad es que si, hacía muchos días que no se veía un sol tan hermoso y reluciente... le respondió la anciana… y miró a Noemí a los ojos, como reconociendo que tenía que marcharse… bajó la mirada y preguntó… ¿es tan fuerte su llamada?

-Sí, es algo que me impulsa. Es como la falta de aire, el latir de mi corazón que no hace más que obligarme a seguir...

-Es normal yo también tuve esa sensación, es imposible negarte ...

Noemí miró a su derecha y vio un caballo ensillado con su mochila y volvió a mirar a la anciana…

-Gracias...

-De nada. Todo un honor haberte cuidado este tiempo, has llenado un hueco que nunca se pudo llenar… Has sabido llenar un hueco con tan solo tu presencia y nos has regalado con creces tu estancia aquí.

-Pero, has de saber una cosa...

-¿Qué?

-Entre tu destino y tú, hay un bosque del que sabemos poco o nada, solo las almas elevadas cruzan su vertiente, pues en él no hay presente, ni futuro, es un espacio-tiempo, en el cual accedes a esa memoria sagrada que guardamos generación tras generación…

No sabemos nada, no buscamos nada, sólo sabemos que es cruzar y no existe el pensar que podemos retroceder, más bien es avanzar para cambiar de vida…

-¿Quien vive en él?

-Una bella dama, que en su vida anterior creyó morir por el amor de un hombre, que nunca la quiso, por eso vendió su alma para vengarse de quien nunca supo lo que es el dolor, por eso solo piensa en quitar la luz de quien pasa por sus bosques…

-¿Qué te paso en el bosque?

-No recuerdo nada, es como si la mente hubiera borrado lo ocurrido…

-Se cauta, seguro que ella te espera…

-Bueno, pues ahí estaré, he llegado muy lejos para ahora retroceder por alguien o algo que solo piensa en si misma…y se mueve por su lado más oscuro...

-De todas formas, se cauta y no te arriesgues más de lo justo, siempre podrás intentarlo de nuevo, mientras estés viva…

-Lo tendré en cuenta…

Tras recoger sus cosas, se abrazó a la anciana y al caballero que la recogió moribunda y le dio una segunda oportunidad…

Mientras se alejaba, algo de ella quedaba en esa casa de madera, como si en verdad hubiera sido su casa, algo que siempre buscó… pero que en verdad aún tenía que encontrar… su meta y eso era lo que la seguía empujando contra viento y marea hacia un destino incierto, pero lleno de expectativas, ilusiones y esperanzas.

Tras cruzar un riachuelo, pudo ver una fuente en la que saciar su sed, tras una jornada larga e intensa de calor…

-Caray, que fría está... pensó, mientras llenaba una cantimplora... pudo ver de lejos la aldea con sus chimeneas, preparándose para una nueva noche fría…

-Tengo que buscar cobijo, venga amigo mío, emprendamos la marcha, a ver si alguien nos da un plato caliente y para ti un cobertizo donde descansar.

Al subir ladera arriba, pudo ver un camino que parecía transitado por lo limpio que estaba.

Al llegar arriba divisó una inmensa llanura, llena de árboles y justo en el horizonte vio unas casas en las que se distinguía el humo de las chimeneas...

-Bueno amigo mío... dijo Noemí, mientras acariciaba el lomo del caballo... estamos cerca de conseguir algo, que llevo toda una vida buscando y casi lo puedo tocar con las yemas de los dedos… ahora ya sólo queda el último impulso…

Alcanzar la meta, es lo que todos buscamos. No por el hecho de conseguirlo, sino más bien por el poder de superarnos y escribir en ese sagrado lienzo con letras de oro, tras una larga travesía.

Alma

El bosque del Norte

En el camino estaba una mujer con un pañuelo en la cabeza y con un niño cogido de la mano…

-Mama...

-¿Qué?

-¿Por qué Juan no me ha dejado la bicicleta?

-Ha de ir al pueblo, si te la dejara tardaría mucho en volver y el camino de noche no es seguro, por eso no ha podido…

-¿Porqué?

-Es que la noche es para las almas perdidas, por eso hay que recogerse pronto y así evitamos hacernos pupa…

-¡Ah!, vale...

-Pero no me gustó que no me dejara la bicicleta, me duelen los pies y estoy cansado…

-Ya te dije que no corrieras tanto, que luego te quejarías...

-¿Pero a que tengo razón?

-Dios que crio, mira que te lo dije...

-Venga no seas mala ¿a qué tengo razón?

-Anda tira que se nos hará tarde…

-Lo ves, lo sabía tenía razón...

Y así es como la inocencia sigue su camino, pues no entiende de planos de conciencia, sólo juega a un juego del que todos disfrutamos…

-Mama… mira una mujer…

-Es extraño que ande sola por estos parajes…

Al llegar a su altura, Noemí se detuvo...

-Hola señora, buenas tardes… ¿me podría indicar dónde está la aldea más cercana?

-Hola buenas tardes…

-Lo ves mama, hasta ella va en caballo, qué malo que es Juan…

-No digas eso, ya sabes que no podía… perdónelo son cosas de críos... si busca la aldea, está detrás del Bosque del Norte, pero no puede cruzarlo y más de noche…

-¿No hay otra forma?

-Déjeme pensar… creo que hay un sendero a unos kilómetros, pero no podría decirle como llegar, pues es mi marido quien lo coge a menudo…

-¿Y dónde está su marido?

- ¡Huy!, anda en la aldea del Valle Blanco y hasta mañana no volverá…

-Entiendo...

-Ni se le ocurra adentrarse, nunca volvería…

-Algo me han dicho de quien lo habita…

-Además se acerca tormenta y aquí suelen ser muy fuertes y más por estas épocas…

Tenía razón se veían rayos hace un rato…

-Pues eso no es nada, cuando llegue aquí será imposible salir de casa, pues aquí ha muerto mucha gente por impacto de rayos y eso es muy normal en este lugar...

-Bueno en la ciudad hay pararrayos y eso lo tenemos controlados…

-Aquí los pararrayos, somos nosotros...

La ocurrencia provocó la risa de las dos...

-Le puedo ofrecer una cama y mañana cuando venga mi marido la podría acompañar…

-Es una buena idea…

Noemí se quedó mirando al pequeño…

-¿Te gustaría volver a caballo?

Al pequeño se le iluminaron los ojos al pensar que no tendría que andar más por este día…

-Menuda cosa le has dicho, lleva todo el camino quejándose de que está cansado y cansado...

Lo que volvió a provocar unas buenas sonrisas...

-Venga pequeño, aquí tienes una vista privilegiada…

Y así es como nuestra intrépida amiga consiguió un plato de comida, una cama y hacer feliz a un pequeño…

Mientras a lo lejos se podía ver el centellear del cielo, con los primeros rayos de la noche… una noche que no había hecho más que empezar…

-Bueno, pues este es mi humilde hogar, no tiene muchos lujos, pero es mi casa y la de mi familia… puede dejar el caballo en el cobertizo, allí estará seco y hay comida...

-Gracias, la verdad que estamos cansados, llevamos días sin parar y esto nos ira bien para reponer fuerzas y aprovisionarnos de algo de enseres y comida, si usted lo ve bien y si se lo puede permitir…

-No me llame de Usted, me hace vieja y soy muy joven para ponerme la etiqueta de señora mayor…

-De acuerdo y ¿cómo te llamas?

-Andrea...

-¿Y tú?

-Noemí, pero me llaman también Noé…

-Parece nombre de chico…

-Bueno, cosas de los amigos… para reducirlo, dicen que es muy largo... que le vas a hacer, son como críos. A mí me da igual, con ambos estoy cómoda.

-Bueno, hay que lavarse las manos… indícale a nuestra invitada donde está el baño...

-Por aquí señorita…

-¡Huy! que educado…

-Aquí es lo primero que les enseñamos, educación y respeto…

-Eso está bien.... afirmé, mientras frotaba el pelo del pequeño…

-La comida estará lista en un periquete…

-Pues ya la hice esta mañana, bien temprano… para adelantar trabajo…

-Pues venga, caballero indíqueme donde está el baño para poder lavarme las manos…

Tras unos instantes y tras ayudar a poner la mesa, todos nos sentamos a disfrutar de ese lazo familiar, que nos une a todos junto a una mesa… como es compartir la comida…

-¿Y de dónde vienes?

-Bueno he estado por aquí y por allá… del último lugar que vengo es de Brasil, lugar hermoso por sus árboles…

-Dicen que allí siempre hace calor, según cuentan peregrinos que vienen buscando respuestas...

-Bueno, hace calor, pero es como todo, también tiene su clima...

-¿Y ha visto almas? le pregunto el niño con mucho interés...

-Eso no se pregunta… le dijo su madre… dándole un coscorrón…

-No te preocupes, no me importa responder. He visto algunas, pero son todas buenas, por eso no has de temer, hay almas buenas que nos protegen día a día…

-Como a mí… cuando salgo de casa para recoger leña cerca del bosque…

El niño miró hacia arriba y sopló como quitándose un peso de encima…

-¡Que críos!

-Sí, son un encanto, pero a veces me lo comería…

-Eso es cierto...

Volvieron a reírse las dos a la vez…

-¿Y por qué ha venido a estos mundos?

-Bueno, busco a una persona que la vida me hace buscar…

-¿Cómo se llama? a lo mejor lo conozco...

-Bueno, mucha gente lo llama el Maestro…

-Huy... dijo el niño...

-¿Tú lo conoces?

-Sí, mira me regalo esta canica, se ve el arcoíris a través de ella...

-¿Y eso?

-Bueno, un día estaba malito y mi papa y mi mama me llevaron por el camino serpenteante de la derecha…

Para Noemí fue como ver un flash en su mente dormida al escuchar esas palabras, que le hicieron recordar…

-¿Qué has dicho?

-El camino serpenteante de la derecha, dicen que lleva a la vida…

-¿Y tú como sabes eso?

-Me lo dijo el Maestro cuando me regalo la canica y también me dijo que nunca lo olvidara…

Noemí intentaba entender, justificar lo que llegaba a sus oídos…

-¿Y tú, sabes cómo se coge ese camino?

-Es fácil solo tienes que coger el sendero y siempre girar a la derecha como hace mi papa…

-Eres una caja de sorpresas, con lo pequeño que eres…

-Sí, pero de alma soy muy sabio... dijo, mientras acariciaba su canica.

-Es un niño muy especial, ya de chico nos soltaba cosas que ni nosotros entendíamos, por mucho que nos lo explicara…

-Es afortunada de tener una familia así…

-Gracias, siempre la busqué y el destino me la puso delante y aquí está... Soy feliz de tenerla…

Mientras tanto... en otro lugar...

El alumno, estaba terminando de recoger las cosas después de la cena…

Al levantar la cabeza pudo ver reflejos en el horizonte, lo que le indicaba la cercanía de la tormenta...

-Maestro, creo que se acerca tormenta del norte…

El Maestro de acercó junto a él…

-Sí, parece que se aproxima tormenta, será mejor que cierres los portones, sino volverán a romperse…

-Enseguida, cuando termine de secar los cuencos, me pongo a ello…

-Voy a escribir unas notas, si no se me olvidarán…

-No se preocupe, me encargo yo de todo y le prepararé un té...

-Gracias, estimado amigo mío…

El alumno seguía con sus tareas, pero algo le estaba llamando su atención o interés. Escuchó unos ruidos, como pequeños golpes en la lejanía…

Tras coger su vieja manta salió al porche… algo le tenía inquieto… él había aprendido que cuando algo te distrae o te inquieta, es mejor calmarte y viajar en el tiempo para buscar su origen, así es como lo aprendió del Maestro…

Podría sentir el ruido más cerca, incluso consiguió ir hasta él, eran como pequeñas explosiones en la tierra, los rayos no eran normales, era como si estuvieran dinamitando el camino por el que pasaban…

-Están buscando algo... pero no conseguía ver el que… solo sabía que algo en el Bosque del Norte iba a pasar… pero algo le impedía ver más allá… algo conocido, pero que escapaba a su razonamiento…

Entonces pudo escuchar el bastón del Maestro, golpear el suelo de madera…

-¿Qué te inquieta? escucho tu mente, que anda intranquila…

-Algo pasa, no son normales esos rayos…

-No son rayos... respondió el Maestro... alguien está de caza… y busca su presa…

Entonces miré al Maestro…

-¿Qué pasa? me puso la mano en el hombro....

-Tomemos un té, dejemos que el destino siga su cauce...

Lo volví a mirar, estaba tranquilo, su mente estaba parada, no emitía nada, era como un lago en calma. A veces le tenía envidia, era como un roble al que no le perturba lo externo, era increíble poder estar con él y ver lo que aún tenía que andar y conseguir, pero me fascinaba la templanza con la que afrontaba los cambios…

-Venga, entremos la noche está fría y no nos podemos permitir caer enfermos…

Tras decirme esto, cerré la puerta, y me fui a la cocina para prepararnos un té…

Mientras tanto... no muy lejos de allí...

-Te ha salido muy buena la cena, hacía mucho tiempo que no tomaba algo con tanto sabor…

-Bueno, mi madre siempre decía que no hay mejor remedio a los males que saber disfrutar y paladear un buen plato…

Noemí miro al sofá…

-Se ha quedado frito...

-Está muy cansado y es algo hiperactivo, está todo el día que si esto, que si lo otro…

-Es algo inquieto… pero es su naturaleza, a esta edad es muy normal que solo quieran, jugar y pasarlo bien…

-Voy a llevarlo a su cama... puedes seguir disfrutando de la cena, hay postre o té si te apetece…

-Tranquila tu llévalo, ya me encargo yo de recogerlo todo y prepararlo…

-Muchas gracias, hacía días que no charlaba con una mujer y me gusta ponerme al día de las cosas de este mundo, pues aparte de madre también soy humana...

-Bueno, es normal… todas buscamos salir de la monotonía y de esta forma, aunque sea muy poca cosa, conseguimos sacudirnos el polvo…

-Sí, tienes razón...

Noemí empezó a recoger los platos y cuencos, mientras el crepitar de las ascuas seguía sonando, se podía ver el baile de las llamas, era una hermosa danza que iluminaba aquel viejo comedor, mientras la sombra de Noemí seguía pasando de la cocina al comedor… al terminar con su último plato, puso el té a calentar… cogió una manta del sofá y se dirigió al porche…

Los arboles estaban inquietos, se sacudían de un lado a otro, la tormenta estaba muy cerca… ella también estaba inquieta, pero lo achacaba al cansancio y a las ganas de llegar a su destino.

-Bonito lugar... escuchó a su espalda…

-Sí, has elegido un lugar muy hermoso para vivir…

-Bueno, a veces es inhóspito y duro, pero todo lo que tiene belleza también tiene su lado menos hermoso o más agreste…

-Pero merece la pena…

-Estás conectada a esa hermosa Madre que nos cuida, incluso en lugares tan apartados y alejados de la mano del hombre como este…

-¿Echas de menos la civilización?

-No creas, huí de ella. Terminé cansada, quemada y muy perdida… le respondió Noemí, mientras se sentaba en un banco de madera...

-A veces, echo de menos… el estar con los amigos, esos que en verdad lo son, esos que nunca te fallan cuando la vida se pone peleona… este comentario nos volvió a unir en una dulce risa…

-Bueno, pero no todo es malo… cada uno de ellos, a su manera, me enseñó que mi vida era otra, no tenía por qué conformarme con lo que tenía, se me estaba dando una oportunidad de averiguar quién soy, a donde voy o de dónde vengo…

-Por eso, cuando me preguntas que si echo de menos algo... te diría que, en verdad, lo único que echo de menos es no saber quién soy y que tengo que hacer con mi vida…

-Bueno, sinceramente… has hecho lo que muchos no hacen… la mayoría elige la comodidad y el sentirse seguro… lo malo de todo esto es que, al final del camino, se dan cuenta de que se han engañado a sí mismos con falsas promesas, con falsos dioses que nunca les dieron nada, solo algo que les llenó durante un tiempo y luego sólo vieron soledad…

-Es como ser una botella de vino, que nunca estuvo llena y nunca fue abierta, permaneciendo intacta… nos conformamos con su belleza… pero un día decidimos abrir esa botella y es cuando descubrimos que está vacía, vemos su auténtico contenido… y es cuando todo cambia… y se desploma y vemos que la falsa verdad, esa que uno mismo creó con sus hermosas, idílicas y perfectas escenas de cine que nunca fueron tal…

Pero todo cambia, incluso esa forma de pensar… pues lo que uno quiere, supera a todo eso, hasta el amor se queda lejos de lo que uno quiere… Noemí seguía pensativa…

-Hay tanto que escuchar y tanto que dejar... pensaba ella…

-Estamos llenos de tabúes, miedos y limitaciones…

-¿Por qué conformarse con un grano, cuando puedes tener un mundo? Es un destino hecho para quien no es conformista, para quien en verdad desea ser algo más que ser un número de cuenta bancaria…

Miraba sus manos, castigadas por el camino, agrietas, ásperas y faltas de crema… se había hecho a sí misma y en ese momento lo estaba viendo, no le hacía falta buscar a alguien que se lo mostrara.

Lo podía ver y sentir…

Empezó a llorar de alegría… y no lo cambiaría por nada… pues era ella misma, sin máscaras sin capas y capas…

Respiró profundamente…

-Soy feliz de lo que soy... miró a su amiga… y le dijo:

-Gracias, por este momento…

-De nada, a ti por regalarme un fragmento de tu vida… o como se suele decirse… por haberte atrevido a ser distinta a todas las demás…

-Bueno será mejor que vayamos a descansar, mañana será un día muy largo…

-Tienes razón, felices sueños amiga mía…

Tras dejar el porche se dirigió a su cama para poder descansar… Al poco tiempo Noemí empezó de nuevo a viajar entre mundos, pudo ver de nuevo a un anciano sentado debajo de un gran roble con una inmensa copa y robustas ramas, que albergaban a todo tipo de pájaros, se acercó a él …

-Siempre te veo, pero no sé tu nombre y quien eres en verdad, me dices cosas que luego el tiempo me trae, como si fuera una predicción que siempre se cumple…

El viento trajo un sonido... Noemí no terminaba de entenderlo…

-Por favor ¿quién eres? ¿tengo preguntas que hacerte?… miró a la copa y los pájaros empezaron a volar como si algo les hubiera asustado…

-¿Porque se van?

-Las cosas cambian y la Otra Parte no para, ni descansa... le decía el anciano…

-¿Qué Otra Parte?... la que te sigue…

-¿Qué le he hecho yo? si ni siquiera la conozco, ni se quién es…

Entonces vio al anciano levantarse, tras coger su bastón…

-No esperes…

-Ya está aquí…

Vio como el árbol se iba difuminado, el césped iba desapareciendo, como si se tratara de una niebla… entonces escuchó de fondo su nombre… Noemí, Noemí, despierta, despierta tenemos que salir de aquí.... fue como si la zarandearan de un lado a otro, hasta que al final pudo dejar la otra dimensión… y volver a su presente… Era como escuchar caer de bombas, sólo que esta vez era en su entorno”

-¿Pero?

-Levanta tenemos que irnos…

-¿Porqué?

-El cielo está furioso y si no nos vamos moriremos…

Como pudo se vistió, al salir de la casa era una visión apocalíptica, arboles ardiendo, rayos que caían sin control aparente, uno de ellos cayó justo a unos metros e hizo que la onda expansiva los tirara al suelo a los tres…

Aturdida por el impacto, pudo ver como la casa empezaba a arder y tras conseguir llegar hasta la madre y el pequeño, los levantó…

-Arriba, arriba, hay que llegar al camino…

Un segundo rayo cayó justo a su lado, esto hizo que la onda expansiva lanzara a unos y a otros en direcciones contrarias… esta vez un gran árbol les separó, era como estar dentro de un gigantesco horno… no podía llegar hasta ellos…

Entonces escuchó de nuevo la voz del anciano…

-No esperes… Ella está aquí…

Entonces, supo que si no se iba morirían todos, esa cosa controlaba el tiempo, pudo ver que los rayos caían de forma predeterminada, no eran al azar…

Su corazón luchaba por ayudarles, pero su Otra Parte: la sabia, le decía… coge la vereda…

Tras hacer de tripas corazón… se alejó de la casa en llamas…

Sólo veía humo, lo que le impedía respirar bien… se agachó para recoger lo máximo de oxigeno… pudo ver la senda, entre los matorrales... tras unos metros, sólo pudo elegir un camino… ir al Bosque del Norte… era como si ese algo la forzara a entrar en él … y recordó al pequeño: "Siempre a la derecha"

Tras andar unos metros empezó a orientarse entre los matorrales, pero esa entidad no le iba a dejar marchar tan fácilmente …

Un rayo cayó unos metros más adelante y la hizo caer de nuevo… esta vez perdió la orientación, no sabía si iba para un lado o para otro…

-Dios ayúdame...

Entonces escuchó unas ramas moverse, buscó algo con lo que defenderse…. y vio un trozo de rama de árbol… depositó su espalda contra un arbusto y se dispuso a morir…

Era lo único que le quedaba… pero pudo ver un ciervo que le pasó literalmente por encima, tras saltar sobre ella… pasó del terror al miedo y luego a la calma, pues al pensar fríamente… pudo ver la respuesta de su petición… pues intuyó que ese animal iría en dirección hacia donde no hubiese fuego, entonces comenzó a seguirlo como puedo entre las ramas...

Las ramas le iban cortando y arañando en su huida… al llegar a un punto perdió de vista el ciervo… y no pudo evitar su caída por un barranco, sólo pudo gritar de pánico…

Empezó a rodar pendiente a bajo, lo que le provocó más y más heridas en piernas, brazos y cara… cayó hasta abajo sin control, ladera abajo… en una bajada sin fin… finalmente cayó a un camino forestal… y tras golpearse la cabeza contra el suelo perdió el conocimiento…

La noche continuó entre rayos, agua y piedras… al cabo de un rato Noemí sintió algo que le rozaba la mejilla, ella intentó apartarlo con la mano, como un reflejo… al abrir los ojos pudo ver un hocico, rosado en movimiento, lo que le hizo saltar de golpe… para sorpresa suya vio un conejo blanco mirándola, como si no pasara nada… pocos segundos después lo vio perderse dando saltitos, en la noche fría y mojada por la tempestad…

Como pudo se incorporó hasta poder sentarse… sentía dolores por todas partes, arañazos y golpes… pudo ver que aún tenía su mochila… se preguntaba qué habría sido de esa familia y de su caballo… algo dentro de ella le decía que estaban bien, pero que, si ella no se hubiera ido, su destino hubiera sido otro…

Tras coger unas vendas y unas tiritas y algo de yodo… se curó como pudo… bebió un poco de agua y divisó las luces de un pueblo a no mucha distancia…

Miró en su entorno, como buscando un punto de referencia y solo podía ver maleza y más maleza… y más allá vio un camino serpenteante que le conducía al pueblo o eso le pareció en un principio…

-Hola, Noemí...

Su corazón dio un salto…

-¿Quién eres?... "Respondió, mirando a todas partes"

-Todo a su tiempo... y percibió una sombra que se movía en la oscuridad… pudo ver la silueta de una mujer con vestido largo y larga melena…

-No pienses, que esto ha terminado aquí...

-¿Qué quieres de mí?

Noemí se agachó y cogió una rama para defenderse, pero un fuerte golpe la desarmó y la tiró al suelo…

Su pánico era total…

-Me gusta tu miedo, me gusta ver como tu alma tiembla...

-¿Qué quieres?

-Venga no me lo pongas tan fácil, hasta ahora has tenido suerte, el destino ha sido benevolente contigo y eso me da más satisfacción, pues nunca me gustaron las cosas fáciles…

-¿Porque me sigues?

-Bueno, en verdad yo nunca te seguí, más bien hice que vinieras a mí. He movido hilos, he vendido incluso parte de mi alma, para que otras almas hicieran lo que yo quería…

-Me libre de tu amiga en Brasil...

Noemí se acordó de su amiga Luna...

-Incluso eliminé a tu caballo... ¿no te acuerdas de Dracó? lástima, era un buen y fiel compañero, pero también decidí quitarlo del medio…

-Entre en tus sueños, fingí lo que no era para conseguir mi objetivo, para que tú misma te metieras en la boca del lobo…

-¿Por qué piensas que estas aquí?, porque algo te invitó, porque hay un destino... déjate de fantasías. No hay un Dios, no hay Guías ni almas, solo oscuridad… sólo eres una pieza de mi puzle, eres mía, eres mi esclava. Me robaste algo y ahora te haré pagarlo… usé tú inocencia, tu falta de conocimiento para que te movieras, usé tu inocencia para traerte hasta aquí… le iba diciendo todo esto mientras acariciaba el pelo de Noemí…

-Os han engañado a todos, con un mundo espiritual, el cual no existe, solo forma parte de un complejo sueño, donde nadie sabe nada y tú eres parte de ese sueño…

Noemí iba creando dudas y más dudas… entonces recordó a aquella anciana: "Cuando estés más sola y más confundida usa la llama"… pues en algún momento sentirás que nada es lo que parece.

Entonces metió la mano en la mochila… mientras la mujer seguía hablando…

-Estás aquí porque me debes algo, pero me hace falta otra cosa y tú sabes donde esta… y la quiero…

-No sé de qué me hablas...

-No importa, a su tiempo te hare recordar todo… entonces la figura se acercó más a ella… era una mujer de piel blanca, pelo castaño y de mirada oscura…

-Pocos han visto lo que tú ves ahora... pero te aseguro que lo veras eternamente… y justo en ese momento Noemí sacó el regalo que le había hecho la anciana…

Una gran luz se hizo presente, cegando a la mujer, lo que provocó un grito desgarrador que heló el alma de Noemí…

La sombra cruzó su alma, su cuerpo, dejándola helada físicamente… se quedó sin respiración, casi podía sentir que era su último momento de vida… pero recordó la técnica que su Maestra de yoga, a la hora de respirar y encontrar su centro… tras varios minutos consiguió tranquilizarse y respirar hondo…

Recogió su mochila, comenzó a andar bajo una fina lluvia que le refrescaba y le recordaba que en este mundo y en el otro, nada es lo que parece y siempre habrá alguien que sepa dominarte y controlar tu mente, si le das pie para ello…

El reencuentro

Noemí estaba bastante cansada por lo acontecido, pero aún seguía con su sueño, metas e ilusiones…

De tanto en tanto se paraba, para poder tener un punto de referencia del pueblo que divisaba, pero también se daba cuenta de que había merecido la pena luchar y pasar por lo que había pasado en estos últimos meses… algo que nunca hubiera podido vivir si no hubiera elegido descubrir que es lo que en verdad sentía y buscaba…

Apenas unos kilómetros le separaban de su meta, ya no importaba… si al llegar tenía que ser seguir caminando… o por el contrario si ya era tarde y la persona que buscaba ya no estaba en ese lugar… ahora solo pensaba en seguir tirando, de la forma que fuese…

Llegó a un cruce de caminos, ambos sin marcar… como si el destino la volviera a poner a prueba…

Noemí se detuvo unos instantes… sólo podía ver una imagen borrosa… con la mirada seguía buscando alguna pista, algún indicio que le marcara el nuevo camino… pero no conseguía sentir nada, más bien el cansancio hacia mella en ella y le costaba concentrarse…

Miró al cielo, mientras la fina lluvia seguía cayendo… bajó la cabeza, como aceptando que estaba en las últimas… cerró los ojos para descansar… entonces se guío por el oído y escuchó un leve sonido entre los matorrales… al abrir los ojos puedo ver, de nuevo, el conejo blanco mirándola, mientras movía el hocico de un lado a otro… pero esta vez estaba en el lado derecho del camino y Noemí dedujo que ese era su mensaje sutil e inconfundible.

Tras andar unos metros más, pudo ver un letrero indicando la cercanía del pueblo… algo en ella resucitó de su letargo, como si hubiera estado dormido durante estas últimas horas…

Empezó a sentir el humo de las chimeneas de alguna casa que otra, incluso pudo ver a gente cerrar las ventanas… pero una de esas casas seguía con luz y con su puerta abierta… pensó en cuál sería la casa que, en verdad, buscaba, pero su cuerpo pedía descanso y su escasa intuición escaseaba por momentos…

La casa era de madera antigua, robusta y firme como su barandilla que mostraba desgaste por el roce de tantas manos… podía ver unas figuras en su interior… entonces empezó a subir los escalones lentamente, uno tras otro, como si cada movimiento le costara más de lo que podía dar…

Tres golpes retumbaron en la vieja puerta… y en cada uno de ellos puso sus más profundos deseos de que le respondieran o por lo menos, le dieran un plato caliente…

El alumno dejo la tetera en el fuego para poder acudir a la puerta principal…

-¿Quién es?

-Hola, buenas noches. ¿Me podría abrir la puerta?

-¿Dónde va con esta noche? señorita… está calada hasta los huesos…

-Busco a un señor… y algo que poder comer y secarme un poco…

-¿Y a quién es al que usted buscas, señorita?

-Busco al Maestro...

-Pues el destino la guio bien… esta es su casa… permítame un momento…

Tras dejar a Noemí en la entrada, fue en busca del Maestro...

Encontró al Maestro encendiendo unas ramas de incienso…

-Disculpe Maestro, tenemos la visita de una señorita...

-¿A estas horas?

-Sí…

El Maestro cogió su viejo bastón y se dirigió hacia la puerta, allí se encontraba una occidental...

-Perdone mi intromisión y la hora intempestiva de mi llegada, pero no me ha sido posible llegar antes por motivo de la noche. Me llamo Noemí y…

-No siga, sé quién es, lo que quiere y lo que busca...

El Maestro la invito a pasar....

-Gracias Maestro…

-No, estimada amiga mía, esa confianza o ese privilegio aún te lo has de ganar… le respondió el Maestro...

-¿El qué?

-Llamarme así...

Noemí, le miró con rencor…

-¿Usted quién coño se cree que es?

El alumno se acercó y le respondió…

-Eso, te costará la cena…

-¿Qué? usted no es nadie para dejarme sin comer...

El alumno se iba a acercar, pero… escuchó al Maestro...

-Eso te costará la cena y el desayuno...

Noemí, reacciono con ira, recogió sus cosas y de un portazo se marchó.

El alumno quiso ir a buscarla, pero el Maestro le pidió que siguiera con sus quehaceres…

-Hay tormenta, será mejor que cierres los portones...

Dos horas más tarde... se escuchó un suave golpe en la puerta, el alumno como de costumbre quiso ir a abrir... pero, esta vez, fue el Maestro el que abrió.

Noemí estaba frente a él, totalmente mojada y llorando...

-Por favor, no me eche como los demás, no tengo a nadie.... y me siento sola, tengo miedo hasta cuando cierro los ojos... mientras seguía choreando agua y cerraba las manos de rabia por no haber tenido más sabiduría… se acordaba de Luna… de aquella noche en la que sacó toda la oscuridad de su alma y se sentía fracasada y hundida en lo más hondo de sí misma... seguidamente posó su cabeza en el pecho del Maestro y mientras lloraba le dijo…

-No me eche, no tengo donde ir… llevo toda una vida buscándole y justo cuando lo tengo delante lo pago con usted...

-Mi pequeña Noé… ya puedes llamarme, Maestro... pero no hay cena, ni desayuno…

Tras abrazarlo, como si su vida se escapara… con la vista nublada por las lágrimas y la voz rasgada por el llanto, consiguió sonreír, al ver su meta cumplida… encontrar a ese hombre que tanto anhelaba...

-Si Maestro, me lo he ganado.

Tras entrar en la casa y darle ropa seca… Noé se dirigió a uno de los cuartos donde le habían preparado una cama, donde poder descansar y reponer fuerzas después de un camino muy largo, lleno de penurias, dificultades y como no, superaciones de ella misma…

A la luz de las velas, una sombra se acercó a la habitación de Noé… ella sintió los pasos, pero no tenía miedo, pues intuyó quien era…el Maestro le dejó un plato, con pan y tomate, un vaso de leche bien caliente con miel y dos madalenas…y se marchó…

A la mañana siguiente… Noé se levantó y vio el sol que deslumbraba por la ventana… y vio al Maestro....

-¿Cómo sabía que no me gustaba el tomate?

-Para amar algo, primero tienes que quererlo y valorarlo…

Noé se acurrucó en una vieja manta, mientras dirigía sus pasos al exterior de la casa, para poder ver lo que la noche le robó…

Era un hermoso valle, todo verde, con un hermoso y frondoso manto de árboles… justo delante de ella, podía ver un jardín y un río que lo cruzaba…

-La belleza de lo que nos rodea, se aprecia más cuando uno sale de sus infiernos mentales y busca la luz… le sugirió el Maestro, mientras la contemplaba…

-Tu camino ha sido muy duro y largo… el viento me ha hablado mucho de ti…

Noé seguía intrigada…

-¿Cómo sabía tanto de alguien que estaba a miles de kilómetros?

-¿Qué tal Luna? con esa pregunta el Maestro la sacó de sus pensamientos…

-¿Luna? bajó la mirada, como echándola de menos…

-Estaba muy ilusionada por estar con Usted, pero el destino le mostró que aún no era su hora...

-Bueno, a todos nos pasa lo mismo, creemos estar preparados…

Mientras tanto el Maestro andaba por el porche…

-Pero la vida nos para, no porque no se merezca, sino más bien para evitarnos fracasar y pasar por un camino que no nos corresponde.

-¿Quién es la mujer del bosque?

El Maestro bajó unos escalones de madera…

-Bueno, ella forma parte de tu vida o de tu destino, según se mire, está unida a ti por un proceso anterior a tu actual vida…

-¿No me acuerdo de ella, por mucho que lo intento?

-Todo a su tiempo mi querida Noé, todo a su tiempo…

-Entremos es hora de desayunar...

-¿Al final podré desayunar?

-No tientes tu suerte, no soy tan ogro como piensas…

Noé bajo la mirada…

-Perdóneme por mis palabras de ayer noche, no era yo…

-No tengo nada que perdonarte... no eres culpable de nada… eso lo aprenderás con el tiempo… ahora entremos tenemos que hablar de muchas cosas...

Y así es como nuestra amiga llegó a este lugar, un lugar que todos buscamos y todos anhelamos alguna vez en nuestra vida.

Los primeros pasos en el templo

Noé, poco a poco, se va amoldando en estas primeras horas a su entorno y va conociendo a los otros compañeros de la casa, como son el Maestro y el Alumno…

Sabe que será dura su estancia, tanto o más que el camino que anduvo… pues según escuchó, el Maestro es un hombre duro, pero justo y sabe recompensar los actos. Dicen que es muy humilde que nunca se le verá con grandes riquezas, ni vestirá como los occidentales, con sus ropas de marca… más bien pasaba desapercibido… hasta Noé se dio cuenta de que si se hubiera encontrado con el Maestro por la calle no lo hubiera distinguido…

Es hora de que empiece a soltar el lastre y las limitaciones de una vida a la que le sobran muchas cosas, a todos los niveles… pues traemos ramificaciones tanto de esta vida como de otras…

Noé ha estado recordando aspectos de sí misma, unos los ha entendido y a otros no les ha dado su verdadera importancia, pero como dice el Maestro "todo a su tiempo, todo a su tiempo"

Estaba Noé en su cuarto, ordenando los pequeños enseres que traía en su mochila y escuchó un golpe en el suelo, al darse la vuelta vio al Maestro…

-¿Cómo va todo, Noé?

-Bien, muy bien, ya casi lo tengo todo ordenado… Le quería dar las gracias por esta oportunidad… dijo Noé mientras se sentaba en el borde de la cama… Llevo mucho tiempo buscándole, he pasado por muchos lugares, he encontrado falsos Maestros... mentes hundidas en su propio ego, líderes de sectas que jamás hubiera podido creer que existieran… pero un día encontré a una niña de cinco años, sentada en un río con los pies metidos en el agua. Me gustó ver como la inocencia, la juventud aún existía… pues nos dedicamos a matar, cortar y destruir aquello que nunca debimos tocar…

Cuando m e senté junto a ella y le pregunté qué hacía, ella respondió

-Jugar y ver la vida desde un punto de vista paralelo…

-Me sorprendió su madurez…

Mientras el Maestro se apoyó en el marco de la puerta… Noé seguía doblando sus ropas…

-Cuando me senté junto a ella…y la miré, vi algo diferente…

-¿Que viste?

-No sé, al día de hoy me lo sigo preguntando…

Me perdí en sus movimientos de pies, como jugaba con el agua y de repente escuché…

-Él no está aquí...

-¿Él? le pregunte…

-Buscas al anciano, pero aún no estas preparada para estar con él… entonces me cogió de la mano y me miró con una mirada dulce, de las que nunca se olvidan... eran su tacto, su aroma que expandían vida…

-¿Quién eres, tú en verdad? le pregunté…

La niña bajó la mirada y sonrió, mientras seguía jugando con los pies en el agua…

-Sólo soy un eslabón más de la cadena… ¿alguna vez has jugado con los pies en el agua?

-Hace mucho que deje de ser esa niña inocente…

-Que va, esa niña está ahí, sólo has de dejarla salir… venga no pierdes nada…

En verdad tenía miedo de hacerlo, parece cómico o ridículo reconocer un simple hecho como es jugar con los pies en un río…

-No hay nada vergonzoso, ni ridículo, todo lo contrario, son improntas que adquirimos y de las que nos tenemos que soltar… le decía el Maestro, mientras seguía atento a su narración…

Noé respiro hondo, mientras terminaba de doblar una camiseta…

-Siempre me dio miedo ser una niña, pues me veía como muy débil y vulnerable, alguien de la que todos se aprovechaban de alguna forma u otra…

-Por eso decidiste convertirte en un hombre… le dijo el Maestro… duro, sin corazón, impenetrable… te convertiste en lo que más odiabas… entonces imitaste a tu padre, el cual nunca supo ser lo que en verdad tuvo que ser…

-Pero él sólo pudo hacer una cosa…

-¿El qué?

-Lo hizo lo mejor que pudo…

-Por eso, esa ramificación o impronta, se implantó en ti y al día de hoy esta tan vigente como ese día que viste o juzgaste a ese hombre que lo hizo lo mejor que pudo…

Noé empezó a llorar desconsoladamente, como si nunca hubiera llorado en muchos años… el Maestro se acercó a ella y la abrazó, dulcemente…

-No te sientas culpable, solo eres una niña asustada a la que nadie supo explicar porque los mayores actúan de una forma u otra, por eso, muchos están muertos en vida porque nunca se arriesgaron a perder o ganar, más bien se conformaron con la seguridad de un techo, de una casa, aunque esa casa estuviera vacía…Tú, en tu caminar has vivido muchas cosas y una de ella aún sigue marcándote y te impide respirar…

Noé le miró y entendió muy bien lo que el Maestro quería decirle…

-Sí, tiene toda la razón...

-¿Y que más te dijo esa niña?

-Bueno, mientras jugaba con los pies, me miraba y me dijo… ¿cuánto tiempo hace que no hacíamos esto? mientras me regalaba una sonrisa...

-La miré y no lo entendí, sé que algo se me escapó...

-Bueno, yo te diré algo más… ¿jugabas con tu padre en el río?…

A Noé le dio un salto el corazón, como si reconociera algo que su mente guardaba celosamente…

-No puede ser!…

-Sí que lo es...

-¿Era mi padre, esa niña?

-Fue tu guía, tú enlace, así lo pidió y así se le concedió…

Noé se aferró al pecho del Maestro para que no se oyera su llanto…

-Llorar es bueno, así se curan las heridas que el tiempo retiene...

-¿Por qué no pude verlo?

-Él ya te lo dijo... "aún no estabas preparada para ello"

Y entre lágrimas Noemí continuó…

-Al despedirme, me dijo que buscara la verdad dentro de mí misma, que no limitara mis actos y pasos al dictamen de los demás, que tenía una gran misión y que llevarla a término sería romper con todos mis patrones, con todas las ideas preconcebidas que tenía de la vida… por eso, tras dejar a esa niña, algo cambio en mí, algo que al día de hoy sigo descubriendo y descifrando…

-Cuando fui detrás de la casa y vi el río, recordé ese fragmento de mi vida y a esa niña jugar sin miedo a ser lo que era… sin pensar lo que otros pudieran decir o que la juzgaran por ser… una niña jugando con la vida…

-Aquí podrás ser lo que quieras, los limites serán únicamente lo que arrastres de tu presente y de tu pasado…

-Pero como es sabio decir… para poder dejar entrar la luz, primero tienes que dejar salir la oscuridad… Aquí aprenderás muchas cosas, pero todo tiene su tributo, por eso cuando tengas miedos, dudas… acércate a ese río para que te llene de vida… esa es tu fuerza primaria…

-¿Cuál?

-La Madre Tierra, sus ríos son tu fuerza, tu calma y sabiduría… sólo tienes que acudir a ella y ella te dará respuestas. Medita junto a ella, anda por el bosque, escucha su voz, su latir y su amor… Sólo aquel que sabe escuchar, será aquel que en verdad conocerá su destino y el camino a seguir…

-Gracias Maestro, por hacerme ver lo que mi mente ciega no supo ver…

-No hay nada que agradecer, para eso estamos los unos con los otros, para ayudarnos y como no darnos un poco de calor, en este largo y a veces duro camino.

El sonido de las ascuas

Tras un tiempo…

Llegó el Maestro y el Alumno…

-Lleva las provisiones al cuarto de atrás, yo llevaré las cosas a la cocina...

Al entrar en la casa estaba todo muy silencioso y las cajas abiertas… miró en su entorno y no localizaba a Noé, al final la pudo ver sentada junto al río… se acercó a ella…

-Veo que aún sigues aquí...

Noé giro la cabeza…

-¿Y a dónde quiere que vaya? Contestó con una sonrisa en los labios… Si no tengo adonde ir o, mejor dicho, es aquí donde quiero estar…

-¿Te apetece un té?

-Sería un placer compartirlo contigo y con mi nuevo amigo…

-Pues venga échame una mano con la cocina, tenemos muchas cosas que colocar en su sitio y con una nueva boca, he tenido que ampliar… los gastos…

-¿Sabías que me iba a quedar?

-¿Acaso lo dudabas?

Noé ciño una ceja...

-Creo que no me acostumbraré a que siempre vayas un paso por delante de mí…

-Bueno, siempre te queda aceptar que aún tienes que conocerme… y cuando lo hagas...

En ese momento se escuchó al alumno de fondo…

-Te arrepentirás de no haberte ido…

-¿Ya has puesto las provisiones en el cuarto? le preguntó el Maestro al Alumno…

-Casi, casi...

-Los he visto más rápidos…

-¿Están siempre así?

-La mayoría de días, pero no te preocupes es como la chispa de la vida…

-Creo que ya me estoy arrepintiendo de no haberme ido...

-Mala suerte, ya compré comida para tres...

Tras unas risas volvieron a la casa…

-¿Cómo tiene un oído tan fino, estábamos lejos?

-Bueno, aquí también afinamos lo que se pierde en la ciudad… el silencio nos hace más sutiles a lo que escuchamos, de hecho, es bueno reconectar con esa parte de nuestro cuerpo… pues te puede salvar la vida en algún momento…

-Eso ya no me gusta mucho, eso de jugarme la vida…

-Aquí no hay mucho peligro...

-Bueno en verdad, el riesgo aparece cuando uno evoluciona y la Otra Parte se percata y ahí es cuando es mejor tener un buen oído que ser sordo…

-En eso tiene mucha razón.

Al llegar a la cocina estaba el Alumno guardando el té…

-Amigo mío, prepara té para los tres, nuestra amiga Noé se queda…

El alumno se acercó a Noé y le dijo...

-Es la mejor decisión que has tomado en tu vida, no te arrepentirás… bueno, casi nunca…

-¿Es tan especial como dicen?

-¿El Maestro? le respondió el alumno mientras sacaba una taza del armario... más de lo que muchos piensan, es como conectar con una fuente sin perturbaciones, sin fisuras, es casi de otro mundo, pero es muy noble, humilde y eso no lo verás mucho en este mundo. Normalmente encuentras gente vinculada a lo monetario, gente que no le importa venderte por unas monedas de más… por eso acude gente de muchos lugares para solo escucharlo y encontrar una respuesta, que no está en el Maestro, más bien está en ellos mismos, solo hace falta escucharse a uno mismo y ver que tras sacar la paja encontrarás lo que en verdad importa…

-Hablas de una forma muy profunda... como si llevaras muchos años aquí…

-Bueno, sólo llevo tres años durante los que he ido puliendo capas y capas, pero sigo estando muy verde. Aún sigo cayendo en los juegos de la Otra Parte, pero menos y eso es lo importante… pues de cada experiencia y de cada contacto… aprendo que no hay una línea continua, ni un camino determinado… que hay muchos caminos desconocidos y muchas veces dejamos una parte de nuestra alma en cada uno de ellos.

Como cuando dejas una huella en la orilla del mar y tras mirar atrás, nos damos cuenta de que merece la pena estar aquí, cueste lo que cueste, pues algún día saldremos a ayudar o nos quedaremos aquí para seguir nuestra labor, pero sea cual sea el resultado, lo importante es saber que el mundo sin ti está cojo.

Noé se quedó encantada con sus palabras, hacía mucho tiempo que nadie le entraba tan dentro…

Noé se acercó al alumno… le miró y respondió…

-Si aprendo una milésima parte de lo que me acabas de compartir, ya me puedo dar por contenta y satisfecha…

El alumno levantó la tapa de la tetera y apagó el fuego y mientras vertía el agua…

-Temo defraudarte, pero… sólo llevo tres años y lo que he aprendido es que el Maestro no trabaja con un término medio… o despiertas en tu totalidad…o pierdes el tiempo… por eso cuando llegue aquí decidí dejar mi pasado o mejor dicho transmutarlo, pues si no se limpia ese pasado con sus limitaciones, nunca podré saber… hasta donde puedo llegar…

Lo importante es que tengas claro que, sin esfuerzo, sin dedicación, nunca tendrás recompensas, lo que no implica el que tengas que sacrificar o denegar derechos a ese ego que controla tu vida, destino y acciones…

Lo sutil cambia de forma, de color y de tacto. Nunca podrás escribir un poema si antes no has vivido ese poema, sería como decir que sabes amar y nunca haber amado…

En mi caso, supe lo que es el amor, la entrega, el compromiso… pero tras todo eso, hay un alma que necesita romper barreras, limites, miedos y en muchos casos, lazos que más que unirte solo son un lastre, en un camino donde todo es posible, si tú crees que puedes.

Si miras dentro de ti y sólo ves miedos, temores y un gran abismo de incertidumbres es que, sin duda alguna, estás en el lugar adecuado… pues al cruzar esa puerta… el alumno estiró la mano y le ofreció el té…has dejado tu pasado con todas sus cosas y aquí aprenderás a romper anclajes, improntas y limitaciones…

Noé se quedó sin habla…

-Eres impresiónate...

-Sólo ves una milésima parte de lo que soy, al igual que yo mismo, por eso sigo queriendo el Todo.

Pues hay muchos que no pueden moverse y, de una forma u otra, el destino me hará ir hasta donde están ellos, para aportarles un poco de luz en sus andares… y no sé de qué forma iré… si con escritos o en persona.

Por eso, al igual que el Maestro, mi trabajo es diario, para poder pulir cada una de las capas que me separan de mí mismo… de ese hermoso y valioso rubí que todos somos… al que hay que sentir, verlo y reconocerlo.

Noé estaba sintiendo y viendo todo aquello que en verdad buscaba, ya no se trataba de si el camino fue difícil, duro y peligroso, la verdad era que su corazón latía fuerte y seguro, por primera vez en años había conseguido encontrar lo que siempre había deseado…

Escuchó muchas historias, de un lugar donde había un Maestro que impartía conocimiento e iniciaba en lo que muchos llaman espiritualidad.

A veces pensó que era todo mentira, simple historias para sacar dinero, pero ni mucho menos creyó que todo fuera verdad, por eso al mirar ahora su camino pudo ver la mano de algo que la invitó a entrar en un mundo distinto, a dejar su vieja casa, su antiguo hogar y como no, a encontrar un reto, una misión que le cambiaría la vida por completo…

-Bueno, es hora de hacer cosas… podéis seguir vuestra conversación… yo tengo que ir al bosque a descansar un poco y reponer pilas, algo que es aconsejable para todos…

-¿Va a ir solo?

-Bueno, yo nunca estoy solo, más bien voy a charlar con unos viejos amigos del bosque…

-Entiendo...

-Que disfrute de su tiempo…

-Gracias Noé y tú de esa agradable compañía, que seguro que te pondrá al día sobre cómo funciona las cosas o si lo prefieres que te enseñe el pueblo, eso según sientas…

-Bueno, según sienta… seguiré sus consejos… de momento, prefiero estar junto al fuego y seguir charlando con mi amigo...

-Sabia decisión…

-Os dejo mis queridos amigos, feliz tertulia…

Tras despedirse recogió su bastón y salió por la puerta trasera para adentrase en el hermoso bosque que había detrás de la casa…

En el trascurso de la noche, Noé y el alumno siguieron compartiendo experiencias y reafirmando una hermosa amistad…

Mientras tanto, no muy lejos de allí, el Maestro estaba sentado en un tronco escuchando las voces del bosque…

-¿Creéis que volverá por ella?

-Ella sigue un patrón del que no se saldrá, hay mucho en juego, de hecho, es una deuda pendiente que abarca a más de uno, de ahí que insista en que le den lo que le pertenece…

De entre los arboles salió una mujer de blanco con melena rubia, sus andares eran dulces como si flotara sobre el suelo, era como si se desplazara en el aire, pero ejecutando los movimientos de andar… Entre sus manos tenía una cadena de oro, de que colgaba una lágrima azul trasparente que brillaba con las luces de la luna llena…

-¿Y qué aconsejas que haga?

-De momento, espera a que haga su jugada, lo mejor para todos es que tenga raíces y sepa diferenciar entre lo real de lo irreal... según sabemos en el bosque tuvo problemas para diferenciar los mundos…

-Está bien, seguiré tu consejo…

-Sólo has de hacer lo que has hecho con él, enseñarle. Ella es una pieza importante, contra menos sepa mejor, sólo haz que se sienta cómoda, he integrarla en el grupo…

-El resto se dará por añadidura… pero no la dejes ir al bosque…

-Ella ha pactado y ha aumentado su control…

-Lo sé, he tenido que sacar a una familia de una casa por ese motivo…

La mujer se acercó hasta el Maestro…

-Siempre has sabido hacer lo correcto… porqué me pides consejo...

-Bueno, a veces dudo de que será lo mejor, pues que estén los dos juntos es muy peligroso…

-No temas, todas las señales indican que es el momento… ella acarició su hombro…

-Eres venerado, alabado y tiernamente amado, cada vez que te vemos nos sentimos inmensamente orgullosos de en lo que te has convertido, a lo largo de los tiempos…

Aún recuerdo los cánticos de los delfines al sentir tu regreso a este plano de conciencia… jamás se supo de tal reacción por un alma, en ninguna de las vida pasadas y presentes…

Eres más que un Maestro, más que un Guía, eres un creador de espacios, sueños y esperanzas de mundos, tanto presentes como venideros…

-Soy mortal, es normal que tenga dudas o por lo menos, la parte humana que tengo aún está presente…

-Si no fuera así, ya no serías tú mismo…

Y compartieron una sonrisa delicada y suave, bajo la luz de esa luna llena de magia y sabiduría…

-Hay muchos Ángeles que esperan tu llamada.

-Sea cual sea el momento acudirán, los ancianos del bosque saben qué hacer y la Madre sabe mover a sus hijos, no importa cómo ni cuándo…

La Dama miró al cielo....

-Es hora de partir, no dudes en buscarme…

-Gracias...

-A ti, por no dejar de ser lo que eres…

-El que ve más allá de las estrellas es un creador, él pactó su regreso, pues tiene algo pendiente, cuando termine…. seguirá tus pasos, eres su patrón, cada día se hace más y más grande, eres como su padre, te tiene en gran aprecio…

-Lo sé...

-Pues sigue tu instinto, es tú mejor herramienta y eso lo sabes…

-Si es algo innato en mí…

-Eres alabado y venerado hijo mío…

-Nunca olvides eso…

-Madre... y tras escuchar esto, la Dama asintió con la cabeza…

-No estás solo, ella sigue tus pasos…

-Nunca lo olvides amigo mío…

Tras recoger su bastón para levantarse, inició la vuelta a casa… y antes de cruzar de nuevo el río… se escuchó un susurro… en la iluminada noche…

-Ella es mía...

El Maestro paró y respondió con sabiduría, sin entrar en su juego…

-Sigue tu instinto, le volvió a repetir la Dama Blanca... y respondió él…

-No, mientras yo pueda impedirlo…

-Has iniciado un camino sin retorno, del que tarde o temprano te arrepentirás… podías haberte ido o quedado en tu bosque, pero tu ansia de venganza te ha llevado a cruzar límites y fronteras, que nunca debiste cruzar… el resto lo dictaminará un futuro muy presente del que seremos participes… de una victoria o una evolución espiritual… Nunca dejes que tu ego dicte tu futuro, pues en cierta forma, él cómo tú estáis unidos por un mismo patrón… Llegar a la luz.

Entonces cogió su bastón y lo elevó sobre su cabeza…

-Yo soy la luz que aparta las tinieblas… el poder de la serpiente es el que marca el destino de las almas...

-Únete o perece… de lo contrario serás conducida hasta la misma puerta… y ya sabes que ante ella no hay sombra, ni fisura y negociación alguna...

El silencio se hizo presente…

-Ellos son débiles y no tienen tu fuerza...

-Quizá, pero tienen algo que tu desprecias…

-¿El qué?

-La luz...

Tras bajar el bastón, comenzó a pisar con fuerza y seguridad...

-Mis pasos, son los que marcan mi destino, de ahí mi fortaleza y seguridad…

-Eso nunca lo olvides…

-Vine por los débiles, por los menos seguros de sí mismo, para hacerlos fuertes… No sabes quién soy, pero seguro que lo sabrás, si sigues por esa senda que sólo lleva a una época ya caduca, que nunca volverá…

-¿A caso te crees Dios?

-Sólo soy una prolongación de algo que es infinitamente superior a mí... pero que en su grandeza otorga el derecho de errar y rectificar… sea cual sea nuestra procedencia y nunca juzga, más bien nos da esperanza para que cambiemos y rectifiquemos…

-¿A caso tú has tenido esa percepción? no lo creo… sólo te riges por el odio, la venganza y la ley del ojo por ojo…

-Eso no lo enseña él, más bien nos muestra cual es nuestra cadencia, nuestra mella, la que nos diferencia a unos de los otros…

-Yo elegí un camino del que me enorgullezco… pues tras de mí solo dejo luz…

-Pues a diferencia de ti que sólo has dejo muerte, desolación… a día de hoy sigues diciendo…

-Es mío y me pertenece...

-¿Qué es tuyo y que es de los demás? esa es tu encrucijada… el problema es que no distingues entre luz y oscuridad…

Ellos saben lo que es beber de las dos tazas y tras ese acto decidieron curar, limpiar y trasmutar su alma …

Entonces el Maestro siguió andando…

-Dios te tiene destinada la respuesta a ese dilema… por eso estoy aquí... ahora te dejo con tus preguntas y las respuestas las podrás ver en tus actos…

-Lo que te llevará a una profunda reflexión y aceptación de que… el pasado importa, no por lo que pasó, sino más bien, por lo que pudimos cambiar y no cambiamos...

-Nadie es inmune a la vida, ni a sus sentimientos. No se puede vivir en un mundo paralelo y decir que se vivió en toda plenitud, pues el aislamiento es solo un acto de protección ante las cosas que nos rodean…

-No existe una coraza que nos proteja de lo que somos, pero hay almas que, si lo creen, de ahí que muchas jueguen el juego de las sombras y las luces…

-Pero de una forma u otra se termina reconociendo, que el verdadero logro es poder vivir, sin dejar de ser uno mismo.

Pues el que oscila entre negro y blanco, nunca sabrá lo que es estar completo, de ahí que venimos una y otra vez para alcanzar un único objetivo… La unidad del alma en todas sus facetas…

Tras cruzar el río miró hacia atrás y pudo ver un alma, que seguía jugando entre dos bandos… y no hay peor guerra que la que uno lleva dentro… es de esas guerras que nadie gana y todos pierden… salvo que haya un cambio de vibración que lo cambie todo.

Pero para eso tiene que haber un instinto de querer cambiar, una motivación que invada el alma y la haga vibrar, si no hay dicha motivación, sólo seremos una veleta al viento, movida por vientos externos que nunca nos harán crecer…

Entonces el Maestro elevó su mano y consagró su alma y su cuerpo…

-He aquí tu segunda oportunidad... Aprovéchala...

De lejos pudo ver su vieja casa, en la que la luz de sus ventanas reflejaba todo lo que él creía y esperaba… y como la vieja chimenea seguía soltando y expandiendo el calor de un hogar…

El ritmo lo dicta el compás de la evolución, si dejamos que la materia ocupe espacio es cuando dejamos de movernos por la infinidad del cosmos. Alma

Momentos

Me gustaría poder decir que en los años que llevo aquí, he podido ver, sentir he incluso descubrir que la vida es como una caja de sorpresas de la que vamos sacando regalos en cada paso o proceso de nuestra vida.

Dicen que en esa caja tenemos todos y cada uno de los regalos que nos corresponden a lo largo de toda nuestra vida.

Para Noé empieza lo que siempre buscó, saber quién es y porqué está aquí.

Muchos iniciamos ese camino, pero pocos conseguimos dar o encontrar con la respuesta, no porque la vida discrimine: tu si o tu no, simplemente es que con nuestros pasos decidimos que dejar o que coger…

El Maestro siempre dice: "Nunca dudes de ti mismo, pues la duda te apartara del camino correcto"… y tiene mucha razón, pues en cada acto, en cada nueva decisión incrementamos la capacidad de crear un nuevo camino, pero como en todo y casi siempre, las decepciones o la falta de resultados hace que olvidemos lo que en verdad somos y buscamos…

Os preguntareis…

¿Y qué somos? en verdad somos Todo, parece una respuesta simple y sin sentido, pero abarca la totalidad de lo que en verdad somos… podemos ser lo que queramos, optar por coger cualquier personaje y a hacerlo nuestro…

Pero un día nos daremos cuenta de que fue una aventura paralela que no termina de llenarnos, entonces es cuando el Cosmos mueve sus hilos para que nuestro entorno cambie y sepamos que, tras una bonita obra de teatro, es hora de volver a lo que en verdad somos…

¿Y qué somos? bueno, muchos son voluntarios, otros son de este plano de conciencia…

Muchos venimos desde hace mucho tiempo cuando la tierra era un lugar oscuro, sin luz, fe ni esperanza.

Entonces la energía cruzó la Galaxia en busca de voluntarios para cambiar la vibración, pues al ser tan densa era imposible evolucionar. Muchos se identificaron con la densidad y cayeron, sin embargo, otros consiguieron salir a flote y fueron esos pocos que consiguieron equilibrar la balanza, para lo que fueron buscados y desde entonces se sigue jugando y luchando entre los dos bandos: la luz y la densidad.

Unos os identificareis, otros rechazareis esta verdad latente, pero que, de una forma u otra, sabéis que es verdad…

Ahora es cuando tenéis que descubrir vuestro verdadero papel y como aceptar que sólo sois unos invitados, y que tras mucho tiempo dormidos os toca despertar, pues el trabajo aquí llega a su fin…

El planeta ha de quedar en manos de sus dueños y los que no son de este plano, tienen que volver a casa, tras un camino muy largo…

Al día de hoy, se siguen descubriendo planetas con posibilidad de habitar, pero lo que no dicen o no cuentan es que los que nacieron aquí son ellos solos los que han de limpiar y sanar el planeta, por lo que no pueden emigrar otros planetas, eso sería como maleducar a un niño y cuando rompe algo no darle importancia y darle otro juguete…

Por eso, cada alma que desencarna y se va sin limpiar su densidad retorna al mismo lugar…

Pero muchas almas siguen durmiendo y siguen pensando… "para que salvar el planeta" cuando esto explote, yo ya no estaré aquí… clásico error de una mente dormida y que vive en una densidad continua.

Para los que leen esto… recordad que es fundamental abrirse a que lo que vemos no es real… que forma parte de esa densidad… y por muchas veces que desencarnéis, volveréis para limpiar lo escrito en el lienzo…

En cambio, los que ya limpiaron su lienzo volverán a sus tareas normales… y quizás a otro planeta donde limpiar o sembrar las raíces para otras razas o generaciones…

Pero nunca creáis que estáis solos, al día de hoy siguen llegando voluntarios con otras vibraciones más elevadas que son capaces de cambiar la densidad con solo estar presentes… las sanaciones han cambiado a muchos niveles, incluso en la forma de realizarlas.

Ahora cada niño que nace es una esperanza hecha realidad… Las almas que desencarnaron y reconocieron su error, volverán para limpiar el lienzo y de una vez por todas para coger su testigo y hacer de este mundo lo que siempre tuvo que ser…

Pero no todo es tal como creéis… también están los Planeta-Escuela y la Tierra es uno de ellos, por eso cuando un Planeta termina su ciclo escolar es usado para otros menesteres…

Pues, si os dais cuenta, somos estudiantes que optamos a la Universidad del alma.

Una de las claves para poder pasar de ciclo escolar es que dejéis de juzgar, condenar y desear hacia otros, lo que no deseáis para vosotros mismos…

Cada vez que alguien mata a otro semejante, se crea un vínculo karmico, que no se liquida hasta que ese alguien devuelve la vida que quitó…

Al igual que una mujer, cuando corta un embarazo voluntariamente, esa alma sigue a su lado hasta que le da la vida, es como llevar a un esclavo a tu lado, que sólo quiere vivir y terminar su ciclo.

Ha habido casos en los que una mujer ha tenido hasta tres almas a su lado, porque en cada embarazo decidió no seguirlo o viceversa cuando un hombre obligue a una mujer a abortar, entonces es cuando ambos se unen en un mismo anclaje karmico y así… mil sutilidades que nos unen, por miles de años… en este plano de conciencia.

Pues, escribir en un lienzo blanco es muy fácil y sutil, pero… borrarlo… eso te puede llevar mil años encarnando… por eso y por mucho más… expande luz y no la proyectes…

Hay una gran diferencia entre una y la otra, expandir es como hacer que una piedra rebote el agua y cree ondas… la otra, en cambio, es como lanzar una lanza que, con la punta, corta todo aquello que encuentra.... Venimos a la primera.... a expandir…

A lo largo de mi estancia aquí, sigo viendo que he cambiado mucho pero no tanto como yo esperaba. Es cierto que mis actitudes ante las adversidades han cambiado de una forma abismal. Ahora conecto con lo que antes negaba. Ahora dispongo de una visión más amplia, sé que hay partes de este mundo que son densas y que cuesta de creer o aceptar, pero, cada día doy un paso más en mi crecimiento personal.

Pero sigo buscando respuestas más profundas que me hace falta conocer, pues cada día cuando estoy presente en las terapias veo que me hace falta más y más sabiduría para poder aconsejar o guiar a otros, pues sé que me puedo equivocar, que una letra puede cambiar un significado o una mala expresión cambiar el rumbo de un alma, pero siempre intento escuchar primero lo que tengo que decir y luego decirlo, es algo complicado pero el Maestro siempre me dice que tenga paciencia, pero que tarde o temprano podré tener esa sabiduría y no me hará falta ese paso. De momento, medito la respuesta y luego la digo.

En estos días he podido ver la parte más oscura de un alma, la que me sigue por algún motivo que aún desconozco y sé que ese día sabré por qué y cómo…

Noé no está aquí por casualidad, sé que algo nos une, algo la trajo aquí para cerrar un ciclo e iniciar otro…

El Maestro, sabe más de lo que dice, pero confío en él, si no fuera así estaría tirado en cualquier calle de New York como un despojo más, entre los barrios bajos de una ciudad llena de historias y vidas sin terminar.

Aquí he podido ver cómo la gente está siempre presente, se ayudan los unos a los otros sin ni siquiera pedirlo, si se cae una casa alguien vendrá a ayudarte a levantarla.

Aquí, el uno sin el otro no son nada, por eso hay diferencia de dónde vengo, allí cada uno se ocupa de sus cosas, nadie te pregunta nada, a nadie le importas, sólo a los bancos que buscan tu carne como hienas en la noche… Tanto tienes tanto vales…

En cambio, aquí es todo lo contrario, todos somos uno… en los colegios, en los orfanatos, hospitales…

Es un mundo que has de vivirlo para entenderlo, no es hablar por hablar, es un compendio de cosas que une a las almas…

Hay almas que no evolucionan o lo hacen en menor medida…

En el planeta hay zonas más densas que otras, de ahí que no es igual evolucionar o limpiar en Europa que en Palestina.

De todas formas, es importante saber que uno es lo que quiere ser, no importa lo duro que sea el camino, más bien es lo que aprendes de él…

Si solo ves oscuridad, eso es lo que te dará el camino… en cambio si ves luz, si sientes que ese camino es una prolongación de ti mismo, es cuando en verdad sacaras lo mejor de ti… Es como pulir un rubí, que, tras un arduo y duro trabajo, se ven los resultados…

Así es como el Maestro me inculca la idea de que sin esfuerzo no hay gloria ni recompensa, es un gran ser al que ni hoy en día ni en muchas vidas le podré pagar ni una milésima parte de lo que ha cambiado mi vida como persona y como alma en evolución

Un día a la sombra de un roble se sentaba una niña, la cual le cantaba a las flores, pues decía que cada mañana la llamaban para escuchar su voz. Se sentaba con ellas, le contaba su día a día, ellas hacían lo mismo… María la soñadora le decían en el pueblo... pues estaba siempre cantando... Un día se acercó una mujer y le preguntó... ¿María, mi pequeña María, ¿cuál es tu secreto para brillar como brillas? Ella se acercó y le dijo… "nunca dejes de ser lo que eres, mujer por fuera y niña por dentro". Alma

Un pasado muy presente

La vida es como un fruto que con el tiempo madura, aquí siempre estamos en un continuo evolucionar del que todos somos participes…

-Buenos días, Maestro...

-Buenos días Noé... ¿cómo fue la noche?

-Muy bien, hacía tiempo que no descansaba en la cama de un tirón...

-¿Y el alumno?

-Bueno, aquí solemos madrugar bastante, pues tenemos visitas y es mejor estar libres durante el día para poder atenderlas, de ahí que él ya se fue al pueblo a buscar pan y a visitar a unos niños del orfanato a los que repartimos cosas que otras personas dan como beneficencia y esa parte es importante, por lo que conlleva para los pequeños pues no suelen tener mucha ropa…

-¿Dedicáis mucho tiempo a estos menesteres?

-La mayor parte del día y a veces de la noche, aquí no hay horarios, pueden venir personas que viven a más de cincuenta kilómetros, que traen a su hija enferma o ancianos por una caída en el campo y así infinidad de ejemplos que te podría poner, mi querida Noé.

-Bueno... ¿y qué hago yo?

-Bueno, tú tienes que empezar por lo básico, por limpiar tus raíces y fortalecerlas, de momento te aconsejo que ordenes tu cuarto y tus pertenencias, luego que intentes escribir en una hoja que tienes en esa mesa que te he preparado y espero que seas lo más sincera posible a la hora de plasmar que es lo que te ha marcado más en tu vida.

Es un proceso que hacen todos, de esta forma intentamos que veas lo que en verdad ocultas de ti misma y no deseas sacar por miedo a afrontarlo y reconocerlo…

-¿Tengo que ponerlo todo? no sé si me cabrá en una hoja…

El Maestro sonrió mientras se acercó a Noé…

-Te ayudaré de una forma más sutil, acompáñame al río quiero que veas una cosa…

Noé se quedó sorprendida, pues esperaba severidad y dureza para sacarle aquello que tanto guardaba su corazón...

Tras llegar al rio…

-Un pez siempre usa la corriente para dar su mejor salto, nunca lucha contracorriente, pues de lo contrario nunca llegará a su destino… Aplica este ejemplo a la hoja que tienes que escribir, no luches contra ella, más bien juega con ella. Al ver la página en blanco puedes estar contigo misma, el peor enemigo no está fuera…

Entonces el Maestro puso su mano derecha en su pecho muy delicadamente…

-Está aquí... en esa página solo pondrás lo que en verdad te impide crecer, lo que quiero decirte es que… lo que tienes que escribir es más corto de lo que tu imaginas…

Noé le miró con pesimismo, lo que el Maestro contrarrestó con dulzura y cariño…

-No estés triste… cuanto antes dejes salir lo que te está matando, antes podrás escribir tus nuevos renglones de luz… Sé que a veces el pasado está muy presente, pues lo llevamos muy dentro y muy enraizado...

-Mira, la mente no huye del dolor porque es un síntoma, huye de lo que sentimos en ese momento, mientras el dolor está vivo y latente. La mente tras una mala experiencia huye de lo que le recuerda lo vivido y lo entierra muy hondo dentro de su memoria, bajo capas y capas, para que nunca pueda salir.

Por eso siempre va un paso por delante de ti, por eso tenemos que sacar esas capas, porque si no eso al final será como un cáncer que nos mata sin darnos cuenta…

En verdad si lo sabemos, sólo que es mejor ignorarlo que afrontarlo…

Noé empezó a llorar…

-Eso está bien… saca, saca lo que te oprime… no retengas lo que tanto tiempo dejaste oculto…

El Maestro la abrazó dulcemente…

-Lo más duro es coger el boli y plasmar que no somos perfectos que dentro de cada alma siempre hay debilidad por lo que hemos vivido… por eso tenemos que aceptar que ese algo nos impide andar.

En otras ocasiones lo que hacemos es esclavizar a otras almas sin que nos demos cuenta… y tu hace mucho que arrastras algo que cada día te pide que lo dejes ir...

Noé levanto la cara bañada en lágrimas…

-¿Por qué es tan paciente conmigo? podría estar con otras personas y no perder el tiempo con alguien que se siente culpable de algo que pasó...

-Mi querida Noé… tú eres tan importante como los demás, si me dedicara a seleccionar las lecciones que la vida me da, te estaría juzgando por ser lo que eres y por elegir un destino que te hace crecer y evolucionar… y yo no estoy aquí para ese menester, más bien estoy aquí para hacerte ver y hacerte salir de tu tumba, en la cual te has enterrado pala a pala durante años…

-Ahora…

-¿Crees que te faltara espacio en esa hoja para escribir lo que te está matando en vida?

Noé movió la cabeza de derecha a izquierda como reconociendo lo plausible…

-No...

Estiró la mano y escribió con un pequeño temblor de mano…

-Me culpo de haber no haber estado con mi hijo y marido en ese avión...

-No podías hacer nada, amiga mía, absolutamente nada… Era su hora y su destino…

-No, yo podría haber estado con ellos, pero decidí que un contrato era más importante que mi familia, y los perdí… ¿entiende Maestro, entiende?

Mientras Noé se hundía en su culpa y desesperación…era como ver caer a alguien desde muy alto y no poder pararlo... sin que nadie lo pudiera ver o evitar, su corazón se comprimía de tal forma que era más fuerte el dolor que el camino que había hecho para llegar hasta el Maestro.

Pero justo, en el momento adecuado, el Maestro depositó su mano en su cabeza… fue como el bálsamo que se le otorga a un suicida que no puede volver a casa por su acto y ese bálsamo lo saca de los infiernos mentales y lo hace salir de la oscura noche…

Noé cogió una bocanada de aire que le hizo frenar su caída, lo que ayudó a levantar el vuelo y poder mirar al cielo azul …

Mientras algo en su pecho salía y se desgarraba al mismo tiempo que comenzaba a respirar de nuevo, su visión seguía borrosa, consiguió respirar….

-Respira tranquila… coge aire retenlo y suéltalo despacio… eso hará que salga y se trasmute el dolor y sus raíces… Concéntrate en un punto, fija tu mirada en ese árbol y conecta con él, con su esencia... Entrégale lo que te impide respirar, él lo trasmutara y elevara, confía en su energía, el vino para ayudar, sólo has de confiar en él…

Noé en cada aspiración conseguía recuperar la calma, su pulso se fue armonizando, su taquicardia se fue disolviendo…

-Muy bien, eso está mucho mejor… le decía el Maestro, mientras la abrazaba con seguridad y a su vez con delicadeza.

-Ya estás casi, sólo déjalo salir un poco más…

-Siente como el viento del alba te refresca, ese que recorre el valle, el que renueva cada flor, cada árbol y todos los seres vivos que lo habitan...

-¿Por qué he tardado tanto en encontrarlo, mi Maestro?

-El Maestro llega cuando el alumno está preparado, ni antes ni después... Todos tus pasos te han llevado a encontrar el camino adecuado.

Has comprobado que hay muchos acreedores de la Verdad, que para encontrar esa Verdad hace falta aportar dinero, tiempo y una fiel pleitesía a quienes decían tener esa Verdad absoluta… has cruzado por muchos valles, has llamado a muchas puertas… pero siempre veías que ese no era tu camino y que nunca lo fue, que en verdad tu destino era otro…

Entonces la vida te hizo reconocer lo que buscabas y lo que no buscabas... y justo en su debido momento se abrió un abanico de oportunidades, puertas y ocasiones… pero para poder optar a ellas tenías que ser tu misma… tener voluntad de cambio y cuando uno cambia o aporta esa voluntad es cuando el cosmos de mueve y hace mover a todas las almas que necesitas y las pone a tu servicio… Por eso y por mucho más, el destino guío tus pasos hasta aquí… pero esto es sólo un paso más en tu crecimiento espiritual, aquí has limpiado lo que más te impedía realizarte, pero aún hay camino o senda por la que pasar y eso lo has de hacer sola, sin bastones, ni dependencias… pero, esta vez, lo harás con raíces, conocimiento y sabiduría… esa será la gran diferencia, que sin duda alguna marcará un antes y un después de llegar aquí.

-¿Quién es la Dama del Bosque?

El Maestro volvió a mirar a Noé…

-Todo a su tiempo amiga mía, todo a su tiempo… ahora descansa, aún te queda un largo camino y tienes que reponer fuerzas para ese difícil paso, pero no imposible…

-Yo estaré por aquí… eso nunca lo olvides, las herramientas existen y hay que úsalas como tal… pues al igual de lo ya mencionado... Cuando estés preparada pasarás por ese ciclo...

De momento… dedica tu tiempo a descansar, hoy para ti el día ya terminó.

Sal, date una vuelta por el pueblo y conoce a sus habitantes… compra algo de comer, o simplemente siéntate y disfruta de la vida... lo dejo a tu elección…

-Gracias por todo, Maestro...

-De nada, para eso estoy aquí amiga mía…

Tras dejar a Noé, el Maestro se dirigió a la casa, pues había llegado el Alumno y tenían cosas que hacer, pues el día iba a ser muy largo… tras unos días con mal tiempo y al no poder atender a las personas del pueblo, esto implicaba que, con los primeros rayos del sol, las personas acudirían para pedir consejo y terapias… y así es como comienza un nuevo día… en la Universidad del Alma.

El silencio es algo que nos llena, que nos une con lo más profundo de uno mismo, como el poeta solitario que compone a la sombra de su vela, como el árbol que anhela un nuevo amanecer. "No hay historial sin final, ni final sin historia". Más bien, un hermoso futuro por explorar y descubrir. *Alma*

La Comunicación, un Don del Alma

Es cierto que podemos aprender de nuestros errores, muchas veces incluso superarnos tras una gran caída, por eso es importante tener una comunicación especial… incluso con lo que nos es inesperado.

A lo largo de los días Noé fue habituándose a las labores de su nuevo hogar, unos días colaboraba con el Maestro, otros con el Alumno según la energía del día… se podía aprender de cada cosa que se hacía en general, pero más de lo que uno no podía esperar o creer.

-Hola...

-¿A dónde vas?

-Bueno, el Maestro me ha pedido que le haga unos recados en el pueblo y aquí me ves preparando el carro para marcharme dentro de un rato…

-¿Puedo ir?

-Bueno, si te animas porque no, así conocerás otro tipo de personas y no me refiero a los adultos…

-¿A quién voy a conocer?

-Tu prepárate, te gustará…

Tras recoger unas sacas de cuero, Noé y el Alumno, iniciaron el camino de bajada hasta una casa que se encontraba a las afueras del pueblo…

Noé seguía fascinada por todo lo que veía, casas de madera, antiguos caserones convertidos en colegios y viejos cuarteles hechos hospitales…

-Aquí, han sabido reciclar las casas y los viejos lugares...

-Bueno, hace tiempo tras las grandes guerras, se dejaron de lado muchas instalaciones y al no poder mantenerlas se cedieron para que los niños pudieran tener educación y un futuro más prometedor…

-Buenos días señora, Cooler...

-Buenos días...

-Aquí todo el mundo te conoce, por lo que veo…

-Sí, somos como casi una familia, siempre que te haga falta algo sólo pídelo y si está en sus manos te lo darán y si no te guiarán para que lo encuentres, es un pueblo muy avenido…

-Es bonito ver ese lazo...

-Sí, pero es como todo si la gente ve que tu energía no es la que tiene que fluir, te aconsejarán de qué forma redirigirla, no son como otros que mirarían hacia otro lado, más bien se implican en que veas otra realidad distinta y si no, pues lo dejarán a manos del Maestro y él te aseguro que te mostrará tus errores y cadencias, para poder pulirlas y sacar lo mejor de ti misma.

-¿Te costó dejar tu vida anterior?

-Bueno, yo en verdad cuando me encontró el Maestro ya no tenía ningún vínculo con lo que me rodeaba, era una sombra de mí mismo y cuando uno cae tan hondo y olvida lo que es estar vivo y sentir la vida, es cuando en ese preciso momento… algo cambia en tu vida o eres hombre muerto...

-Un poco duro, ¿no?

-Más duro es verte tirado sobre un charco, intentando respirar para no morir y que nadie te ayude... y no les odio ni retengo sentimientos de venganza, más bien les comprendo, pues la gente tiene miedo de entrar en la vida de alguien y más sin saber quién es, pues piensan que tienen más que perder que de ganar.

Cuando no tienen respuestas para ellos mismos, como tenerlas para ti… por eso la gente mira, pero no actúa…

Mientras decía esto agitaba las riendas del caballo…

-Aquí aprenderás que las personas no son un número u objeto, más bien somos personas con sentimientos, cadencias y limitaciones…

En la ciudad impera la ley del más fuerte, si no eres famoso ni tienes una buena cuenta bancaria entonces eres un don nadie y como tal la sociedad te aparta y te da la espalda… Pero todo tiene su contra punto, el Cosmos sigue a sus hijos, sea cual sea su destino y lugar… cuando caes es cuando en verdad podemos ver que lo que tenemos. Es solo una apariencia hecha de retales y parches…

Yo estuve a un segundo de morir en un charco de veinte centímetros de profundidad, intentaba salir a flote, coger aire para luego volverme a sumergir en un agua turbia llena de colillas, donde tu futuro no es nada halagüeño…

-¿Y qué paso?...

-Bueno, apareció ella… algo que nunca podré llegar a agradecer suficientemente…

-¿Quién es ella?

-Bueno, es una larga historia… de momento te diré que fue una niña de ocho años, de ojos azules como el cielo… que una vez en otra vida fue mi mujer…

-¿No me cuadra, por tu edad?

-Bueno, las almas cogen por un segundo un vehículo externo, para realizar actos de amor o ciertas ayudas espirituales, según se mire…

-Ella cogió a esa niña para darme una segunda oportunidad… por la que estoy aquí… Me encontró dentro de un charco se mi hundido, como al que la sociedad sentencia y excluye por su apariencia... tras unos segundos interminables entre dos mundos dentro de ese charco consiguió sacarme de ese charco…

A los pocos minutos apareció el Maestro bajo una intensa lluvia… para recogerme y decirme… Ya es hora hermano. Ya es hora.

-¿Me estás diciendo que tu mujer regresó en forma de niña para salvarte la vida?

-Sí, una misma mente…

-Es una historia preciosa, de las que no salen en los noticiarios…

-Estas historias no interesan, no dan audiencias millonarias... pero para mí fue la historia que cambió mi vida en todos los sentidos, la de que un alma puede ser salvada por otra…

-Mira ya hemos llegado...

Estiró de las riendas para parar el carro…

-¿Me vas a dejar a medias?

-Huy... El Maestro es un experto en eso... me pega malas costumbres...

-Pues, no es justo dejarme con la miel en los labios...

-Eso también lo pienso yo… pero ahora lo justo es que dejemos estos sacos y conozcas a una gran amiga mía… Ya tendremos tiempo de tener momentos como estos… ahora tienes que conocer a alguien muy especial…

-Creo que ya me arrepiento de no haberme ido...

-Tarde muy tarde... ya estas metidas en el ajo y el Maestro ya compraron comida para tres… jajaja…

Ambos reímos al mismo tiempo…

-Anda deja que te ayude a bajar...

Al bajarla del carro, sus miradas quedaron fijas, pupila con pupila, como sabiendo mucho más el uno del otro sin saberlo…

Ella se sonrojó por unos instantes…

-Gracias...

-De nada, todo un placer…

Entonces escuchó el rodar de unas ruedas…

-Celia, qué guapa estas esta mañana, ¿traje nuevo?

-Tú también, si me lo han regalo hoy...

-¿Quién te regalo esa flor blanca tan grande?

-Un amigo...

-¿Ya estas ligoteando?

-No seas tonto, es sólo es un amigo…

Le decía Celia mientras le tocaba delicadamente el hombro…

-Sí, si por eso te brillan tanto eso ojitos hoy…jajaja…

El comentario provocó la sonrisa de Celia…

-¿Quién es ella? es muy guapa...

-Ah es Noé, una nueva compañera que llego hace unos días…

Celia la miró profundamente…

-Es muy especial, pero tiene un pasado que no la deja ser ella misma, ni vivir como tal…

-Bueno, de momento te la presentaré…

-¿Te parece bien?

-Sí, ya sabes que sí…

-Bueno Noé, esta es Celia…

Noé se acercó y le dio dos besos en la mejilla…

-Mucho gusto en conocerte…

-Lo mismo digo Noé, ¿has traído mis libros?

-Pues no lo sé, creo que eso lo sabe él mejor que yo…

-Me los has traído, ¿verdad?

-Sí, es lo primero que metí… pero los tienes que leer despacio, sino luego te aburres…

-Vale, vale, pero no te prometo nada…

-Hay que trasto estas hecha…

-Un poquito... le dijo, juntando los dedos de la mano derecha…

-Bueno Celia y ¿qué me cuentas de ti?

-Yo vivo en la planta baja, junto al jardín, desde donde puedo ver las estrellas, incluso la Vía Láctea…

-Veo que te gusta la astronomía…

-Bueno, es uno de mis hobbies... En verdad lo que me gusta mucho, es mirar el libro del alma…

-¿El libro del alma?

-Sí, es como ver todas tus vidas en una gran biblioteca y saber más de ti, de lo que la vida te dio y te dará…

-Es interesante, pero creo que a eso se le llama los Archivos Akasicos...

-Bueno, yo le pongo un nombre más romántico…

-Me parece un nombre perfecto...

Mientras Celia se quedó fija mirándola, como si estuviera leyendo algo… ¿Eres un poco cotilla?

-Huy, perdona, pero es que a veces veo tanto que me pierdo, entre libros y libros…

-¿Con que esta es la persona especial de la que me hablaste?

-Sí, la verdad es que Celia es muy especial, pero también tiene limitado su don, sólo puede ver hasta donde le dejan… lo que la cabrea mucho y más cuando está muy interesante, por eso le traigo libros para darle raíces, sino estaría todo el día volando por otros mundos…

Noé la miró con mucha ternura…

-Sí, la verdad es que se nota cuando estas junto a ella, te trasmite mucha calma y mucha fuerza…

-Bueno Celia, hoy toca pasear por el río, leer un poco y luego te dejaré con Noé un ratito, pero ya sabes que sólo un poquito…

-Bueno, pero con la condición que otro día vengáis de nuevo…

El Alumno alargó la mano y la estrechó con la de Celia…

-Trato hecho… ahora a pasear...

Mientras el sol seguía iluminando la copa de los árboles, paseándose entre sus ramas con finos rayos de luz, se podía sentir la brisa aún fría del invierno presente…

-Me gusta, sentir esa brisa que mueve el viento... decía Celia, mientras se acurrucaba en su vieja mantita…

-La verdad es que tiene su encanto poder pasear por estos lugares y eso que a veces, uno prefiere estar junto al fuego con una buena taza entre las manos, mientras sientes su calor recorrer cada poro de tu piel, mientras disfrutas de su aroma dulce y profundo, convertido en un humeante coctel de aromas acompañado del crepitar de las ascuas en su inevitable convertir la materia de sólida a gaseosa.

-¿Llevas mucho en casa del Maestro?

-Bueno llegué hace unos días, aún estoy integrándome al cotidiano, pero en verdad me están ayudando mucho, están por mí, me siento arropada y cuando algo no lo entiendo buscan la forma de trasmitirme una visión distinta a la que yo tenía preconcebida, de lo que solía creer, pues cuando uno se abre a reconocer que hay más de un punto de vista y que todos llevan a un mismo lugar es cuando en verdad te cambia esa percepción falsa de las cosas…

-Bueno, a todos nos cuesta llegar a ese punto, unos tardamos poco, otros toda una vida, por eso hay que tener paciencia de lo contrario nos paran, pues al correr más de lo que debemos terminamos errando y a veces haciendo daño a quien más queremos. Por eso, hay que ser sabio y usar la mano izquierda, en muchos casos…

Noé se quedó mirando el agua congelada del río… pensativa y abstraída en sus pensamientos…

-¿Qué piensas Noé?

-No es importante, cosas mías…

-Te veo muy distante, no creo que sea menos importante de lo que dices o quieras hacer creer a los demás…

-Veo que eres muy intuitiva…

-Bueno, el tiempo y la experiencia nos hace pulir ciertos sentidos, que nos sirven a lo largo de nuestra vida…

-A veces me siento perdida, como si no estuviera haciendo lo que debo o simplemente dudo si elegí el mejor camino o si lo que dejé atrás era lo adecuado… pero son pensamientos que una tiene, aunque a veces no los exteriorice y se los guarde para una mismo…

-Piensas que a veces, en algún momento de tu vida has dejado de tener ilusiones o que alguien en algún momento de tu vida maquilló una verdad para que no te sintieras distinta a los demás...

-Quizá... dijo Noé mientras miraba al río.

-Te voy a contar mi historia, con el tiempo aprendí de ella más de lo que hubiera podido imaginar… Yo nací en una aldea humilde, donde las cosas eran muy valiosas, ropa, zapatos, champú para el pelo, hasta un peine o unas gafas para el sol… Siempre vi a los demás como algo que yo conseguiría tener.

Yo nací sin movilidad en las piernas, pero mis padres siempre me decían… "-¡Algún día tu andarás y correrás!"…Por eso siempre me intentaba superar más y más en el río, haciendo carreras para ver quien corría más… Pero un día, de aquellos que uno nunca querría vivir, tuve una discusión con un amigo, entre una cosa y otra le dije... "Algún día seré más rápida que tú".... -A él le sentó mal y no lo hizo a mala fe, solo fue un impulso...

-Tu sueñas…

Yo le respondí…

-Ya lo verás y me pedirás perdón… y justo en ese momento dijo…

-Tú nunca podrás andar...

Lo miré fijamente y algo dentro de mí supo que era verdad, bajé la mirada, me hundí en mi pensar y empecé a llorar…

El chico se dio cuenta, pero ya era tarde... Me pidió disculpas, hasta terminamos los dos llorando… pero el mal ya estaba hecho…

Al llegar a casa, decidí hablar con mi madre...

-¿Por qué me has mentido?

-¿A qué te refieres?

-A que nunca podré andar como los demás niños…

-¿Quién te ha dicho eso y por qué?

-Mamá sé que es cierto, lo vi en sus ojos…

Mi madre me llevo al sofá y me dijo que no quería que esto me hundiera, que me amargara la vida, que todos teníamos un destino y que eso era lo importante… que la vida segura tendría algo importante para mí y que no tener piernas para andar no era un impedimento para llegar a culminar tus metas…

-Pero yo quiero andar, correr…

-La vida te tiene reservado algo mucho mejor...

-Yo seguía triste, su explicación no calmaba mis lágrimas… mis sueños de poder ser como los demás… y eso fue un palo muy duro en mi vida, a pesar de sólo tener seis años… para mí la vida cambió radicalmente y nunca volví a ser la misma, pero todo cambió…

Un día en un parque estaba yo entretenida con mis pensamientos… sola junto a un banco y escuché unos pasos y un tercer sonido que no me era conocido, hasta ese momento…Vi a un anciano acercarse hasta donde yo estaba y se dirigió a mí…

-Hola pequeña...

-Hola Señor...

-¿Por qué estás aquí tan sola?

-Bueno, aquí no molesto…

-Más bien huyes de la vida y de lo que te rodea, por eso te escondes en tus pensamientos, que no hacen justicia a tu forma de vida…

-¿A qué se refiere, no le entiendo?

-Hasta ahora te habían ocultado una verdad, que al ser revelada oscureció tu alma… pero tienes que saber más cosas y averiguar qué es lo que la vida te depara… y para ello no te hace falta tener piernas, pero si ruedas para recorrer el mundo…

-Eso lo piensa Usted que puede moverse sin ayuda de nadie y sin esta silla de ruedas...

Entonces se sentó a mi lado…

-No seas tan dura con la gente que te rodea, solo querían evitarte que sufrieras y limitaras tu vida…

-¿Ocultándome que soy paralítica?

-¿Ahora quién es la paralítica en verdad? y cuál la que se crucifica ella sola... Hasta ahora has hecho de todo, correr… ir a caballo encima de tus amigos, nadar con tus brazos… ¿Quién es la que se engaña a sí misma en estos momentos?

Ahora sólo eres una niña que se escuda en el “pobre de mí”

-¿Qué ha cambiado desde hace un mes?

Celia le miró con una mirada triste…

-No ha cambiado nada...

-Sólo el aceptar que no andarás, el resto está igual… puedes hacer lo que quieras… pero te infringes un castigo mental por no haberlo visto antes o por no reconocer que era una verdad que tú siempre supiste…

-Quizá, no me importa, lo que en verdad me pasa es que lo no entiendo ¿por qué me pasa a mí y no a otro?

-¿Desearías que a otro pasara por lo mismo?

-¡No!... respondió Celia muy enérgica y contundentemente…

-¡Nunca desearía esto a nadie, eso sería lo último que desearía!

-¿Entonces por qué te infringes este castigo? si no lo deseas para nadie, menos para ti… ¿no crees?

-¿Y qué hago con mi vida?

-Mira tu entorno, puedes hacer lo que quieras, los limites los pones tú… pero eso lo decides tú y nadie más… el poder de hacer cosas está dentro de tu mente, que se pone rejas a sí misma.

-Gracias, por ayudarme…

-Todavía, no he terminado, esto sólo es el principio.

-¿A qué se refiere?

-Sé que lees mucho…

-Sí, uno de mis mejores hobbies leer libros… me gusta sacarle todo su jugo, sobre todo leer entre líneas… lo que el autor quiere trasmitir...

-Y eso no lo consigue mucha gente ¿verdad? crees que es un Don...

-¿Leer? yo lo veo algo normal…

-¿Te gusta mirar a los ojos a los demás?

Celia se lo quedó mirando pues era una pregunta con trampa…

-Tiene truco su pregunta… pero algo me dice que tengo que seguir contestando… algo muy importante me tiene que trasmitir…

El Maestro ciño una ceja…

-Elije a uno de tus amigos... Celia pensó en cada uno de ellos...

-Él...

-¿Estás segura?

-Sin duda alguna...

-Bien, cierra los ojos, relájate y concéntrate en él…

A los pocos minutos, Celia estaba navegando entre mundos buscando indicios de a donde tenía que ir…

-¿Qué ves?

-Veo un libro muy antiguo, tiene una portada muy artística, se ven unos aros dorados, con unas enredaderas plateadas que forman un arco… Se abre una de las primeras páginas, puedo leer lo que pone, es como un relato, incluso puedo ver el día y hora…

Celia comenzó a leer atentamente… de repente abrió los ojos y miró a su amigo, rápidamente empezó a empujar su silla hasta llegar a su altura…

-Hola cómo estás, ¿cómo va el día?

-Muy bien Celia, aquí jugando un rato…

-¡Espera un momento y enseguida estoy contigo...

Pero Celia, estiró la mano y cogió la suya…

-¡No!, mejor quédate conmigo… "Le dijo, mientras le miraba a los ojos"…

-¿Qué viste en el libro?

-Pude ver su muerte... la página dice que hoy a las diez de la mañana al bajar por el tobogán caerá desde lo alto y se romperá el cuello…

-Espera... ¿me estás diciendo que te mostraron su muerte?

-Sí... que fuerte...

-Y aún más… ¿sabes que chico era?

-¿El que te dijo que no andarías nunca?

-Sí, en ese momento comprendí que para cumplir con mi destino no me hacía falta tener piernas, pero si ojos y una increíble conexión más valiosa de lo que nunca nadie pudiera tener en este mundo…

Noé se quedó sin palabras y se preguntó a sí misma como una niña tan pequeña podía tener un Don tan grande…

-Y sabes, Noé…

-Dime...

-Si este chico nunca me hubiera dicho eso, nunca hubiera sabido lo que en verdad tenía que saber…

-Todo está sincronizado, como un reloj suizo perfecto, hasta el más mínimo detalle o engranaje de relojería…

Cuando volví con el Maestro, solo me respondió una frase que cambió mi vida, dijo que "para poder ser útil, muchos elijen una prueba de fe"... y se levantó… y se fue como vino…

-Tengo curiosidad... ¿qué has leído de mí?

Celia ciño una ceja y giro los labios…

-No me han dejado ver nada... y eso la cabreo…

-¿Cómo que nada?...

-Pues eso es, nada de nada, con lo interesante que estaba…

En ese momento se escuchó al Alumno al fondo, que cortó la charla tan profunda que yo tenía con Celia…

-Venga chicas, es la hora, sino Celia no tendrá tiempo de leer, se hará tarde y tenemos que volver…

-Bueno Celia, ¿qué tal te fue con la charla? le preguntó el Alumno…

Entonces Celia con cara de malos amigos refunfuño y respondió…

-No es justo, nada, nada justo...

El alumno se quedó diciendo…

-¿Y qué he hecho yo?

A lo que respondió Noé con sarcasmo…

-Todo a su tiempo amigo mío, todo a su tiempo... no me puedes dejar a medias... y mientras levantaba las manos y agitaba las muñecas en rotación, le respondió a Noé…

-Eso díselo al Maestro ... mientras se alejaba…

-Eso no lo puedes aprender, no… no… no puedes... Es ser muy mala amiga, ¿lo sabes o no? y con una sonrisa sarcástica… afirmó:

-He tenido un buen Maestro...

Y de momento dejamos al Alumno tomando una taza de su propia medicina, mientras el día siguió su andadura hacia otros momentos y quién sabe sino hacia un nuevo aprendizaje…

Aceptación

Estamos en un hermoso valle, del que no sabemos su extensión, ni su profundidad… Aprendemos de lo que andamos… de las caídas, de las puestas de sol, de aquello que en verdad somos…

No existe lugar del que no saquemos un rayo de luz… por eso al día de hoy, seguimos aprendiendo que sin esfuerzo no hay recompensa. Las pequeñas cosas que un día nos hicieron libres, hoy nos hacen esclavos, pues no parece que sepamos ver que en su momento fueron útiles, pero hoy ya son sólo una sombra de lo que fueron y como un lastre que nos sigue marcando y dictando el camino…

No importa si la reacción es temprana o tardía, lo importante es que tus reacciones ante las adversidades… Quedarte quieto esperando el resultado, no es más que seguir con tus viejas formas de vida, pensar y actuar…

No somos objetos inanimados, más bien somos ejemplos de que todo puede cambiar, si en verdad crees en ello…

El destino dicta sus reglas, nosotros el juego… podemos jugar con sus reglas o con las nuestras, unas nos llevarán a un destino ya previamente pactado, otras nos conducirán por caminos sin brillo y con poca luz.

En ese camino las normas no existen, más bien las acciones… según hagas así vivirás, no importa si alguien algún día te muestra que las leyes están para algo… pero también puedes poner de las tuyas, a condición de que si las usas tienes que ser correspondiente con tus actos…

No hay camino cortos y ni senda para acortar el camino, todo lo que evitas termina apareciendo en tu vida, como si de un cuento de final triste se tratara… pero nada es triste, ni nada es para siempre.

Todo tiene un ciclo y cada ciclo un final de etapa… cuando al llegar a meta se nos muestra lo que hicimos bien y menos bien…

Por eso, hoy podrás andar por ese hermoso valle, para que lo vivas, sientas y compartas. Es solo y únicamente decisión tuya.

Es un mural virgen en el que podrás dibujar tus sueños, metas y esperanzas… pero tienes que ir más allá de ese párrafo… de ese lienzo… pues todo tiene su contraportada…

No se nos da un lienzo para sólo vivir de él… más bien se nos muestra para que sepamos que hay que entrar en él y cruzar esa frontera que nos separa y limita…

Quien no sabe ver más allá de sus narices y sólo vive con lo que puede tocar con las manos… nunca sabrá que tras el telón existe todo un mundo abierto e inagotable, aún por explorar…

Para poder cruzar ese lienzo tienes que saber que tú mayor enemigo eres tú mismo… No hay enemigos en las puertas, ni maldiciones, ni tan siquiera cadenas que te impidan entrar… tan sólo miedos y prejuicios que al día de hoy nos seguimos aplicando como si fuéramos juez y verdugo…

Podemos cambiar y debemos cambiar… pero de forma que al caminar reconozcamos que siempre fue un juego, del que todos aprendimos.

No busques culpables… ni tan siquiera justificación… mientras sigas viendo a un semejante como culpable de algo, la ira, la rabia y el juicio nunca te dejarán cruzar el lienzo…

El cambio de dimensión es proporcional al acto de amor que sepamos ofrecer, si alguna vez creíste que la vida es injusta o simplemente que te juzgó mal… ahí es cuando, en verdad, tienes que darte cuenta de que fuiste tú mismo el que de una forma u otra viste que no podías seguir igual y por eso moviste ficha… para que la vida moviera ficha.

De ahí que todo cambiara, como si un día todo se desplomara sin avisarte de su propia debacle, pero tienes que ver que todo tiene un fin, un propósito… que te llevara a ver y entender que sin cambios no hay evolución…

Se habla de dimensiones, la tercera, la cuarta y la quinta… en cada una de ellas hay almas que siguen en sus propios sueños, otras en cambio siguen creyendo que la vida fue cruel con ellos y que sus hermanos de sangre y luz fueron los que en verdad provocaron todo lo vivido y siguen en sus sueños y juicios…

Eso es lo que nos les dejará pasar, al llegar al velo serán ellos mismos los que sabrán que sus anclajes… su carga, será incompatible con el nuevo cambio, pues el lienzo que te impide pasar, eres tus mismo. Tus formas de pensar, hacer, vivir y expandir…

No hay jueces ni verdugos, tan sólo te miras al espejo y ves que tu pasado es tu límite…

¿Qué cómo cambiarlo?

Si miras a tu entorno y lo que das, lo que compartes no genera luz es que algo de ti tienes que cambiar.

Podrás ver almas que no crecen, que no cambian… pero sólo ves un resultado… tienes que ir a lo más hondo, a lo más puro de cada uno… a ese lugar donde nada se puede camuflar, ni manipular…

mientras veas ese punto y sólo ese punto, será cuando podrás cambiar tu carga y podrás entrar…

Pero no valen actitudes de interés, pues si intentas jugar al juego del teatro, será cuando te quedaras en la dimensión que te corresponda… y eso no será porque otro te sentenció o ejecutó sino porque tú lo elegiste.

Del cien por cien de la humanidad solo un cuarenta por ciento pasara a la quinta dimensión… el resto vivirá en la cuarta o en la tercera dimensión, una mínima parte se perderá entre esos mundos… pero eso sólo son porcentajes… para el que no sepa leer entre líneas… el que pasemos todos o no está en nuestras manos...

Mientras haya una sola alma pura todo puede cambiar, incluso lo más oscuro puede hacerse luz…

No hay que darse por vencido, ni tirar la toalla…

Él ya lo dijo…. "Y cosas más grandes que yo haréis"

Él fue y será un gran Maestro que dejó los patrones del Nuevo Mundo que al día de hoy siguen vigentes, un alma que nunca dejó de luchar por los demás, que nunca supo lo que era perder, ni dejar nadie atrás… por eso hoy en día hay almas que siguen sus consejos… "No dejéis que un grano contamine un pajar... Encontrar ese grano y amarlo como a vosotros mismos"

El amor es el arma más efectiva y más pura jamás creada, no hace falta ninguna otra… y está al alcance de todos.

Sólo hay que recordar quienes somos y lo que somos… y cuando estés delante del lienzo y te hayas desprendido de todo aquello que te impedía cruzarlo, entonces aceptarás que tras un gran cambio mereció la pena desnudar tu alma de todo aquello, que con el paso del tiempo dejo de ser una herramienta para ser un lastre… Mira desde tu alma y podrás ver lo que en verdad somos…

Un día el Maestro salió a un parque donde solían jugar los niños de la aldea…

-¿Hoy que haremos? Maestro.

-Jugar, mi querido amigo, jugar.

-Hola pequeños…

-¿Qué trae Maestro, que trae hoy?

-Bueno, hoy traigo canicas…veamos cuántas cogéis…

Se sentó en un pequeño banco y las iba lanzando una a una…

Me di cuenta que mientras todos se peleaban por cogerlas... uno de ellos se quedaba mirando pensativo, como esperando algo…

A su vez, el Maestro dejaba siempre una canica a un lado como algo premeditado…

-Ha visto a ese niño, no ha cogido ninguna… es como si esperase algo… jajaja...

-Lo sé…

Entonces pude ver al niño levantarse y esquivar a sus amigos para llegar a primera fila, mientras el Maestro en su mano ya tenía una canica dorada que nadie veía…

El Maestro alargó la mano y el niño saltó por encima de todos…

Aquel que espera su momento recibirá su recompensa... me dijo el Maestro, mientras el niño la agarraba y se la llevaba al pecho, como su gran y único tesoro. Alma

Las apariencias engañan

Decía mi Maestro: "Nunca dejes que la Otra Parte tenga opciones, pues de ser así, te sabrá llevar a su terreno.

Algo muy cierto, pues sus herramientas son sutiles, buscan la inocencia, la buena fe y como siempre te hará ver aquello que en verdad no es real… que es sólo un reflejo de nuestro propio ego sin evolucionar.

El mismo que, de tanto en tanto, sale de su guarida para hacernos ver que subestimamos nuestra evolución, para ponernos medallas por nuestros buenos actos y así que bajemos la guardia…

Hoy el Maestro me ha dejado una tarea que hacer, limpiar de malas hierbas el patio de nuestra casa, la verdad es que últimamente no hemos tenido tiempo para ello, con tanta salida… pero ya es hora, pues contra más hierba peor, bueno según se mire, pues las ovejas se pondrán las botas cuando les lleve el carretón de hierbas…

Empecé a preparar la máquina para cortar la hierba y puede ver a Noé salir al porche…

-Hola Noé, buenos días…

-Hola buenos días... Veo que el Maestro te ha dado faena para esta mañana y te veo muy predispuesto…

-Bueno, es que ya le toca, así desconecto un poco de tanto viaje…

-Haces bien, yo voy al pueblo para recoger unos pedidos y volveré dentro de un rato, según la cola que haya aprovecharé para hacer algo más…

-Bueno, ahora no habrá mucha gente, es peor contra mas avanza la mañana...

-Por eso prefiero bajar temprano… ¿te hace falta algo?

-No, gracias, creo que tengo de todo…

-Bueno, ahí te dejo, sigo para que no se me haga muy tarde…

-Que disfrutes de tus menesteres…

-En eso estoy, hasta luego Noé…

Noé recogió su bolsa y cerró la puerta de la casa, mientras el Alumno seguía con sus quehaceres.

Mientras tanto, en la otra orilla del río, algo empezó a cambiar… la luz incluso le costaba entrar a través de las copas de los arboles… pero el Alumno enfrascado en sus trabajos no llegó a percibirlo…

Noé llegó al viejo telar, del que salían muchas de las prendas de vestir de la gente del pueblo. Al llegar a fin de mes salían pequeñas ofertas… por eso era importante llegar bien temprano, pues enseguida se vendía todo lo rebajado…

-Hola Noé, veo que este mes has sido más lista…

-Hola Sr. Marcos, efectivamente el mes pasado llegué tarde y ya no pude comprar la tela que me hacía falta para unas cortinas y algún traje para cambiar un poco…

-Pues mira en la estantería de arriba, hay algo que te puede interesar y si no te das prisa, volará…

-Gracias por el aviso, a ver que encuentro…

-De nada, ya sabes que, por el Maestro, lo que sea.

Mientras Noé seguía de compras, el Alumno tenía problemas con la maquina…

-Ahora no… que ya lo tenía todo listo… ¿cómo es posible que no tengas gasolina? si te puse ayer para tenerte preparada… pues no veo ninguna fuga… pues nada, a buscar de nuevo gasolina...

El Alumno se dirigió al cobertizo, pero algo le hizo parar, fue un sonido particular, algo que no le era familiar… miró al bosque, pero no pudo ver nada, ni sentir nada…

Ciño una ceja como acto de extrañeza…

-Curioso, dijo y entró en el cobertizo… a ver… el Maestro dejó por aquí el depósito…

-Bingo, lo encontré… bien… está lleno… bueno, te veo seca… anda ponte cómoda… que ya tienes para unos días… tras terminar encendió el motor y se lio a cortar las malas hierbas… mientras tanto, a su espalda, el bosque seguía cambiando… sutilmente…

Tras un buen rato…

-Bueno esto ya es otra cosa, parecía una jungla… pero ya va cogiendo forma… dentro de un rato a descansar y disfrutar de un poco de calma…

El alumno seguía con sus pensamientos… desconectado de todo el exterior… era algo que hacía en sus horas de meditación, sólo que ahora aprendió a hacerlo en el quehacer de las cosas del día a día, lo que le hacía estar más equilibrado…

Tras terminar la última zona, recogió la máquina y se fue a buscar el pequeño carretón para llevar las hierbas al carro grande, pero antes fue a buscar algo fresco, pues el calor era persistente y tras el duro trabajo se merecía una pausa…

Se sentó en el porche mientras miraba al valle para conectar con él y con su esencia…

-La verdad que es una vista increíble, lo mires como lo mires…

Asintió el Alumno, tras soltar una expiración profunda y calmada...

A lo largo de este tiempo, había podido ver, sentir y vivir muchas cosas, cosas que ni él mismo se hubiera creído a no ser que las hubiera vivido… como así había sido, desde que llegó había tenido una espiral de emociones, una tras otra, de las más peculiares a las más cómicas, sin dejar de pasar por el auto descubrimiento de uno mismo…

Él sabía que esto era sólo una minucia, comparado con lo que aún le quedaba por vivir…

Mientras miraba al horizonte, seguía sintiendo algo diferente… algo que nunca había sentido antes… lo que lo tenía intrigado… pero lo dejo pasar… ya lo comentaría con el Maestro a su vuelta…

-Bueno Noé, ¿ya lo tienes todo?

-Sí, creo que sí… espero no olvidarme de nada…

-Bueno, si se da el caso dímelo y algo se podrá hacer…

-Gracias!, lo tendré en cuenta...

-Toma aquí tienes el cambio y tus bolsas, que pases un feliz día…

-Gracias, lo mismo digo...

Noé salió del viejo telar…

-Hace un día estupendo… pensó… creo que me daré una vuelta…

Mientras tanto…

Celia estaba sentada en su vieja silla de ruedas, dibujando un nuevo dibujo, pues era su gran afición… la que le tenía la mayor parte del día ocupada… pues así dejaba la mente en blanco y conectaba mejor con el Otro Lado, el que siempre disfrutaba de las preguntas, dudas y curiosidades… de una mujer, en un cuerpo de niña…

-¿Qué es esa energía? nunca antes la había sentido…

Su ángel custodio le decía… "Son cosas que van a pasar, de las que aprenderás de igual forma que con nosotros…

-¿Y es malo?

-No, si no se juega en su terreno…

-¿Qué juego y qué terreno?

-Bueno, hay energías que se endeudan por tener más poder, para tener un beneficio, lo malo de esto es que a veces se gana y otras se pierde…

-¿Y que tengo yo que ver con eso? si no he pedido jugar…

-A veces jugamos sin saberlo o mejor dicho, jugamos para salvar a alguien…

Celia, ciño una ceja… y se preguntó ...

-¿Salvar a quién? y ¿de qué?

-Tú eres una pieza importante del puzle, por eso juegas sin saberlo o mejor dicho sabiéndolo…

-Estoy perdida y no entiendo nada…

-Tú sigues con tus juegos, a su debido tiempo te será revelado…

-Ok, pues a jugar…

-¿Dime que pasa con Noé?

-Eres un encanto, pero vas muy rápida…

-Me gusta jugar…

-Eso es bueno, pero cada cosa a su tiempo…

-Que rabia me da cuando me dejáis a medias...

-No es nuestra voluntad, sólo son normas…

-Pues meca chis con las normas... respondió, mientras se reía…

Mientras tanto, el Alumno seguía cortando el césped, del que ya tenía hecha casi su totalidad, gracias a su afán por terminar para tener un tiempo libre…

-Bueno pues ya casi está, solo este tramo y ya he terminado…

Se paró un momento para secarse el sudor por el esfuerzo realizado, pues necesitaba coger algo de aire fresco"

-Caramba, sí que había hierba por cortar y parecía que no…

-Hola, ¿qué me oye?

El Alumno levantó la cabeza, al oír una voz… tras ponerse la mano en la frente para poder ver mejor, pues el sol le daba en la cara…

-Hola, si Señora, sí que la veo…

Mientras se acercaba al borde del río…

-Disculpe que le moleste, es que se me ha salido una rueda del carro, está lleno y no puedo hacerlo yo misma…

-Tranquila, déjeme terminar de recoger estas cosas y le echo una mano…

-De acuerdo, no hay prisa, cuando le vaya bien...

-Gracias...

Entonces el Alumno, se dispuso a recoger los cables y dejar la maquina ya limpia al lado del porche, para que nadie se hiciera daño…

-Bueno ya estoy señora… ahora ya puedo estar por Usted… es mejor dejar las cosas recogidas…

-¿Por qué salió tan tarde? con un carro tan lleno y más estando sola…

-Bueno, mi hijo está fuera y no tengo a nadie que me ayude… en esta situación me veo obligada a hacerlo sola… sólo que el carro está en mal estado, pues hace mucho que no se le hace una revisión…

-Debería ir al herrero del pueblo, es muy bueno y estaría encantado de echarle una mano…

-Bueno, seguro que sí, a ver si mañana me paso, hoy ya es muy tarde y la noche se me echa encima…

-Pues no tarde mucho en hacerlo si no se encontrara igual…

-Gracias por su consejo, no dude que lo seguiré mañana mismo…

Mientras tanto Celia estaba sentada decidiendo que color coger para unas flores… y justo en ese momento…

-Corre Celia, corre… el Alumno está en peligro… la Dama del Bosque juega con las apariencias y su vida corre peligro…

Celia se asustó en un primer momento, el pánico la cegó, no sabía cómo reaccionar… pero recordó el consejo del Maestro para cuando se bloqueará antes cualquier situación… "Ante un miedo, se tu misma el bálsamo que calme el momento". Cerró los ojos y visualizó un estanque tranquilo y sereno… que poco a poco iba llenando de calma y sabiduría su mente…

Dejó tranquilamente el lápiz en la mesa y empezó a mover las ruedas de su pequeña silla con rapidez y templanza…

-Tranquila, tranquila… te has preparado para este momento y es hora de saber actuar, tener sabiduría y temple… se repetía continuamente a sí misma.

Tras pasar por la puerta del cuarto y recorrer un pequeño pasillo, se encontró en la puerta principal, seguía inquieta, pero se sentía segura de sí misma… tras bajar como pudo por la rampa de madera, empezó a mover las ruedas con fuerza por el camino de tierra y piedras, incluso llegó a coger cierta velocidad pues había zonas con bajadas… en uno de sus giros casi atropella a la Señora Megfil…

-Celia, ¿te has vuelto loca?

-No Señora Megfil, es que tengo algo muy urgente que hacer, perdóneme…

-Más te vale que sea cierto y ten más cuidado…

-Lo tendré, se lo prometo... le respondió Celia desde la lejanía…

Celia solo pensaba en su amigo, en las calles que le quedaban por cruzar hasta llegar a la casa del Maestro… en un momento pudo divisar la casa en el horizonte…

-Estoy cerca, sólo unas cuantas casas más...

-Hola ¿hay alguien en casa?

El Maestro acababa de llegar, tras una tarde muy larga…

-Estos chicos no cambian nunca, todo el día fuera de casa… pensaba el maestro para sí mismo…

Decidió dejar su bastón en la entrada, mientras se dirigía a la cocina para dejar algunas compras…

Noé acababa de llegar de su relajante paseo y de coger algo de color, pues estaba muy blanca por largo invierno…

-Hola ¿hay alguien?

-Sí, aquí en la cocina estoy… organizando las cosas que traje del pueblo…

-Carai, hemos llegado al mismo tiempo…

-Pues sí, ya lo puedes decir…

-¿Dónde anda este… que no da señales de vida?

-No lo sé, no me ha respondido cuando le he llamado… cosa extraña pues él es de los primeros en responder y ofrecerse para organizar las compras...

-Estará ocupado con las hierbas... lo voy a buscar, para que se tome algo fresco… seguro que lo agradece, pues hace un día muy caluroso…

-No, primero ayúdame a meter estas cosas en los armarios, sino luego es muy molesto hacerlo…

-Está bien, sólo serán cinco minutos…

Mientras tanto, Celia estaba llegando al porche de la casa del Maestro… pero sólo había escalones… lo que le impedía subir con rapidez. Al ver que no podía subir el carro, sólo pudo tirarse al suelo y reptar por los escalones envejecidos por el uso…

-Venga Celia, tu puedes… se repetía una y otra vez…

Al intentar subir una de las piernas se rasgó la piel lo que le provocó heridas en la pierna… el dolor era insufrible… tan solo le quedó pedir ayuda de forma desesperada…

-¿Alguien me escucha? pero su voz tenía poca potencia debido al dolor de la pierna… entonces cogió aire y dio un gran grito…

-¿Ha escuchado algo Maestro?

-Me pareció la voz de Celia... ambos se miraron…

-Ya voy yo Maestro… usted no tiene su bastón a mano…

Noé se dirigió a la puerta principal para ver si había alguien…y al abrir la puerta principal, la vio…

-Celia, ¿qué has hecho? tienes las piernas hechas un Cristo...

-No es importante…

-¿Dónde está el Alumno?

-Creo que, en el jardín de atrás, limpiando las hierbas...

Noé la miró a los ojos, como con un instinto innato…

-Por el amor de Dios... corre Noé, corre...

Al levantarse tropezó con el Maestro…

-¿Qué está pasando aquí? pero la mirada de Noé, lo decía todo…

-Ni se te ocurra salir fuera...

-Pero…

-No hay peros que valgan, ocúpate de Celia y llama al médico para que le cure los cortes...“

-De acuerdo lo que Usted diga Maestro…

-Sobre todo no salgas, ni dejes que nadie salga...

-Así lo haré Maestro…

Rápidamente, cogió su bastón y se dirigió al porche de la casa… al abrir la puerta, pudo ver al Alumno meter un pie en el rio…

-Ni se te ocurra, dar un paso más....

El Alumno se sobresaltó al no esperar su voz…

-Hola Maestro, es que se le ha estropeado una rueda y le iba a echar una mano…

-¿Por qué no miras mejor… lo que en verdad no tienes ante tus ojos…

-No le entiendo...

-Seré más directo… Es una hora muy mala para andar con un carro, de hecho, ese carro no lo ves, ni tan siquiera esa mujer esta manchada de tierra y su calzado ni mucho menos es de montaña… más bien no podrías ver ni sus pies por mucho que quisieras…

El Alumno se giró y miró lo que en verdad la inocencia de sus ojos no le dejaba ver…

-Sal de río ahora...

El Alumno se sorprendió y volvió a sentir esa energía que esta tarde no terminaba de saber que era… entonces un flash de su mente le recordó el nombre de lo que tenía delante... una vez la dejó marchar, tras vencerla en una noche cerrada… La Dama del Bosque… poco a poco retrocedió en su afán de cruzar el río… tras reconocer su error de instinto…

-¿Le vas a hacer caso? y vas a dejar a una pobre anciana, que te pide ayuda, por un abuelo que no sabe lo que dice, por no decir otra cosa...

-Ese abuelo que usted dice, es mejor persona de lo que usted podrá llegar a ser en una milésima de vida eterna…

-No seas tan incrédulo, él jamás será como yo, es sólo un dinosaurio que exhala sus últimos golpes de aire, pues no ha sabido renovarse con los nuevos tiempos…

-¿Qué tiempos? esos que tú que anuncias con muerte, odio, ira y venganza… Yo creo que más bien eres tú quien no ha sabido renovarse…

-Déjalo, amigo mío, no merece la pena…

-Hola, nuevamente veo que has pactado para poder cruzar tus fronteras…

-Prefiero eso que tener que vivir en una casa de madera llena de termitas...

-¿Esta casa?

-Qué mal pensada eres o que ciega estás...

-Tú nunca sabrás ver lo que es y será un punto de luz, solo vives entre tinieblas… le dijo esto mientras se acercaba al Alumno para ayudarlo a salir del río…

-Vuelve dentro, Noé necesita ayuda con Celia...

-¿Celia?

-Sí, fue ella quien nos avisó de que corrías peligro…

El alumno se quedó sorprendido, mientras terminó de salir del rio…

-Enciende una vela blanca y ponla en el porche...

-¿Estará bien?

-Tranquilo, no puede cruzar el río y a estas alturas ha de temer más e que sea yo quien lo cruce... que sea ella quien lo haga…

Tras asentir con la mirada se fue echando hacia atrás, sin dejar de mirar al frente…

-Si algo le sale mal, saldré yo para ayudar...

-Gracias por tu propuesta, pero todo irá bien....

El Alumno seguía sorprendido por la serenidad, sabiduría y temple con la que estaba llevando esto a cabo…

Tras llegar al porche y abrir la puerta, pudo ver a Noé agachada en el suelo con unas vendas, mientras Celia le sonreía al verlo regresar a la casa…

-¿Estás bien, Celia?

-Sí, algo dolorida pero bien… gracias a Noé que puso mucho de su parte, mientras el Maestro iba en tu busca …

-¿Sabes?

-¿El qué?

-Me avisó mi Guía, al final comprendí sus enseñanzas… saber esperar mi momento, es algo que me cuesta aplicar en mi vida…

-De eso se trata, de saber esperar el momento que cada uno tenemos predeterminado y de saber estar cuando se ha de estar, en el lugar y el momento adecuado, de lo contrario iríamos contra corriente…

-Hablas como el Maestro, en su forma y sentido...

-Bueno, todo se pega y en gran parte algo ha conseguido que brote en mí… esa sabiduría que estaba dentro de mí… con su paciencia, estímulo y comprensión ha sabido moldear y dar forma a mi alma… y eso se lo ha currado mucho… pues al principio cuando llegué aquí era una bala perdida que se quejaba de todo y por todo…

-¡Huy! se quejó Celia, cuando Noé envolvió una venda en su pierna…

-Perdona Celia, es que tienes la pierna con heridas y astillas y es difícil curarla sin tocar las astillas… respondió Noé a su queja…

-¿Has llamado al médico?

-Está de camino, no tardará en llegar...

-Tú tranquila, mi pequeña Celia… todo saldrá bien… solo tienes que tener un poco de paciencia....

Celia lo miraba con los ojos vidriosos por el dolor… pero muy entera por su logro y su enseñanza…

-¡Huy! se me olvidaba… tengo que poner una vela como me ha dicho el Maestro…

-Las tienes en la despensa, en el cajón de arriba, justo en la esquina de la derecha…

-Tú, tranquila que enseguida vengo para darte mucha energía y una mano a la que agarrarte con fuerza...

Tras dejar a Noé y a Celia, cogió la vela y la encendió… la tapó con la mano para evitar que se apagara y se dirigió a la puerta del porche y la depositó en el suelo…

Mientras seguía viendo al Maestro charlar con la Dama del Bosque”

El Alumno seguía pensando que algo muy importante tenía que estar en juego para que un ser como ese se jugara lo que se estaba jugado en estos encuentros...

-¿Qué sería, y por qué? se preguntaba… pero su instinto le hizo volver a su presente y recordar que a su pequeña amiga le hacía falta su mano, en estos momentos tan dolorosos... y tras recordar su promesa cerró la puerta y mandó toda su energía a ese gran ser que tenía detrás suya…

Mientras tanto… el Maestro seguía paseando por la orilla del río…

-¿Tanto te arriesgas por una obsesión desmesurada?

-¿Obsesión?

-¿Tú que sabrás de destinos y derechos?

-He luchado por lo que me corresponde y nadie sabe lo que he tenido que pagar…

-¿Acaso piensas que es un camino fácil el que he tomado? vosotros los mortales lo tenéis muy fácil, solo tenéis que creer y esperar… Hay otras formas de evolucionar de las cuales no sabéis nada de nada, de ahí que soñéis con un mundo perfecto…

-Te podrás escudar en tus escusas, pero el fin no justifica los medios…

Entonces el maestro se sentó en una piedra y tras ponerse cómodo y coger aire… le dijo:

-Mira la elección de un camino a veces no es fácil… no por el acto en sí, sino por lo que conlleva… pues todo cambio implica dejar algo de nosotros mismos y muchas veces, es una losa la que nos impide caminar dentro de un mismo plano… pero ello no implica explícitamente que tengamos que pasar por encima de los demás, sin importarnos si mueren o viven… Tú has cruzado ese fino y sutil umbral de creerte Dios… lo que no se otorga a nadie y menos a ti… pues tus actos te preceden y condenan… no soy yo quien lo hace… más bien eso lo haces tú solita al creerte que tienes ese derecho… el cual nunca nadie te dio…

-¿Derechos, derechos?… ¡no me hables de derechos… y tú eres el menos adecuado!

El Maestro volvió a levantarse de su piedra…

-Mira, no busques culpables para justificar tus actos… ya son muchas almas a tus espaldas… de las que un día deberás rendir cuentas… y ese día llegará…

-Cuando llegue ese día, aquí estaré... Mientras tanto seguiré exigiendo lo que me corresponde y se me niega…

-Sólo te guías por tu ira y eso nunca te hará llegar a tu meta… y lo sabes...

-No me hace falta ningún Maestro para alcanzar mi meta y menos tú…

-Deberías escuchar más… y así simplificarías las cosas para una transición más acorde con la energía…

-Deja de intentar salvarme… no me hace falta tu acto de fe y de buen samaritano…

-Confundes ayuda con limosna... y yo nunca doy limosna y menos a quien no le hace falta…

La Dama se acercó más a la orilla del río…

-¿Por qué sigues luchando por ellos, si no les debes nada?

-La pregunta no es esa… más bien sería… ¿Por qué sigues aquí cuando podrías estar haciendo otras cosas?

-Pierdes el tiempo conmigo…

-Tú debilidad es tu propia codicia y eso es lo que te llevará un día delante de la verdad... y esa… no distingue entre luces y sombras, sólo se rige por actos, acciones y consecuencias…

-Procura, no olvidar delante de quién estás...

Eso la hizo retroceder, temerosa…

-Algún día, nos veremos en igualdad de condiciones...

El maestro sonrió....

-Sigues sin aceptar que nunca estaremos a un mismo nivel… yo soy luz y tú eres oscuridad…

-Pero como siempre digo, a toda la oscuridad se le concede el Don de cambiar, crecer y evolucionar…

-Sigue soñando, viejo loco...

-Es mejor estar loco que olvidar lo que uno es o cambiarlo por algo perecedero que el tiempo y las energías disolverán como las arenas del tiempo…

-Poesía barata, sólo sabes vender lo que la gente anhela en su vida vacía y miserable, sin sentido…

-Nunca sabrás lo que es el Amor, mientras huyas de ti misma...

-Pierdes el tiempo viejo...

-Si es así… será mejor que cojas ese sendero de sombras, en él sólo te escucharas a ti misma…

La Dama, lo miró con desprecio…

-Cuida de ellos, pronto estarán entre dos mundos y allí no podrás hacer nada por ellos y yo seré quien les enseñe la realidad de las cosas…

-¿Realidad? Esa es buena... o acaso es realidad lo que intentas venderme con tus justificaciones o simplemente es una creación de tu mente… más bien lo segundo…

-Mientras esté en este plano, nunca conseguirás nada y menos cambiar luz por oscuridad…

-Coge el sendero, ahora que puedes…

-¿Es una amenaza?

-Es un consejo...

-¿Si quieres podemos liquidar esta charla de mejor forma?

-No gracias, sería un desperdicio de tiempo y quiero verte suplicar por sus Almas cuando las veas perecer bajo mi reinado…

-La próxima vez, será muy distinto… y tras dicha afirmación la Dama se convirtió en un remolino gris de piedras y hojas secas arrastrada por sí misma…

Dejando tras de sí un camino de dudas y preguntas... y un destino incierto…

No muy lejos de la realidad

Tras pasar unos días… comenzaron las nuevas obras en la casa del Maestro, era un regalo para la pequeña Celia, por su ayuda y como acto de recompensa… llevaban días arreglando la avenida principal del pueblo, incluso había llegado un arquitecto para mejorar la calle, de ahí que fuera todo un acontecimiento nunca visto.

Noé seguía visitando a los enfermos, a los que llevaba agua, pan y medicamentos… Solía ir por las mañanas, pues por la tarde se dedicaba a meditar y navegar por sus pequeños mundos espirituales…

Como casi siempre a primeras horas del día, se sentaba en el porche de nuestra vieja casa para contemplar el horizonte… era como ver a un Ángel sentirse humano y disfrutar de ello.

A veces hasta me daba cosa sentarme junto a ella, por no romper esa magia que ella y sólo ella conseguía crear y expandir, pero siempre me pillaba a escondidas… cosa que me descuadraba en mi intención de no molestar…

-Venga no seas tonto, hay sitio para todos... yo salía de entre las sombras…

-Es que a veces me da miedo romper lo que creas...

-No seas tonto, nada se rompe, nada se destruye, más bien se trasforma y toma otra forma de vida… si te quedaras ahí sin participar sería como negar que somos Uno y que no podemos formar parte de lo que en verdad somos, no puedes limitar sus actos porque tu ego te impida ser libre…

En ese momento me cogió de la mano…

-No soy una muñeca de porcelana, a la que no puedas tocar o sentir, soy un alma que tomó cuerpo por voluntad propia, si no estuvieras aquí te buscaría porque este escenario sin ti estaría incompleto, sin vida y sin sentido…

Eso caló muy dentro de mí, era como si algo o alguien reconociera que soy una parte importante en este mundo y que de una forma u otra tenía que estar allí sentado con ella…

Es curioso porque llevaba poco tiempo con nosotros y aún tenía mucho que pulirse a sí misma… pero en cada instante conseguía sacar lo mejor de ella misma e incluso en los momentos difíciles… te regalaba una sonrisa y eso era de agradecer, pues el camino elegido a veces era duro… pero no duro por las fatigas, penas y lamentaciones… más bien porque teníamos que soltar aquello que teníamos como verdad o realidad según se mire… pero todo aquello queda lejos, era como un leve sueño que nunca se recuerda o que en verdad nunca sucedió… por eso cuanto más la miro, más pienso que aquel día cuando salí del charco… algo de ella también me ayudo a sobrevivir, aunque no la conociera… ella, desde su parte más pura, me buscó y me indicó que un día ambos estaríamos aquí sentados cogidos de la mano y compartiendo algo especial… que nos llevaremos a esa hermosa y eterna vida… que nos invita a escoger un camino en el que muchos entran y pocos terminan… pero para eso estamos aquí… para que ayudemos a quien cae… a quien pierde su fe o a quien sus pensamientos traicionan, sin quererlo ni buscarlo...

Podría estar horas y horas escuchándola, como a mi estimado Maestro y no me cansaría… es como aprender de cada segundo, de cada instante…

Pero quizás sólo sea un destello de lo que somos en realidad… pero no cambiaría nada de lo que estoy sintiendo y viviendo en este lugar… ni por mucho dinero que me ofrecieran, ni por el mejor puesto de ejecutivo, ni las más grandiosas propiedades podría hacer sombra a lo que aprendo aquí cada día…

De lejos pude escuchar al Maestro…

-Venga, que se nos hace tarde y aún hay que ir a recoger a Celia...

-Yo hoy elijo conducir… tengo ganas de ver como sonríe con su regalo... le respondí al Maestro…

-Bueno, pero date prisa con los caballos que el día es corto y más cuando hay muchas cosas por hacer… por ejemplo ir al bosque a coger leña que estamos escasos tras el largo invierno…

El Maestro es de los precavidos, prefiere tener leña de reserva y no correr luego a oscuras…

-Bueno, ya estamos...

-¿Noé, ya estás?

-Sí, sólo un segundo… me falta el abrigo… que luego refresca…

Y así es como comienza un día de celebraciones para nuestros queridos amigos, tras la larga tormenta.

Me dijo un día el Maestro:

-Te voy a contar una historia, de alguien que estaba perdido en el presente, que no sabía qué hacer con su vida...

Un día salió de casa sin rumbo fijo y sin pensar adónde ni como… al llegar a un pueblo sintió quedarse en él… lo miró y era un lugar triste… un lugar donde las flores se marchitaban por el simple hecho de no ser cuidadas ni regadas por nadie… sólo vio ruido, discusiones, peleas y niños llorando... justo en ese momento supo cuál era su lugar y qué hacer con su vida…

A los pocos días, alquiló una casa en el centro del pueblo donde pudiera tener más acción… y abrió una panadería…

Cada mañana se levantaba muy temprano… abría la tienda... encendía el horno de leña, amasaba el pan con sus manos y lo cocía con mimo y con el mayor amor de su corazón y esperaba a sus clientes... y poco a poco la gente fue entrando allí y ... ¿sabes una cosa mi querido amigo?

-No...

-Un día llegó al pueblo y no escuchó ruidos… sólo silencio… pero al abrir la panadería escuchó la primera risa infantil que se oía en días… vio una pareja besándose y a un jardinero regando las flores... y todo cambió.

A los pocos meses la gente se percató del cambio y de quién lo había provocado, desde ese día la panadería pasó a llamarse "La Milagrosa". Alma

Un presente lleno de fronteras

Las pequeñas nubes se desplazaban con el viento, a veces incluso creaban pequeñas formas que hacían disparar la imaginación… me gustaba estirarme sobre la hierba y dejar volar la imaginación.

A menudo podía escuchar las voces de los niños jugar entre los árboles, sus carcajadas me hacían recordar que una vez fui niño… que en esos momentos nada era importante salvo jugar y pasarlo bien.

Todo cambia de alguna forma, pero la esencia es la misma, pues todo está ahí aletargado como pidiendo que lo despiertes de su sueño…

Otras veces giraba sobre mí mismo para ver la casa del Maestro y poder apreciar lo que en verdad albergaba… habíamos conseguido crear un hogar lleno de sentimientos y emociones, cada uno daba algo que la hacía especial y eso era de agradecer.

Podía ver como el Maestro salía a dar de comer a los pájaros y como todos se apelotonaban para recoger sus semillas y llevarlas a su hogar o simplemente comer algo tras el largo invierno.

El Maestro siempre decía: "No hay mejor forma de crear algo que dar sin esperar nada, aquello que no lleva a una ganancia o que sólo hace que ayudemos a otros seres, eso es lo que cambia la vida, sus formas y destino. Si cogemos algo así y le ponemos precio o buscamos un porqué y no un para qué… es cuando todo se diluye y deja de fluir en su caudal.

Pero seguía dándole vueltas en mi cabeza al porqué esa Dama del Bosque seguía empeñada en querer algo y cuáles eran sus razones.

Pero sigo pensando en las palabras del Maestro: "No hay energías negativas, solo almas dormidas en su propio sueño"

Por eso dejo de juzgarla y paso a comprender sus razones, sé que tendrá muchas o pocas según se mire… pero tengo la esperanza de que todo un día tenga sentido… que todo lo que ando y comparto tenga unas raíces que me hagan ver, sentir y reconocer lo que en verdad soy y no lo que mi mente cree ser y no es realmente.

Ese punto de inflexión es como un abismo del que sólo salen preguntas que nos hacen pensar, ver y entender.

Siempre el ser humano ha buscado y seguirá buscando el por qué se ha de hacer esto o lo otro.

Si dejáramos de ser esa mente calculadora que piensa sólo en el coste y no en las ganancias… este mundo sería muy diferente.

Pero hoy en día, mover un alfiler es como mover un mundo en el que sólo unos pocos velan por los que están a un lado u otro de la frontera, pues no es él que está en un lado u otro, más bien cuando esa frontera se crea es cuando la raza humana deja de ser lo que es para convertirse en lo que más odiamos…

El poder decidir.... tú sí y tú no…

¿Pero quién es en verdad quien se queda fuera? tú, por mirar desde lo alto como otros mueren de hambre o él, por solo comer un grano de arroz...

En verdad todos pierden, unos por tener sus grandes fortunas, otros por desear salir de un mundo donde el color de la piel, la raza u el origen decide si vives o mueres…

Aquí he podido discernir de lo que nos une y de lo que nos separa… quien separa a las personas es porque busca un beneficio, un querer estar en lo más alto y así que los demás le adoraren y le rindan pleitesía…

Yo vine aquí para poder quitarme de la cabeza todas esas creencias, la de que estamos solos y la de que con un estatus se puede vivir mejor…

Y ese es nuestro gran error, al creernos Dioses de lo que, en verdad, no nos pertenece.

Los cambios nacen de la unificación, no de la separatividad, por eso hay clases sociales, ricos y pobres y si a los ricos les quitas lo que veneran, entonces es cuando esa frontera se creará para ti.

Hoy en día vemos cambios en la sociedad, cambios que más que unir, separan.

Gente o gobernantes que no representan al pueblo, más bien se representan a ellos mismos, los que buscan figurar en un libro de historia que les llene el ego y condenar a otros.

El cambio radica en que todos seamos iguales y por igual.

No sirve que unos pocos tengan su gloria a costa de que otros pierdan su libertad.

Pero para eso estoy aquí, para limpiar mi alma de improntas creadas por mentes reacias a creer que estamos unidos y que seremos mejores personas, pero para eso hace falta conciencia y eso no se gana con clases, se gana con sabiduría.

Un día el Maestro acudió al mercadillo, el Alumno iba a su lado.

Mire Maestro una persona sin techo y se apresuró a darle una moneda.

El Maestro alzó el bastón sobre su mano y preguntó: ¿Le has preguntado si quiere un baño o herramientas para su tierra?

El alumno se quedó pensativo… y vio detrás un campo descuidado, mientras, escuchaba al Maestro.

Esta persona un día se levantó y pensó: "-¿Para qué luchar, para que sembrar, para que regar mis tierras?"... Y así fue como dejó de luchar y entonces…Dios le dio otro trabajo…Alma

La mujer misteriosa

Aquella noche pude ver que los días son una prolongación de mi enseñanza… no era muy tarde, apenas las nueve, el Maestro estaba sentado en el porche contemplando la noche llena de estrellas… Noé por su parte seguía jugando con una vela que le ayudaba a meditar, al entrar en su centro podía ir a lo más hondo de sí misma…

Yo seguía un patrón, o un instinto lo podría llamar para dar un sentido a mi estado.

Seguramente muchos se hubieran ido a pasear o a leer un libro o a meditar, pero yo sólo me senté como esperando algo… algo que en verdad no sabía que era, pero seguía esperándolo…

Tras unos segundos escuché unos pasos acercarse a la puerta principal…y tres golpes secos y firmes…

-Ya voy... respondí…

Al abrir la puerta pude ver a una mujer de cabello largo y rizado…

-Buenas noches, le respondí…

-¿Que desea a estas horas?

La mujer me sonrió y parpadeó con los ojos"

-No busco nada, sólo entrego…

Me sorprendió su respuesta…

-¿Busca al Maestro?

La mujer ciño las cejas…

-No sé muy bien a quién espero, sólo sé que tengo que estar aquí…

La seguí mirando, como si la estuviera analizando interiormente…

-¿No sabes que haces aquí?

-Quizá... ¿puedo entrar? me preguntó ella…

-Claro, mi casa es tu casa...

-El Maestro te enseñó bien, es grato ver que no pierde su toque personal…

-Está en ello como muchos en su caminar…

-¿Quieres que lo llame?

-Ya sabe que estoy aquí...

-¿Siempre es tan misteriosa?

Se giró lentamente y me miró con una mirada profunda…

-No siempre, sólo cuando debo…

Me seguía atrayendo su halo de misterio…

-No ha cambiado mucho la casa desde mi última vez...

Me sorprendió, su afirmación....

-El Maestro no habla mucho de los antiguos alumnos…

-No te preocupes, escucho tu mente, veo como buscas respuestas, como engarzas cada pieza del puzle… vas bien, lo conseguirás… será una cuestión de segundos y sabrás quien soy y porque estoy aquí…

Mientras me miraba a los ojos, yo podía sentir su energía, su calor… y no era negativa, más bien todo lo contrario…

En ese momento, escuche al Maestro…

-Veo que sigues jugando a tus juegos mentales en casa, cosa que no apruebo...

La mujer se giró al escuchar su voz…

-Tuve un buen Maestro... respondió con una reverencia… inclinando la cabeza…

-Sigues igual de educada...

-Eso siempre, ya lo sabe, mi querido Maestro…

Tras dar unos pasos, se abrazaron en un cálido abrazo que inundó el comedor con una energía que jamás había sentido antes.

-Veo que sigues enseñando estupendamente…

-Cuando se dejan… soltando a la vez unas carcajadas…

-¿Es la hora? le preguntó el Maestro a la misteriosa mujer…

-Tal y como me dijo, aquí estoy para darle su Cobax…

Mi mente seguía uniendo cabos…

-¿Qué es un Cobax?

-Todo a su tiempo, mi querido amigo mío… todo a su tiempo…

-¿Te apetece un té?

-Ya sabe que si, eso no se pregunta… vengo de lejos y el camino ha sido duro y aquí seguís sin asfaltar nada de nada…

Volvieron los dos a reír al mismo son…

-Para qué contaminar el lugar, si se hiciera perdería su magia y sentido de enseñanza…

-No me hable de enseñanzas, mis huesos ya saben lo que es la dureza de las piedras, baches y las enseñanzas a media noche y a oscuras…

-Pero te han hecho más alma y mejor persona...

-Si es cierto, eso no se lo discuto o quizás me he acostumbrado demasiado a la buena vida…

Y ella sonrió de nuevo…

-Ya sabes que aquí hay un lugar en el que, si quieres… puedes estar una temporada...

-Le cojo la palabra Maestro, siempre es bueno aprender cosas nuevas… pero de momento, me hace falta un buen té y descansar del largo camino...

Tras las presentaciones, apareció Noé con su vela…

-¡Huy! tenemos visita... exclamó…

-¿Esta es Noé?... "preguntó la mujer al Maestro"…

-Sí...

-No sea muy duro con ella, es una joya y aún está por pulir…

Noé se la quedó mirando, como preguntándose quien era y que hacia allí…

-Tu traes un objeto.... afirmó Noé a la mujer…

-Sí, es algo que se entrega en las iniciaciones… tras un cambio de ciclo…

Noé la miro y sonrió levemente…

-Es para él, todavía no es mi hora...

-Mujer sabia, con i nstinto, eso te servirá para los momentos difíciles…

-Gracias... respondió Noé haciendo una reverencia…

Yo ante tanto misterio, levanté las dos manos haciendo aspavientos…

-He estoy aquí, ¿alguien me explica todo este misterio?

El Maestro la miró a ella....

-Es impaciente, es mi talón de Aquiles…

Ellos dos se rieron y Noé también…

-Muy bonito, pero que muy bonito… pero sigo sin saber de qué va todo esto…

Los miré a los tres y yo mismo me respondí…

-Todo a su tiempo mi querido amigo, todo a su tiempo...

Nos reímos los cuatro, mientras tomamos un té…

Al sentarnos pude ver como la mujer dejaba una esfera en la mesa, era como si la hubieran hecho hilo a hilo sobre ella, con un dibujo muy fino y delicado y entre las costuras pude ver un color esmeralda que recorría todas sus formas trasparentes, con un brillo interior que la hacía brillar, a pesar de no tener una luz encendida dentro…

La mujer me miraba mientras la observaba…

-Es una pieza hecha por los antiguos Maestros, está tallada a mano, fundida en oro… cada faceta que ves es una piedra sagrada… rubí, zafiro… y dentro hay un fino cristal que alberga una bóveda interna hecha de ese verde esmeralda…

Levantó la esfera y me dijo…

-Ese líquido que ves, es lo que hace que la niebla tome forma, vida, sabiduría… y que el alma evolucione.

No podía apartar la mirada de su verde intenso y profundo. Levante la mirada y le pregunté…

-¿Cuándo partimos hacia mi destino?

Ella me sonrió…

-Cuando estés listo… la noche te llama y te apremia que acudas a su encuentro… pero antes tienes que saber que nunca volverás a ser lo que eres ahora, que al salir serás uno y al volver serás otro… y que eso no se puede invertir…

-¿Estás de acuerdo de lo que dejas y de lo que aceptas?

La mire con templanza…

-Sin duda alguna...

La mujer recogió su mochila y el Maestro su bastón y tras poner su mano en mi hombro, me dijo…

-Es la hora... y así comenzó, como yo diría más tarde tras lo acontecido… el baile con la sombra.

Noé se quedó en casa, ella sabía que no era su momento… pero un día cercano seré yo mismo quién le pasará la esfera para impulsar su evolución…

Al verme salir corrió y me abrazó con fuerza…

-Veas lo que veas y sientas lo que sientas…nunca dudes de ti mismo....

Y tras una dulce mirada… me dijo…

-Anda, encontrarás algo que llevas tiempo buscando...

Una sonrisa de complicidad nos unió durante unos segundos… antes de que yo, el Maestro y la mujer misteriosa saliéramos de nuestro hogar...

La cima de la montaña

Mientras subíamos montaña arriba en plena noche… podía ver al Maestro y a su alumna charlar, entre susurros, para no alterar el silencio de la noche… yo en cambio seguía dedicándome a observar el camino, los árboles… incluso hasta las piedras que me daban la bienvenida y me preguntaban cosas que a veces conseguían sacarme una sonrisa…

No es de locos… si nunca habéis hablado con lo que os rodea, os aconsejo que lo hagáis… aprenderéis mucho de este mundo y de lo que os rodea y de vosotros mismos…

No todo es Internet, las redes sociales o un móvil donde ocupamos gran parte de nuestra vida… levantar la mirada y mirar la vida, sus mensajes, sus enseñanzas, su gran sabiduría que está ahí y sólo hay que aprender de ella… es gratis… para los que deciden desconectar de lo que a veces nos impide ser nosotros mismos.

Pero con calma, no todo es espiritualidad… hay que estar en equilibrio y vivir la vida como tal y eso es una gran enseñanza que todos tenemos que vivir y compartir…

Cuando alguien que se pone delante de la cara un móvil o una Tablet, solo verá eso y se olvidará de que la vida es algo que está vivo… que, si no la vives, al final la pierdes y que el tiempo pasado no se recupera por mucho que uno quiera… pero en mi caso, ahora tengo que conectar con esos seres elementales que me hacen falta para aceptar los cambios y los movimientos energéticos que necesito en mi camino.

En un momento me paré al ver una piedra, era como una media luna blanca, me llamo la atención y no sé por qué… sólo tenía que cogerla y llevarla conmigo… luego la tendría que dejar en la cima…

Tienes que seguir a tu instinto… eso se aprende con el tiempo…

Me acaché, la recogí y la mantuve en mi mano izquierda… esta mano es con la que recogemos energía, la derecha la usamos para soltarla… cuando tenemos que sacar energías propias o hacer algún tipo de sanación.

Proseguí mí subida en compañía de los seres elementales que estaban muy contentos de hacerme compañía…

Cuando estábamos a punto de llegar a la cima, me dijeron…

-Bueno amigo, a partir de aquí tienes que hacer un retiro de silencio interno…

Entonces vi al Maestro dar las gracias a los seres elementales por su apoyo…

La mujer metió su mano en un saco de tela, sacó la esfera y la depositó en mi mano…

-Ahora, tienes que conectar con su esencia para que la unión de las energías sea la exacta y adecuada...

-¿Y qué hago?

-Tranquilo aún tenemos que acompañarte hasta la cima, sólo tienes que prepararte por si tienes dudas…

Me quedé pensativo buscando mis dudas… preguntas… pero no encontré nada… estaba confiado de que lo que tuviera que pasar pasaría y de que yo estaba preparado.

Miré al Maestro y asentí… afirmando que yo estaba listo para continuar y que no tenía preguntas...

-Estoy preparado, mi Maestro...

-Bueno amigo mío, sigamos… aún nos queda un trozo de camino… me dijo depositando su mano en mi hombro…

Al comenzar a andar de nuevo, comprendí que cada cosa tiene su tiempo, su preparación y su aprendizaje, por eso siempre he dicho que no hay mejor escuela que aquella que uno mismo se crea con cada paso que da en esta vida y en otros planos de conciencia.

Por un momento me di la vuelta y vi el humo de la chimenea… y la luz de la ventana de nuestro hogar y casi, casi… pude ver a Noé sentada en el porche con su querida manta… mandándome energía y mucho amor para este nuevo ciclo y aquello me dio mucha fuerza para seguir caminando… volví a mirar hacia delante y aceleré unos pasos para recuperar mi parada y no descolgarme de ellos.

Al llegar a la cima pude ver una gran explanada que no tenía árboles, ni matorrales… más bien una capa de césped natural, creado por la naturaleza. Continué andando con ellos hasta el centro de la explanada y dejé mi macuto en el suelo…

-Bueno amigo mío, hasta aquí te podemos acompañar… el resto del viaje es sólo tuyo… pero no te preocupes estaremos cerca por si acaso necesitas ayuda, pero no creo que te haga falta… estás preparado para ello y mucho más de lo que te imaginas...

Y la mujer me dijo…

-Al igual que mi predecesor, mi consejo es que seas tú mismo… nada de lo que veas, sientas o vivas será externo a ti.

Todo lo que sentirás y vivirás está dentro de tu alma, por eso tienes que estar tranquilo y todo será equitativo a tu energía...

La miré y sentí su calma, su grandeza y como no su esfuerzo por apoyarme y guiarme.

Me senté en el centro de la explanada, mirando todo mi entorno, alce la vista y miré el cielo estrellado, plagado de estrellas cada cual más hermosa, me sentía cómodo mirándolas, me sentía arropado, como si estuviera en casa, como si nunca la hubiera dejado, más bien era como si estuviera dentro de mí mismo…

Al mirar hacia arriba me sentía fuera de este mundo, solo podía ver ese inmenso infinito de puntos brillantes, era como si estuviera unido a él, debajo de mí ya no había tierra, estaba flotando en el Todo… pero sentí que bajaba poco a poco hasta volver a sentir la tierra debajo de mi… bajé la mirada, cogí aire, cerré los ojos y solté el aire despacio para terminar de armonizarme.

Metí la mano en mi bolsillo para coger la esfera, la miré con sabiduría, abriéndome a ella…

Tras unos minutos pude ver como una niebla comenzaba a nacer en el círculo de la cima, mirase donde mirase esa niebla parecía tener vida propia, no era normal se movía con inteligencia… a los pocos minutos estaba casi la tenía encima, pero se paró a unos metros de mí…

Era como estar delante de un muro blanco, espeso, del que no podía ver nada, solo densidad… agarré con fuerza la esfera, como buscando protección… algo que me protegiera de lo desconocido…

Comencé a ver cosas, caras, sonidos… sonidos que cruzaban mi espacio vital, se acercaban, se alejaban… a veces veía caras… algunas las reconocía, una era de mi padre al que siempre quise mucho, otra de mi madre a la que vi poco por mis obligaciones laborables, incluso a mi ex a la que sigo añorando mucho… pero todo esto me empezaba a agobiar… era como estar encerrado en una niebla densa… no terminaba de entender que era esa terapia… sólo sabía que era mi pasado… lo que tenía pendiente, lo que no terminaba de soltar, era aquello que me impedía ser libre…

Escuché una voz aguda…

-Hola... era como si viniera de todas partes… y pregunté…

-¿Quién eres? dije y escuché la respuesta…

-¿Aún lo preguntas? eso me puso nervioso…

-No sé quién eres...

-Venga esfuérzate, lo sabes hacer mejor...

Sentí algo que hacía mucho que no sentía… era la Duda... creía haberla superado, pero no era así…

La esfera comenzó a vibrar y me dio miedo, inseguridad…

-¿Ya sabes quién soy? "Cerré los ojos y la puede ver, sentir...y respondí"…

-Eres mi miedo, mi duda, mi desconfianza...

-¡Lo ves, podías hacerlo mejor, sólo es cuestión de intentarlo… era una voz que sonaba como un eco eterno en esa niebla inmensa…

-Pero soy mucho más que eso, más que palabras... y tú lo sabes... entonces esa niebla se me acercó más...

-Si no entras nunca sabrás que eres y lo que eres…

-¿Y si no quiero saber más?

-Venga ¿ahora te escudas en tu ego?

Recordé el consejo de Noé…

-Veas lo que veas y sientas lo que sientas... sé tú mismo…

De repente una cara de colocó delante de mí, a pocos centímetros de mi cara… era la cara del médico de atendió a mi mujer… todo lo que retenía sobre él saltó como un resorte… ira, rabia, rencor… mientras más lo miraba… esas sensaciones crecían y crecían sin control… me levanté y me lie a puñetazos con él…

-¡Maldito, maldito!… ¡Te equivocaste y ella perdió la vida!
¡Malditoooo!

De repente, me vi a mí mismo y a lo más oscuro de mi alma… tuve que tirarme al suelo y respirar hondo…

-¿Qué estoy haciendo? me pregunté a mí mismo…

La cara seguía firme delante de mí… respiraba entrecortadamente… y vi la mirada de mi ex en sus ojos, llenos de dulzura y cariño… no entendía nada… era frustrante ver la increíble dulzura que ella siempre desprendió en la cara de él que le arrebató la vida con un diagnóstico equivocado… sólo podía llorar… pero a la vez veía que algo se me escapaba…

-¿Como ella podía dar lo que yo negaba? es más, yo condenaba a esta persona de su muerte…

-Él nunca fue culpable de nada… él sólo hizo su papel… algo para lo que estaba destinado… decía la voz de mi ex mientras navegaba en mi mente…

-¿Crees que fue por casualidad?

-¿No lo sé? le respondí… entonces la cara se difuminó y se convirtió en una silueta de mujer… que comenzó a andar a mi lado…

-Nunca supiste hacer un cambio y dejar lo que en verdad te anulaba como alma, como persona y como guía…

-Prefería tu compañía… más que todo lo que este mundo me pudiera haber dado en ese momento…

-Ese fue tu error… no saber lo que en verdad era tu destino… ahora estás donde debes… si yo no hubiera partido seguirías a contracorriente y sin rumbo… y eso nunca te hubiera hecho feliz… ni yo misma lo hubiera conseguido… seguirías vacío... y lo sabes...

-Mira en tu interior, es algo que tienes que descubrir estando en este lugar… el Maestro lo supo nada más verte, cuando te di la oportunidad de hacerlo… la primera oportunidad fue con mi muerte, la segunda cuando te saqué del charco y ahora esta tercera vez, para que saques tu odio, ira, rencor y la energía negativa que llena tu alma…

Yo seguía llorando…

-Pero…pero…yo te quería a ti…

-No te engañes mi amor, yo sólo era un lastre, algo que no te dejaba florecer… mientras decía esto… acariciaba mi mejilla y me miraba a los ojos y eso removía lo más hondo de mí alma …

-Antes de encarnar, se acordó como me iría, pero tú no lo recordabas, por eso estoy aquí de nuevo…

-Por eso quiero que alcances tu meta, tu destino, tienes que ayudar a muchas almas… nunca olvides eso… yo estaré aquí, nunca te dejare, pero tienes que soltar tu carga… esa que te mata más y más cada día que pasa y no te deja florecer…

En ese momento hice lo que más miedo me daba… ir a mi interior y ver la verdad… algo a lo que me seguía negando… por mucho que me doliera…

Sentí lo que ella decía y tras reconocer que mi destino era otro, apareció la cara del médico… lo miré y le dije…

-Ves en paz… te comprendo y te libero de tus cadenas… y al igual que yo mismo hago te pido comprensión… por mi ceguera…

La cara sonrió y dijo…

-No tengo nada que perdonarte… yo también aprendí a hacer mejor mi trabajo… a mejorar como persona y al día de hoy, miro a las personas, no como un número… los miro como a seres humanos… y eso lo aprendí contigo y eso nunca te lo podré agradecer bastante por mucho que lo intente...

Al mirarlo de nuevo sentí que respiraba de nuevo, como si se soltara una soga de mi cuello que me impedía respirar…

Volví a verla… la miré y no puede decir nada, no tenía palabras para lo que sentía en ese momento…

Mientras seguía llorando… ella se acercó de nuevo, puso un dedo en mis labios… y me dijo…

-Sobran las palabras, sobran los sentimientos, siempre lo hemos hecho, al mirarnos sabíamos trasmitirnos lo que otros nunca supieron hacer… Hablar con el Alma...

-Siempre has sabido entenderme, más de lo que yo me entendía a mí misma... somos el complemento uno del otro y eso nunca va a cambiar...

Poco a poco se fue difuminando su figura, mientras la esfera volvía a vibrar entre mis manos… poco a poco la niebla se fue retirando, como cuando se termina la función en un teatro y baja el telón…

Como pude me levanté y volví a mirar al cielo… esta vez no flotaba en él… yo era él...

Tras unos momentos… vi al Maestro y a la mujer acercarse…

El Maestro me abrazó y me preguntó…

-¿Cómo estás mi querido amigo?

-Bien Maestro, bien…. y volví a llorar sin consuelo, pero con libertad…

-Ya pasó todo, ahora toca recuperarse y ser libre...

Le devolví la esfera a la mujer…

-No me la devuelvas… algún día la tendrás que pasar a otra persona… cuídala mucho, como yo la he cuidado durante todo este tiempo…

-Gracias por todo...

-No, a ti por estar donde debes y ser como eres…

Me volví a abrazar a ella, pero esta vez con mucho amor y unidad.

Tras unos momentos de calma y reajuste de energías…

-Vamos bajando, respondió el maestro…

-Gracias, voy detrás de vosotros… le respondí…

La bajada fue muy tranquila, sin prisas por mi parte, quería asimilar lo vivido, tras una noche muy larga…

Mientras tanto...

Estaba Noé sentada en el poche con su té en la mano y su vieja manta… estaba preocupada, por la tardanza de todos… intentaba divisar algo en la oscuridad… mientras andaba de un lado a otro… entonces escuchó la voz del Maestro de fondo en la oscuridad… y corrió a su encuentro…

-¿Cómo fue todo?

-Bien Noé, muy bien, ya puedes estar tranquila...

-¿Dónde está el? no lo veo…

-Viene detrás, llévale esa taza, seguro que se alegra de verte y de tomar algo caliente…

Noé volvió a recuperar el brillo de sus ojos…

-Enseguida voy...

Tras decir esto entró dentro de la casa y cogió una taza de té bien caliente y salió a mi encuentro…

Mientras el Maestro y su alumna, se quedaron viéndola marchar…

-¿De verdad no sabe nada?

-Todo a su tiempo amiga, todo a su tiempo...

-¿Una taza de té?

-Creí que nunca me lo pedirías...

-No tientes a tu suerte... le respondió el Maestro....

-El hecho de que no estés aquí, no te exime de seguir las reglas, de hecho, aún estas por evolucionar y lo sabes…

-Pero...

-¿Has dicho, pero?

-No, será el viento válgame Dios…

Tras reírse los dos a la vez se adentraron en la casa…

Mientras Noé seguía corriendo al encuentro del Alumno… al que encontró en plena bajada…

-¿Hola… estás ahí?

De la oscuridad salió una sombra…

-¿Cómo estás?

-Bien, algo cansado…

-Es para ti… pensé que te iría bien...

-Huy… de maravilla, muchas gracias Noé…

Mientras compartíamos miradas de complicidad seguíamos andando rumbo a nuestro hogar…

-¿Y qué tal, como te fue la sanación?

-Bueno, pues…

Dejemos que compartan la experiencia y nosotros, c omo no, también algo caliente, nos lo hemos ganado… ¿No crees?

El ritmo lo dicta el compás de la evolución, si dejamos que la materia ocupe el espacio es cuando dejamos de movernos por la infinidad del cosmos. Alma

El cementerio

A veces el Maestro y yo solíamos a pasear juntos y de tanto en tanto paseábamos por el cementerio del pueblo… yo no soy de los que creen en estos lugares, yo más bien soy de los que cree que el alma deja su vehículo, para cambiar de forma y elevar su esencia…

El Maestro menos aún pues él siempre dice: "Durante un tiempo todos tenemos un recipiente que con el tiempo se marchita… por eso lo cuidamos lo mejor posible para luego encontrar la libertad que tanto anhelamos".

Siempre al entrar decía: "Hay personas que viven toda su vida en una eterna viudedad"

Mientras decía esto podía ver a unas mujeres que seguían velando a sus seres queridos a pesar de que habían partido hacía ya más de treinta años… pero intentaba comprenderlas, pero no identificarse con sus sueños, es verdad que la perdida tarda su tiempo en curar y cicatrizar, pero también hay que seguir andando y seguir vivo, sino es como condenarse uno mismo a mil años de esclavitud.

Mientras paseábamos podíamos ver muchas tumbas en las que las flores parecían crecer como en un jardín… tuvimos que sacar los paraguas pues comenzó a llover, como si el cielo sintiera lo mucho que nos atamos al cuerpo…

El Maestro se detuvo para charlar con una vieja amiga… mientras yo seguía mirando a mí alrededor… por cosas del destino me quede mirando a una chica joven de traje blanco y paraguas rosa, de media melena rizada que miraba al frente, pero no se movía como si el tiempo se hubiera detenido…

-Maestro, ahora vengo...

-De acuerdo, amigo mío.... respondió él...

Lo dejé y seguí andando hasta llegar al lado de la chica… seguía con la curiosidad de saber a dónde miraba…

-¿Qué miras? le pregunté…

La chica respondió…

-Nada...

Yo seguía confuso, pues la veía mirar al frente… y le respondí…

-Algo miras, sino no estarías aquí...

La chica giro su rostro… y volvió a decir…

-No miro nada…

Entonces moví mi cabeza de un lado a otro…

-Algo tienes que estar mirando...

Pero al mirarla detenidamente, la vi a ella en la foto de la tumba… me quedé parado y sorprendido por lo que acababa de ver...

Y ella respondió…

-Lo ves, no miraba nada, pues no era nada y nada sigo siendo…

Cerré los ojos varias veces para cerciorarme de que no era un sueño…

-Ayúdame, por favor… fueron las palabras que se hundieron en mi alma…

Mi mente buscó un punto de anclaje ante lo que estaba viviendo, no era un sueño… era real… y la podía ver…

-Enseguida vuelvo.... le dije y me fui en busca del Maestro…

-¡Maestro, Maestro!, le tengo que decir algo y es urgente…

-Un momento amigo mío, sólo será un momento… ya estoy casi...

-Maestro será mejor que venga… es urgente…

-Esta juventud tan impaciente, discúlpeme un momento…

-¿No ves que estoy hablando?

Mi gesto fue impulsivo al mostrarle con el dedo donde estaba la chica…

El maestro se quedó mirando y ciño una ceja como reconociendo a la chica…

-Disculpe Señora Oremoto, es una urgencia...

La señora asintió con la cabeza, haciendo como que no importaba...

-¿Conoce a esa chica?

-Es la hija de Ana o mejor dicho lo era… desencarnó hace dos meses al caerse de un árbol…

Tras darme dicha información, se dirigió hasta ella…

-Hola mi pequeña Marta...

-Hola Maestro, asintió con la cabeza y con una mirada triste al verse en aquella situación…

-¿Qué haces aquí?

La chica volvió a mirarlo…

-No puedo irme, no me dejan...

-¿Quién no te deja?

-Mi familia...

-¿Porqué?

-Yo nunca quise estar aquí, pero mi madre viene a llorarme cada día y no puedo irme… Ya no siento nada, ni el viento, ni el agua… sólo soy una sombra de mi misma, que cada día es más pesada…

-Déjame ir… déjame marchar… por favor...

Lo que estábamos viendo cruzaba los límites de una realidad paralela… hasta el Maestro percibió lo que nunca vio en un alma…

La vimos llorar, vimos sus lágrimas caer por sus mejillas…

-Por favor....

Al decir esto, se arrodilló a los pies del Maestro…

-Sólo Usted puede hacerlo...

El Maestro se acachó y le dijo:

-Levanta mi pequeña Marta... no tienes que mendigar por ser libre… Voy a hablar con tu madre y veras como conseguimos que te puedas ir…

-¿De verdad hará eso por mí?

-Por supuesto, eso no hay ni qué dudarlo, mi pequeña Marta…

Pude ver como el Maestro estiraba su mano y acarició sus mejillas… mientras desapareció entre sus dedos…

-Mi pequeña Marta...

Tras recuperar las fuerzas por el impacto vivido, iniciamos la salida del cementerio…

-¿Y dónde vive su madre… podremos hablar con ella?

El Maestro dijo…

-¡No será tan fácil como parece…

-¿Qué no será tan fácil?

-Quiero que veas una cosa...

Entonces volvimos a entrar en el cementerio… y tras andar unos metros, me indicó una tumba…

-Mira...

-¿Qué he de mirar?

-La segunda lápida por la derecha…

-A Ana con todo el amor de su familia...

-No puede ser... ¿cómo es posible?

-Hace un mes murió de un infarto en su casa...

-Pero si dice que viene cada día a ponerle flores...

-Viven en mundos paralelos, se pueden ver y sentir… pero una no sabe que la otra también desencarnó…

-¿Entonces Marta no sabe que su madre desencarnó?

-No...

Yo no daba crédito a lo que estaba escuchando… parecía como una película que superaba la realidad...

-¿Y cómo piensa hacerlo?

-Bueno, eso lo veremos fuera de este lugar… si seguimos aquí complicaremos y mucho la situación… Es hora de regresar y ver que opciones tenemos…

Tras esta charla comenzamos a andar por el camino de los robles que cruzaba el cementerio… y que nos llevaba a la salida… donde poder ver y analizar cómo liberar a Marta y a Ana de sus cárceles personales.

El Maestro siempre pensaba andado… era su forma de relajar la mente y de buscar la mejor opción o la información más adecuada que podía dar a quien acudía a pedirle consulta, calma o equilibrio…

-Hay que serpentear las dimensiones, la separación de sus mundos se produjo por la creencia que una le falló a la otra… de ahí que una no quiera aceptar el hecho de que en esta vida no somos culpables de lo que sucede a los otros…

En este caso Ana se culpa de no haber cuidado de su hija… de no haber estado ahí para hacerle bajar del árbol… aunque no hubiera podido evitarlo… Marta era una chica impulsiva que regía su vida por pequeños antojos como el ver al sol desvanecerse entre las montañas por la tarde… por eso subía siempre a lo más alto de los árboles, para tocar el último rayo de sol… que la llevaba más allá de las estrellas y de sus propios sueños… pero esa tarde Ana forzó el límite… hay que saber que opciones tenemos…

Pero Ana no es culpable de nada, a Marta le falló su intuición, eso suele pasar cuando somos jóvenes…

Ahora nos encontramos en una bifurcación, donde cada una intenta sobrevivir en su mundo de ficción, Ana le quiere dar vida con sus flores, como penitencia por su error… no saber estar atenta… por eso la enterró en un lugar donde siempre pudiera tenerla cerca… a pesar de que ella siempre le dijo que nunca querría estar en ese lugar…

-¿Entonces Marta?

-Bueno, el tema de Marta es algo más sutil y comprensible… si Marta supiera que un tiempo más tarde Ana también murió… se culpabilizaría por ello, por romperle el corazón.

Por eso su alma que es muy sabia, la mantiene en un mundo paralelo, como dejándola a un lado… hasta que llegue el día en que esté preparada para saberlo y ambas puedan volver a estar juntas… una junto a otra.

Ahora nos encontramos con que la situación es más complicada, pues Marta quiere marcharse y seguir su camino espiritual… por eso ha vuelto aquí… por eso te buscó hoy… pues necesita estar con su madre y volver juntas a casa…

-¿Y cómo piensa unir esos dos mundos?

-Todo a su tiempo amigo mío, todo a su tiempo.

Si dos hojas caen de un árbol… las dos terminan reposando, por lo tanto, la caída de ambas es similar y distante… es cuestión de unificar la caída… pero sin dejar margen para que una eche de menos a la otra...

-¿Habla de los sentimientos de los gemelos?

-Sí, el uno siempre siente al otro, sea cual sea la distancia y el lugar…

-El cementerio es un punto de unión, solo hay que unir los dos sueños, pues una será libre y la otra la seguirá...

El Maestro me dijo esto, tras apoyar su mano en mi hombro...

-Ahora sabemos que hay que hacer… sólo nos falta un poquito de… confianza y creer en que todo puede cambiar… según la forma de pensar de cada uno… Unir dos almas con lo que más las une…

-¿El cementerio?

-No, algo más puro… el amor incondicional de una madre por su hija y de una hija por su madre...

-Suena fácil, pero sigo con la curiosidad de ver como las unirá...

El Maestro me miró con su dulce mirada… y me puso una mano en mi hombro…

-Más fácil de lo que piensas...

-Tan sólo has de saber ver y entender que las cosas fluyen como un manantial de agua pura y fresca.

Dicho esto, nos dirigimos a casa para coger algo que el Maestro necesitaba…

-Espera aquí… será un momento... me dijo el Maestro y tras unos minutos salió de la casa…

-Bueno ya estoy… vamos, antes de que el día se haga noche…

Tras andar unos metros, coincidimos con Noé que traía cosas para la despensa…

-¿Dónde vais tan deprisa? Nos preguntó Noé…

-Bueno, tenemos un trabajo en el cementerio que nos urge, hay que hacerlo antes de que la noche caiga…

-Si me esperáis voy yo también… ¿si se puede claro está?

El Maestro ciño una ceja como pensando o percibiendo algo más de lo que yo podía ver…

-Claro, será un placer esperarte… contra más seamos mejor...

Entones Noé salió disparada para dejar las cosas en casa…

Miré al Maestro y le pregunté…

-¿Que se trae entre manos?

-¿Yo? nada...

Pero me lanzó su sonrisa pícara… de cuando se traía algo entre manos…

-Maestro que ya nos conocemos, venga suelte...

Y justo en ese momento apareció Noé…

-Que rabia me da que me deje a medias...

-No pienses tanto, te saldrán arrugas...

-¿De qué habláis?

-Nada, según el Maestro me saldrán arrugas de tanto pensar, pero más bien me saldrán de los berenjenales en que nos mete, pues nada… a la aventura a ciegas… muerte segura, pero intriga asegurada…

Nos echemos todos a reír…

-¿Tú no ibas para el teatro? respondió el Maestro con ironía…

-Más bien a un dolor de cabeza con sus aventuras locas…

Las risas fueron generales...

Normalmente íbamos por la calle principal, pero hoy no era así, por el motivo x este día no…

-Coger esas flores y esas ramas de romero, tenemos que hacer un ramo de flores aromáticas…

-¿Para qué? preguntó Noé...

-Es para limpiar el lugar de energías y para que el ambiente sea más propicio a cierta energía…

-¿Qué os traéis entre manos?

-No preguntes... le respondí con cara de no saber que pretendía el Maestro…

-Venga, que no tenemos todo el día... respondió el Maestro…

-Creo que ya me estoy arrepintiendo de haberme apuntado...

Nos reímos los dos a la vez...

-De este barco no se baja nadie... le respondí con ironía… lo que provocó una carcajada sonora de Noé que pudo escuchar el Maestro…

-Venga chicos, luego ya os haréis carantoñas… y semejante comentario colmó el vaso de las carcajadas…

-¿Yo y él?

-Ni de coña... respondió Noé mientras nos cruzamos las miradas… y mientras andábamos, le pregunté a Noé...

-¿Qué es eso de "ni de coña"? yo estoy muy solicitado por las mujeres…

Noé se giró mientras andaba…

-Eres mono, pero muy creído...

-¿Qué?

-¿Explícame eso de mono?

-No tengo tiempo ¿no oyes al Maestro?

-Anda ligón de playa...

Y seguimos caminando por el camino de tierra y de lejos se escuchaba mi voz…

-¿Venga explícame eso de mono?

Noé, con una sonrisa, decía mirando al cielo...

-Dios, he abierto la caja de truenos…

Eso ya fue él no va más de risas.

Al llegar al cementerio pudimos ver que estaba vacío, pues era casi la hora de cerrar… el Maestro se dirigió a la entrada donde se encontraba el conserje, al que comentó que teníamos que hacer una pequeña ceremonia para unas almas… el conserje respondió que no había problema y que al terminar le llevara las llaves en su casa.

A lo que el Maestro respondió con... "un gracias de todo

corazón"… Noé me preguntó…

-¿Qué hacemos aquí con estas flores?

Le respondí que teníamos que elevar a dos almas, a una madre y una hija… ya que una no sabía que la otra había muerto…

Noé respondió…

-¿Cómo es posible que una no sepa que la otra ha muerto?

Le respondí que se encontraban en mundos paralelos y que por eso la una no conocía el destino de la otra… y que además la hija no quería estar aquí… pues nunca quiso… lo que también teníamos que arreglar después de elevar dichas almas…

-¿Entonces cómo has sabido de este caso? pregunto Noé…

-El otro día vine para hacer una visita con el Maestro y me encontré a una chica mirando una tumba… me chocó verla mirando fijamente una lápida y sin pies… era como si flotara en el aire… ella me contó que no quería estar en el cementerio, que no le gustaba… que era como una prisión y que anhelaba salir de esa ella…

Llamé al Maestro y se lo conté… al parecer conocía a la chica y lo peor de todo era que su madre también murió de un infarto un mes más tarde y como la madre murió no se podía exhumar el cuerpo de la hija sin su permiso… lo mejor es que una venía a ponerle flores a la otra sin saber que estaba muerta… lógicamente la hija no veía a su madre… al creer que estaba viva y de ahí que cada una viva en mundo paralelo… por eso estamos aquí… para hacer que se vean en un mismo plano y vuelvan a casa…

-La realidad supera a la ficción, respondió Noé…

-Si Noé, tú lo has dicho… de película…

Pude ver al Maestro cerrar las verjas del cementerio y dirigirse hacia donde estábamos nosotros…

-Bueno amigos míos, ya podemos iniciar la ceremonia, ya no queda nadie y tenemos el lugar para nosotros solos...

-Amigo mío enciende estos siete velones, tres a un lado y tres al otro… tres para la hija y tres para la madre… el séptimo lo pondremos en el centro como punto de unión…

Noé tu pon este bastón en el centro, del que en forma de L colgaremos esta gema…

Era una gema azul cielo con forma de ojo, que colgaba de una cuerda de algodón… tras engancharla quedaba completamente en vertical… sin tocar el bastón...

Noé se puso en un lado del pasillo y yo en el otro extremo… el Maestro encendió unas barritas de incienso y empezó a trazar unos movimientos circulares que parecían ser un túnel de viento, con las barritas.

Poco después apareció Ana la madre con un ramo de flores rojas, como le gustaban a Marta, recién cortadas y mojadas en agua para que el sol reflejara con sus rayos e iluminara su casa…

Pude ver a Marta delante de su tumba, con las manos en pose de rezo, rezando por su libertad que tanto añoraba…

Justo en ese momento, Ana cruzó el túnel de incienso y pasó de una dimensión a otra… Marta al girarse la vio con las flores y corrió a su encuentro… le chocó que pudiera abrazarla… y eso le dio miedo… pues no le cuadraba de ninguna forma… Ana por su parte se alegró de verla y de sentirla de nuevo, pero sin ser consciente de su estado actual y mucho menos de que también había desencarnado…

-¿Mama, ¿cómo es que te puedo abrazar?, ¿qué te pasó?

Marta miró al Maestro y le preguntó… mientras sujetaba a su madre…

-¿Qué paso mi Maestro?

El Maestro se acercó a las dos… y le dijo…

-Ana murió hace ya un tiempo, de un infarto…

Ana se quedó sorprendida…

-¿Qué? pero si desde que Marta murió vengo cada día al cementerio para ponerle flores…

El Maestro, se acercó a las dos…

-Lo sé Ana, pero tu mente te hizo una mala jugada y te engañó… pues tu amor creó un mundo paralelo… para llenar esa gran pérdida que nunca superaste…pero hoy estáis juntas y volveréis a casa…

-¿Y qué pasará conmigo?... "preguntó Marta"

-No te preocupes… he hablado con el juez del pueblo e incineraremos los dos cuerpos a la vez y los depositaremos en la cima de la montaña donde tanto os gustaba ver y contemplar el día a día…

Marta y Ana se unieron en un efusivo abrazo y tras dar las gracias… cruzaron a través del color azul de la piedra a un plano superior donde todas las almas regresaremos un día u otro…

Tras verlas cruzar nos dijo el Maestro que fuéramos apagando a la misma vez las velas de un lado y de otro, menos la del medio, al llegar los dos al centro el Maestro cerró el túnel al pasar la gema por la vela que aún quedaba encendida…

-Bueno amigos míos, recoged las velas… es hora de volver a casa y tomarnos un buen té que nos lo hemos ganado…

Mientras recogíamos las velas…

-Noé...

-Dime...

-¿Explícame eso de que soy mono?

-Dios que cruz...

-No te pongas pesado, sólo es una forma de hablar…

-¿Entonces ya no soy mono?

-¡Y dale!... Maestro otro día no me invite, está muy pesado con lo de mono…

-Si no le hubieras dado coba...

-¿Yo coba? ¿quién le ha dado coba?

-Tú con lo de mono...

Nos reímos todos a la vez…

-Ya me cuidaré de no decir más halagos...

Y de fondo seguían nuestros amigos con sus risas y el alumno con su querer saber…

Pero es hora de recoger, la noche se acerca y empieza a hacer frío…

El Maestro seguía escuchando a estos dos con sus cosas… pero se paró un segundo… y sintió la presencia de algo de lo que antes no se había percatado…

-¿Pasa algo Maestro? preguntó el Alumno…

-No, sólo es el viento, sigamos la noche se acerca… el próximo que diga algo o proteste, no cena…

Y los dos a la vez, Alumno y Noé se miraron mutuamente como no entendiendo el motivo de su respuesta…

-Pero...

-¿Habéis dicho, pero?

-No, no, es el viento… miré que es tuno… lo que nos hace sentir y dudar…

-Anda tirar que os quedaréis sin cena...

La carcajada fue de todos al mismo tiempo.... ahora sí que es hora de tomar un descanso… pues esto no ha hecho más que empezar…

El sueño de una gota es llegar al inmenso océano para unirse a la totalidad de lo que todo sabemos y buscamos y así poder decir…¡Misión cumplida! Alma

El río

Se puede decir que andamos en un sendero del cual cada uno es responsable de lo que vive, en otros casos compartimos energías que nos hacen crecer a un ritmo u otro.

A diferencia de otras personas, puedo decir que cada uno es perfecto en sí mismo. Buscar la perfección en este plano es algo que nunca llegaremos a completar, si bien es cierto nos ayuda a encontrar esa perfección de una forma u otra.

Dice siempre el Maestro: "Aquel que busca ser perfecto dentro de una limitación nunca llegará a brillar"

Con el tiempo uno saca conocimiento de sus pequeñas y profundas reflexiones o por lo menos intentas ver más allá de lo que podemos entender… sin dejar de ser uno mismo.

Siempre he pensado que puedo alcanzar un estado en el que pueda brillar y permanecer en ese brillo… con el tiempo aprendí que solemos brillar con continuidad según nuestra evolución personal, que está vinculada a las emociones presentes que sin duda alguna nos predisponen a actuar de alguna forma u otra, según la situación que estamos viviendo… pero sin duda alguna… lo que más nos trasforma es cuando el destino nos obliga a decidir qué hacer y qué decisión tomar en situaciones extremas, donde se mezcla el instinto y la supervivencia y como no… la intuición…

Regresamos de un viaje largo y duro por lo vivido, sin duda alguna podemos dar gracias de volver sanos y salvo… pues en este encuentro la Dama del Bosque ha tenido mucho que ver… me pregunto por qué sigue tan obsesionada conmigo y con lo que quiere que le devuelva. Es como vivir una eterna persecución entre la luz y la sombra…

Veo a Noé bastante bien, después de que ella pasara por una prueba de luz, en nuestra particular guerra personal, que se va alargando en el tiempo sin una confrontación explicita, pero estoy seguro que tarde o temprano tendrá lugar… es cuestión de tiempo o de que el destino nos ponga uno frente al otro y arreglemos esta peculiar y misteriosa deuda, que nos hace jugar al juego del gato y el ratón…

El día ha sido muy largo y veo que algo se aproxima, es como un sentimiento de que algo acecha entre los árboles.

-¿Qué piensas? me preguntó Noé…

La miré con dulzura, mientras cerraba los ojos y me acerqué a ella…

-Pienso que eres más fuerte de lo que pareces…

-Qué va… sólo que el tiempo me ha hecho fuerte....

Decía esto mientras cogía aire y se reclinaba sobre el respaldo del carro…

-Mira, en mi camino he superado pruebas, he tenido compañeros de caminos que me han acompañado durante un periodo de mi vida… es verdad que el destino supo elegirlos por sus grandes dotes y virtudes… Una noche un hombre nos secuestró a mí y a mi amiga Luna, aquella noche casi nos violan… por el simple hecho de buscar respuestas… de querer saber que somos y a donde vamos… pero justo cuando estábamos a punto de ser agredidas, apareció el Padre David y resolvió una situación más que complicada…de todo aquello me quedé con una cosa que me marcó... él dijo “el Padre nunca deja a sus hijos solos”

-Por eso, hace unos días cuando estaba casi perdida, lo vi a él entre una densa niebla y me decía: "Nunca pierdas tu fe"… y ahora qué sabes algo más de mí y de mis pensamientos… ¿Qué te preocupa a ti?

La miré de reojo como viendo que no era lo que aparentaba ser....

-Eres una chica lista, con mucho instinto…

-Tengo un buen Maestro...

-Hay fuera hay algo que se aproxima...

-¿Qué puede ser?

Volví a mirar al bosque y respiré hondo…

-No lo sé, sinceramente...

Noé puso su mano en mi hombro...

-¿Él lo sabe?

-No...

-Díselo, es mejor que lo sepa...

-Está bien... Maestro...

-Dime mi querido amigo… respondió mientras cogía con fuerza las riendas del carro…

-Algo se acerca y me da miedo… pues no sé qué es...

En ese momento paró el carro, se giró y me dijo…

-Sea lo que sea, no le tengas miedo, sólo conseguirás fortalecerlo… es una de la ley básica que se aprende en este mundo de luces y sombras…

Me eché hacia delante y me apoyé en su respaldo...

-¿Y qué hago?

-Déjalo que venga, no temas… mientras me regaló una sonrisa que era capaz de disolver el peor de los infiernos que uno pudiera vivir en su mente...

En ese momento miré al horizonte…

-Se acerca tormenta...

Noé y el Maestro miraron al horizonte… y se quedaron los dos pensativos, al no ver ninguna nube…

-Ves más allá de lo que nosotros vemos ¿cómo es posible? respondió Noé…

-No lo sé... pero me da miedo, por lo que se acerca…

-Quizá es la hora de acelerar nuestro regreso... dijo el Maestro fustigando a los caballos…

Mientras continuamos el camino, intenté relajarme y pensar en que esa sensación debía tener una razón o motivo…

Vi al Maestro tirar por un camino secundario…

-¿A dónde va?

-Este no es el camino…

-Lo sé... respondió el Maestro…

-Hay un río a unos kilómetros de aquí que nos llevará casi hasta casa, es cuestión de cruzarlo y apenas en unas horas estaremos en casa…

-De acuerdo, si lo crees pertinente iremos por ese camino...

-Tranquilo, ya verás cómo todo sale bien… ten un poco de fe y dentro de nada estaremos ante una buena taza de té…

-Qué bien suena eso... y nos echamos los tres a reír…

Al cabo de unos kilómetros, se podía divisar el río del que habló el Maestro…

-Bueno, ya estamos ¿lo ves? es cuestión de tener algo de fe...

Lo miré más tranquilo…

-Será que he pasado unos días malos...

El Maestro me volvió a mirar, mientras retomaba el camino…

-Nunca dejes de seguir tu intuición y, sea lo que sea, lo que está ahí, no te quepa duda de que si nos busca… nos encontrará…

-Bueno, sigamos.

Justo cuando estábamos a unos doscientos metros del río, sentí una vibración… pero solo la sentía yo…

-¿Sentís algo?

Ambos negaron con la cabeza…

-¿Que sientes? preguntó Noé…

-Es como una vibración, suave pero intensa… que me llega a través de la tierra… viene de lejos, es muy fuerte en su recorrido, pero tan sutil que no se siente… es como si pudiera sentirla a través del corazón de la Madre…

-Yo no siento eso, ¿cómo es posible? decía Noé…

El Maestro cerró los ojos, durante unos segundos… para abrirlos de golpe y fustigar con fuerza a los caballos…

-Agarraros donde podáis… hay que salir del río…

Aquello puso nerviosa a Noé, pues pocas veces había visto al Maestro nervioso, salvo en situaciones como la del bosque de hacía unos días…

El camino era empedrado, lo que implicaba ir dando saltos en cada metro que se recorría… podía ver a Noé saltar y agarrarse a lo que podía, mientras yo hacía lo mismo…

-¿Qué ocurre, Maestro?

-Viene por el río algo que nos supera.

Al levantar la vista puede ver, justo después de una curva del río, una gran nube de agua, polvo y arboles arrastrados por una fuerte corriente de agua… era como una montaña rusa intentar divisar algo con tanto salto… pero algo me decía que no podríamos llegar al otro lado del rio, pues la velocidad y la fuerza de todo lo que arrastraba era impresionante… una pared de lodo, tierra y barro nos iba a golpear sin piedad…

Escuché al Maestro… que nos gritaba…

-Sea como sea, agarraros al carro y no soltaros si no queréis morir... fueron unas palabras que nos llenaron aún más de pánico que de esperanza, pero tenía razón… era cuestión de agarrarse a algo sí o sí.

En el primer golpe perdí de vista a Noé, a la que me costaba agarrar de la mano…

Al Maestro sólo lo puede ver unos segundos, pero seguía diciéndome…

-No te preocupes por mi agárrate y cuida de ella… sobre todo agarraros… mientras una lengua de escombros se lo llevaba por delante ante mis ojos…

Era dar vueltas y vueltas sobre mí mismo, mientras Noé decía como podía…

-No me sueltes, por Dios... Pero un tronco golpeó mi brazo y me obligó a soltarla… A pesar de mis intentos por sujetarla…

-Noé, agárrate al carro y no te sueltes…

Fue ver como la vida de lo que más quieres se te escapa de entre los dedos… sin poder hacer nada… y con un gran dolor del brazo que me obligaba a pegarlo al tronco y coger aire… pues estaba bajo el agua y no tenía noción de si estaba arriba o abajo… sólo daba vueltas y más vueltas… en una de esas vueltas puede ver un gran tronco al que me agarre como pude, al ser de grandes dimensiones me puede poner encima... y desde esa altura pude ver un mar de escombros, barro y todas las cosas que hubiera en esa lengua de muerte…

Empezaba a perder la conciencia, pero necesitaba aferrarme a ese árbol como el que se aferra a la vida…

Pasaron algunos minutos y ya no sabía de nada de mis compañeros… sólo sentí que el tronco se atascó en una curva y yo encima sólo puede recibir las envestidas… una tras otra… tras unos minutos interminables… pude ver muy borrosamente como el caudal iba bajando, pero seguía fluyendo con una gran intensidad.

Pude ver un poco más abajo el carro destrozado, lo que me hizo pensar que ellos no habían tenido tanta suerte como yo…

Empecé a pensar que era culpa mía, pues si no hubiera dicho nada no hubiéramos cogido este atajo, pero como decía el Maestro… "Nada pasa por casualidad"

Al yo decir que sentía cosas… ayudé a que esa cosa estableciera una perfecta trampa que nos pillaría en pleno río, es como si lo tuviera todo muy planeado…

Dentro de mi desesperación y dolor seguía pensando en que quizás la vida o el destino hubiera ha ayudado a Noé y al Maestro… Conseguí erguirme para poder ver mejor donde estaba… sólo veía más y más destrucción… arboles partidos como palillos y montones de piedras apelotonadas, a pesar de su gran tamaño, habían sido movidas como pequeños juguetes en manos de un gigante que jugaba a su antojo…

-Ayuda.... escuché estas palabras que me sacaron de mis pensamientos…

-¿Noé, Noé? ¿dónde estás?

Buscaba como podía entre tanta rama… unos metros más abajo puede ver una mano… el resto del cuerpo estaba inclinado hacia un lado… como puede… salí de encima del árbol y ande entre los restos yacientes… llegué a su altura… una gran lengua de agua pasaba por encima de ella, mientras sostenía con una mano al Maestro que estaba sin sentido, se hundía y salía del agua al estar sin sentido…

Yo me agarraba el brazo como podía, busqué algo para entablillarlo o sujetarlo de alguna manera, al buscar entre los restos encontré un trozo de cuerda, no era gran cosa, pero podría servirme para intentar ayudar a Noé…

Tras unos minutos pude llegar donde ella estaba… era como estar en un acantilado… sujetando al Maestro y evitando no caer ella misma en él… como pude bajé unos metros hasta casi tocarla con la mano buena… pero no llegaba…

-Noé, tengo el brazo roto, sólo tenemos una oportunidad…

Noé me miró y asintió con la cabeza…

-Pero date prisa, no sé cuánto podré aguantar…

Asentí con la cabeza…

Fallé el primer intento… al soltar la mano se me escapó de entre los dedos, cosa que me hundió en mis esfuerzos…

-Tranquilo… confía que lo lograrás… decía Noé, mientras luchaba al recibir los golpes de agua y barro…

Intenté sentarme y ver que opciones tenía, dentro de mis limitaciones… en una de esas conseguí alcanzar su mano y empezar a tirar de ella… pero justo en ese momento… escuché una voz familiar…

-No te será tan fácil, como crees...

Miré a mi espalda y pude ver a la Dama del Bosque…

-¿Tú has hecho todo esto… por qué?

-¿Tú que crees? quiero lo que me debes y haré lo que sea para conseguirlo...

-¿No sé qué es lo que te debo?

Ella seguía mirándome impasible, como si no le importara la vida de aquellas personas…

-¿Te quedarás ahí viendo como pierden la vida?

-Tú ya lo hiciste… un día en mi vida… ¿por qué hacer lo que tú no hiciste por mí?

La miré con ira, rabia y rencor…

-A estas alturas me importa poco lo que hice… ellos no pagarán por lo que un día hipotéticamente yo hice o dejé de hacer…

-¿Y qué vas a hacer?

Recordé nuestros encuentros y me di cuenta de que no se acercaba a mí, más bien mantenía una distancia de seguridad… entonces me vino la visión de un día con el Maestro en el río… ella no podía cruzar un límite pues para aumentar sus límites tenía que vender parte de su existencia y si lo cruzaba vendrían a por ella…

Entonces miré a Noé y le guiñé un ojo…

Ella dentro de su situación acepto, fuera lo que fuese… la solté…

-Bien... ¿quieres jugar? jugaremos…

Estiré la mano y la cogí por sorpresa…

-Ahora, sólo te queda una opción...

Ella intentó soltarse, pero no pudo…

-¿Cómo te has hipotecado para llegar más allá de tus límites?

Ella se sorprendió…

-¿Qué dices?

-Veo que no te acercas, más bien mantienes una prudente distancia... la miré con aire de victoria… no podía soltarse y yo la atraía hacia mi lugar encima del árbol…

-¿Qué se siente al ver la muerte de cerca? bueno muerte… más bien viendo a quién desea cobrar su cuota y anhela cazarte… su cara cambio radicalmente...

-Suéltame…

-¿Para qué? no pierdo nada....

-¿Y tú qué pierdes?

-Míralos, si ellos caen tú también caerás...

-¿Qué me ofreces?

Ella seguía en pánico, no hacía más que mirar a su entorno…

-¿Tanto miedo les tienes?

-Venga acércate… yo te protegeré... y un grito desgarrador salió de su ser, llenando el lugar de una energía densa y espesa…

-Sabes que se acercan, yo de ti elegiría... me volvió a mirar…

-Está bien, los salvaré si me sueltas…

-¿Cumplirás tu palabra de soltarme?

"La mire con mucho amor"

-Yo, a diferencia de ti, cumplo mis promesas...

En ese momento gesticulo con su mano e hizo con el agua como un muro de luz, lo que facilitó que Noé recogiera al Maestro y lo llevara como pudo hasta encima del árbol y de allí lo llevó hasta la orilla mientras yo sujetaba a la Dama del Bosque…

Al ver que ya estaban a salvo… le dije a la Dama…

-Ahora te soltaré y te iras por dónde has venido...

Ella me miró con una tremenda energía de odio que pude sentir hasta en lo más hondo de mi alma…

-No creas que esto termina aquí...

-Nunca pensé eso y menos viniendo de ti… pero ahora será mejor que te vayas… pues de ellos no respondo… y tal como la solté se fue retirando hacia el bosque… pero no sin antes acercarse a Noé y decirle…

-Tu y yo tenemos algo pendiente, no lo olvides... aquellas palabras sorprendieron a Noé pues no se las esperaba…

"Tras dejar el tronco, como pude me acerqué hacia donde estaban Noé y el Maestro"

-¿Estás bien?

-Sí, dentro de lo que se puede uno esperar...

-¿Cómo está él?

-Está bien, pero respira con dificultad… pero está bien…

-Hay que buscar algún modo de trasladarlo…

-Aquí no hay mucha cosa… habrá que ir hacia el pueblo, no hay otra opción.

-Iré yo, estoy más fresco… le dije a Noé…

-Tienes que pasar por el bosque... me preguntó Noé…

-No te preocupes, no se atreverá a volver… por lo menos hoy no…

Tras dejarlos comencé un largo camino de más de una hora hasta el pueblo…

Llegué al pueblo fatigado y cansado y me encontré a mi pequeña amiga Celia jugando en la puerta de su casa… como pude intenté llamar su atención y lo conseguí tras varios intentos…

-Hola, mi pequeña...

Celia al ver mi estado se acercó toda asustada…

-¿Qué te ha pasado?

-Es una larga historia, avisa en el pueblo, nos pilló una subida del río y el Maestro no está bien y Noé esta con él… corre con tu sillita, es urgente....

Empezaba a sentirme mareado y sin fuerzas tras el largo camino de vuelta…

-Claro, ahora mismo voy...

Celia muy nerviosa… agarró su silla de ruedas como pudo y comenzó a pedir ayuda, pero antes me pidió una promesa…

-Pero quédate conmigo... me dijo mientras apretaba fuertemente mi mano para mantenerme despierto...

-¿Vale? dalo por hecho, de aquí no me moveré...

Tras verla partir puede descansar, pues empezaba a estar mareado y sólo escuché un eco de fondo… ¿del resto?… sólo me acuerdo de Celia, dándome un poco de agua… agua que me supo a gloria… tras una aventura que casi nos cuesta la vida… por algo que al día de hoy aún desconozco… pero que seguramente algún día llegaré a conocer…

Hijo del alba...

Mi piel es como el manto de la tierra, mi sangre como el río que emana de la montaña. Mi calor es como un cauce de lava, seguro, firme, intenso. Mis ojos son como la vista del águila que nunca pierde detalle. Mi voz es la fuerza del viento entre las montañas de mi tierra.

Y al respirar es cuando entiendo y comprendo, que soy un hijo del alba, libre y puro. Alma

La herida de un guerrero

Comencé a abrir los ojos lentamente, aún tenía la vista borrosa… de lejos veía una sombra moverse delante de mí, intenté incorporarme, pero una mano me lo impidió…

-Tranquilo, tómatelo con calma...

Pude reconocer la voz de Noé…

-¿Eres tú Noé?

-Sí, me ha dicho el doctor que te llevara un tiempo volver a estar bien, son muchas las heridas, tenías más de lo que creíamos, gracias a Celia te pudieron atender rápidamente…

Seguía sin ver bien, era como estar debajo del agua, estaba confuso, era extraño y no me gustaba la sensación, me hacía sentir indefenso…

-Es normal, la anestesia y el estar inconsciente pasa factura…

-¿Cuantos días?

-Llevas una semana inconsciente, me tenías preocupada… "Y mientras me decía esto me apretaba la mano con fuerza"

-Bueno, ya estoy de vuelta…

-Es que tengo un vicio…

-¿Cuál? preguntó Noé…

-No me gusta dejar a nada a medias, me gusta vivir y como no poner a prueba al Maestro…

-Demasiados vicios veo yo…

Aquella ocurrencia provocó una carcajada de los dos a la vez…

-¿Dónde está el Maestro?

-Está en la casa… desde el día siguiente al encuentro…

-No es posible...

-Pues es muy cierto, se puso cabezón y r que r… lo tuvieron que dejar que se fuera…

-Decía que este mundo no se mueve con vagos y que alguien tenía que hacer la faena…

-Este nunca cambiará, seguro que cuando volvamos a casa la lía y lo echan de nuevo a este mundo... dijo Noé encogiendo los hombros…

-Él no cambiará nunca, es un luchador nato… le tengo envidia, nada más salir de aquí se fue al río y vio una escena dantesca…

-Y sólo dijo una cosa...

-¿El qué? pregunté...

Noé se acercó a mí, me cogió la mano y respondió…

-No he hecho bien mi trabajo, esto demuestra que tengo que sacar más de lo que pensaba de ese rubí que sois...

-¿Somos un rubí?

-Y muy hermoso según el Maestro… así que prepárate… pues cuando salgas te pondrás las pilas…

Volvimos a reír de nuevo…

-Echaba de menos tu risa, no vuelvas a recaer… me dijo mientras volvía a apretar fuertemente mi mano…

-La ventaja es que ya sé cómo se mueve y eso es ir un paso por delante de ella... Dicen que la peor batalla es la que deja al descubierto tus debilidades y ella me mostró una debilidad muy grande…

-¿Cuál es, si se puede saberse?

-Tiene miedo a esa cosa que anda detrás de ella, le tiene mucho temor, es como que ha llegado al límite de sus deudas… una más y terminará pagando…

-Me da pena saber que vaga en busca de algo que cree que el pertenece...

-¿Tú crees que le debemos algo?

-¿Por qué me lo preguntas?

-Antes de irse me dijo que tenía algo pendiente conmigo y que no lo olvidara… esa afirmación me sorprendió....

- Creía que sólo yo era el deudor, pero cada día que pasa se enreda más y más esta historia…

Vi a Noé entre sombras ir hasta la ventana, supongo que también tenía sus dudas y preguntas respecto a la Dama del Bosque y sus reencarnaciones y no tenía constancia de que la vincularan a ella…

-¡Noé!

-¡Dime!

-Que sentías mientras sujetabas al Maestro y yo no podía hacer nada...

Noé, volvió a mi lado…

-Fue curioso, en ese momento no pensaba en nada, solo lo veía indefenso, como un niño en la noche oscura. Sabía que no nos podías ayudar por tu estado y entonces algo nació de muy dentro y me dijo algo… que me sorprendió…

-¿El qué?

-Nunca pierdas tu fe... y aquello me llegó muy hondo al alma... en ese momento noté como si tuviera la fuerza de mil hombres, lo sostuve a pesar de las implacables olas de lengua de agua, barro y troncos… incluso pude coger un tronco con una mano y ponerlo debajo de él como apoyo… fue increíble sentir como saqué fuerzas de donde no las había… eso lo aprendí en el camino de regreso aquí y el Maestro con sus largas noches charlando el uno con el otro…

Parpadee una vez e hice una reflexión en alto, como si hablara para mí mismo …

-Pues no lo ha hecho tan mal… por los resultados que veo.

-La verdad es que no...

-¿Se lo has dicho?

La vi caminar por la habitación nuevamente…

-No, sólo ahora me he dado cuenta de su gran labor y de la paciencia que ha tenido conmigo desde esa noche de lluvia en la que llegué a su hogar...

-Bueno, ahora también es el tuyo...

-Sí es cierto, hacía mucho que no sabía lo que era un hogar, él con sus gestos y dedicación me ha hecho ver que tengo algo por lo que luchar, tener fe y creo que la experiencia de la otra noche en el río algo ha cambiado mi vida… no luche por estar viva… más bien luché por mi familia… la que al día de hoy tengo, valoro y aprecio…

-Bonita reflexión...

-Gracias, me hacía falta saber que no estoy equivocada…

-¿Aún dudas?

-No es dudar, es que no me siento preparada para afrontar aquello que no controlo, no porque dude más bien es por no haber sabido actuar como debiera haberlo hecho... no sé si me entiendes...

-Te entiendo, yo al salir de Estados Unidos llegué aquí sin nada… sólo con lo que llevaba puesto y nada más… tuve mis dudas, miedos y como no… una depresión post acogida, pero al llegar aquí todo cambió, vi el pueblo y supe que podía hacer mucho por ellos y que ellos no esperaban nada a cambio… eso cambió mi forma de ver y sentir la vida… pasé de no tener nada a tenerlo todo… pasé de estar sólo y en un infierno mental… a tener un hogar, una cama y alguien que cada día me enseñaba a no luchar contra mí mismo… algo que había hecho toda mi vida… creando un enemigo dentro de mí mismo que siempre lograba que acabara en peleas, luchas de poder y en un mundo lleno de soledad…, en el que aprendí que hay algo más allá de lo que uno piensa y cree en verdad....

-El Maestro no ha fracasado más bien ha conseguido hacernos mejores personas.

Escuchemos su bastón que se acercaba...

-Veo que al final habéis aprendido los dos que el verdadero Maestro nace dentro de uno mismo… Ya me puedo dar por satisfecho de que halláis visto una verdad que está dentro de vosotros mismos y que no está en mí… tenéis que ser independientes… para ser lo que en verdad sois y tenéis que ser...

-Maestro...

-¿Qué tal mi viejo amigo… aprendiendo a ser libre?

-En eso estoy y espero poder conseguirlo…

-Tiempo al tiempo y todo se consigue…

-Hola, Noé...

-Hola Maestro...

-He traído un té, te lo debía… ¿te acuerdas?

-Sí y mucho…

Sonreímos los tres… mientras nos cogíamos de las manos.

Todos tenemos que aprender algo de nuestras experiencias, hasta yo…. Ella está aquí para hacernos crecer, evolucionar y de paso evidenciar nuestras debilidades… por eso tenemos que dar gracias por lo mucho que se empeña…

-¿Qué busca? le pregunté al Maestro…y me contestó…

-Ella busca algo que cree que le pertenece, pero que es ese algo lo tienes que averiguar tú y Noé... ambos sois parte de su pasado y de una forma u otra estáis unidos a un mismo destino y ese destino os hará ver que todo lo que creéis es solo un sueño… del que hay que despertar… es como estar en coma y sólo un impulso de amor os hará volver a estar vivos… l

Lo miré intrigado… y pregunté…

-¿Ella vive un sueño?

-Estas cerca pero no lo suficiente, hay algo más allá en lo que crees y no ves aún... Un dolor es sólo un síntoma, porque te hace daño, pero cuando eres capaz de unir los dos planos en uno solo es cuando ves que lo que causa el dolor es solo una perturbación causada por la mente humana… que retiene una vivencia y la hace eterna… hasta que consigue que su error lo tape una justificación.

La mente actúa como una respuesta, si el acto fue un error lo intentará camuflar con un "la culpa es su ya"… y así creerá que nunca fue la causante del acto.

-Entonces ella actúa de esta forma porque cree que somos la causa de uno de sus errores no reconocidos…

-Eso está mejor... ya vas por el camino que te hará solucionar tu problema con ella…

-¿Porque es tan complicado todo?

-No es complicado, sólo es saber que, para liquidar el pasado, primero tienes que entender el presente que todos estamos viviendo, para poder terminar un ciclo de vida pendiente…

-Pero de momento, tienes que curar tus heridas, si no te será imposible afrontarlo con éxito… es hora de dejarte descansar, dentro de unos días vendré para llevarte a casa y seguir camino…

-Gracias por todo, Maestro…

-A ti por ser consciente, yo sólo aporto algo de luz en tu camino...

Nos fundimos en un abrazo de dos corazones con una sola alma…

-Bueno Noé, ahí te lo dejo… yo tengo que hacer cosas con los niños que me siguen pidiendo canicas y ellos no saben de encuentros… sólo de canicas y canicas…

Nos reímos los tres a la vez…

-Tranquilo Maestro, lo cuidaré hasta que regrese a casa…

Tras abrazarse entre ellos, el Maestro se marchó y yo pude disfrutar de un té bien merecido y añorado desde hacía días…

Salto al abismo

Tras una noche de incertidumbre, teníamos que seguir el camino y por esas fechas recogimos leña para pasar el invierno duro y frío de estos parajes… donde la vida se rige por instinto y sabiduría.

Encontré al Maestro pintando en su tabla algunos retratos, que luego adornaba con pequeñas y brillantes piedras… desde amatistas, hasta rubís y en especial cuarzos blancos para el equilibrio del dibujo…

-Maestro...

-Dime amigo mío...

-Voy al bosque para recoger leña y así me despejo un rato la mente….

-¿Quieres que te acompañe Noé?

-No, no hace falta… es un momento y así ella también descansa que le hace falta, pero gracias por la oferta…

-De nada… disfruta del viaje y recuerda…"la mejor oración viene del centro del alma"... no busques huir de ti mismo, solo déjate llevar por tu intuición y si en un momento del camino solo deseas sentarte y descansar… hazlo… hay tiempo de sobra para recoger la leña del invierno…

-Seguiré su consejo si lo siento… gracias y feliz creación…

-Gracias, esta es para Celia por ayudarte…

-Es un cielo de niña que sabe estar cuando toca y cuando debe ...

Tras despedirme… tal y como le dije al Maestro me disponía a recoger la leña para el invierno en un bosque no muy lejos de aquí… solíamos ir a lugares donde la propia naturaleza nos daba la leña ya naturalmente, árboles ya sin vida… estaba terminando de asegurar las cuerdas al carro y poner el hacha… cuando oí una voz a mi espalda…

-¿Voy contigo?

-Hola Noé, no hace falta sólo será llenar un carro, así descansas un poco… que te mereces un buen descanso…

-¿Seguro?

-Sí, tranquila si salgo ahora estaré de vuelta al anochecer para nuestra tradicional charla de media noche junto a un buen té…

-Ten cuidado, la noche no es clara dentro del bosque y no se verá mucho…

Me di la vuelta y la cogí de las manos…

-Estaré bien y si algo pasara seguro que lo sentirás antes que nadie, estamos unidos como nadie… este lugar nos ha unificado y eso sin duda alguna es una seguridad añadida… no creo que ella aparezca… ya no le quedan casi cartuchos… desde el otro día…

Me abrazó con fuerza…

-Ten cuidado y no seas un héroe… si algo vibra sal corriendo… olvida todo lo que haya en ese lugar… sólo son objetos...

-¿De acuerdo?

-Sí, tomate un baño y luego nos vemos… le dije esto mientras le acariciaba la mejilla derecha…

Tras montar en el carro sentí su mirada en mí… como protegiéndome de lo que pudiera pasar… me giré y la saludé con la mano… al igual que ella me respondió con la mano… mientras con la otra se tapaba con su vieja manta…

Miré al cielo… era un día estrellado, plagado de estrellas… hasta la Vía Láctea se podía ver como corona de la hermosa noche…

Miré al suelo y encontré mi viejo bastón, el que me acompaña en mis salidas… es como mi alma gemela, lo puse en el asiento para sentirme algo más protegido, pero para ciertas cosas no hay defensa que valga, más bien sabiduría y saber estar…

El camino era empedrado, lo que a menudo hacia saltar el carro de un lado a otro… pero aquí eso de los baches es como el pan de cada día....

Según me dijo el Maestro, tenía que coger la bifurcación de la izquierda era la más corta para llegar... el camino se alargó más de lo que esperaba, pues las últimas lluvias habían removido piedras y barro… lo que me obligaba a bajar y limpiar el camino de tanto en tanto…

Ahora echaba de menos una buena charla, será que estoy acostumbrado a ir acompañado… ahora echaba de menos la oferta de Noé, pero ella tenía que descansar… estaba muy tocada desde el último encuentro.

A lo lejos pude ver un descampado entre los árboles, era un lugar circular en el que solíamos recoger leña… tiré de las riendas para detener el carro, amarré al caballo a un tronco… bajé las mantas y recogí el hacha…

Empecé a buscar donde estaban los mejores troncos caídos y vi una zona perfecta… pues había espacio para cortar y apilar…

Tras un rato comencé a reunir los troncos… al estar secos era mucho más fácil córtalos y moverlos de sitio…

Escuché a los búhos con su peculiar canto nocturno, pero también escuché un crujido de ramas… pensé que era algún animal, era normal encontrar alguno en estos bosques, pero no era preocupante… podían tener más miedo ellos de los humanos que uno mismo… de hecho suelen evitar a los humanos…

Me llegó un olor peculiar, me chocó por su peculiaridad… me giré y miré, pero no vi nada… no percibía nada fuera de lo habitual… pero, callaron los búhos y eso ya no era normal… salí de entre las ramas de los árboles, pues me había subido a uno y en el caso de tener que correr me iba a ser imposible…

-¿Quién va? nadie respondió…

Miré al cielo buscando algún reflejo, pero las copas de los arboles impedían que entrara cualquier rayo luz… tal y como me había avisado Noé… seguía sin ver nada entre la maleza… pero sentía algo nuevo… distinto a lo que conocía… de repente se levantó un viento de la nada… como si tuviera vida propia…

-Sé que estás ahí… da la cara, seas quien seas...

Por instinto me puse en el centro del círculo, en la zona más protegida, mientras las hojas empezaron a moverse con piedras incluidas… comenzaron a moverse en forma circular… sólo podía ver polvo, hojas y piedras… el sonido del viento se hizo más presente… como si fuera un tornado… me tapé el rostro con los brazos para evitar daños y escuché...

-Estás solo ¿qué se siente al no depender de nadie y estar indefenso?

-No estoy solo en eso te equivocas… y acto seguido levanté la mano y paré todo lo que volaba…

-Nunca desprecies a nadie… si no tienes todas las cartas a tu favor...

-Las tengo, no lo dudes...

-Ha ¿sí? da la cara si tienes valor…

-Antes jugaré contigo un rato, al igual que tú lo hiciste conmigo en otro tiempo...

-Yo no juego, yo me rijo por las leyes, que según veo tú no cumple ni respetas…

-Para mí ya no hay leyes… hace mucho que desaparecieron esas leyes… antes las respetaba… ahora sólo son una sombra… pero no te cortes… úsalas… pero creo que aquí no te sirven… este es mi reino y aquí mando yo y sólo yo…

Volví a concentrarme en mi centro y visualicé una imagen de ella…

-Veo que has cambiado de aspecto y forma… Dama del Bosque… ¿cómo lo has conseguido? ¿te has vuelto a hipotecar? ¿qué has vendido ahora?

-Todo merece la pena por lograr una meta y esta es para mí muy apetitosa y su valor no tiene precio…

-¿Tanto como para dejarte al descubierto?

-Él sabe de ti y viene hacia aquí…

-No llegará a tiempo… juego con ventaja… le prometí no cruzar la frontera…

Seguía buscándola entre los árboles, algo me decía que ella sabía que en algo se había equivocado, que había cometido un error…

-Pero el problema es que para llegar hasta mí tienes que ir más allá de la frontera y él no da nada a cambio de nada… más bien te exigirá su trofeo… Mira donde estás y dónde estoy yo... No has calculado tu distancia… antes cuando estaba en los árboles era todo tuyo, pero al permitir que me moviera… tu contrato ya no vale, no eres perfecta, no calculas tus movimientos… mala suerte…

-Mientes...

-Inténtalo, él ya llego y no está dispuesto a perder la apetitosa presa que lleva siglos buscando…

El temor recorrió todo su ser, sabía que estaba en lo cierto y ahora todo era una cuestión de calcular los riesgos… si cruzaba rompería su contrato y él la cazaría… pero a su vez… me tenía justo a su alcance…. era una cuestión de supervivencia o dejarme marchar o seguir con su juego... tenía mucha rabia contenida de siglos… volvió a levantar las piedras y las hojas que giraban en círculo como mucha más virulencia… esta vez al intentar protegerme y girar sobre mí mismo, una roca cortó mi mejilla provocándome un dolor intenso...

-Sufre, sufre, como yo he sufrido...

El dolor era intenso, pero podía soportarlo… sólo tenía que evitar que el viento me llevase a su terreno… entonces me acordé del Maestro cuando dijo… "Ella vive en un engaño perpetuo, para justificar su error"

Decidí hacer algo que la forzara a salir fuera de su círculo de protección…

Aquello era una locura y me sigo estremeciendo de mi valor y decisión al tomarla…

Me acerqué hacia ella, pero calculando sus límites… a cada paso mío su ira, rabia y deseo aumentaban… era como ver al mismo diablo desear un alma que nunca tuvo… a cada paso mi temor era más grande, pero tenía que saber jugar mis cartas, aunque las desconocía, pero algo me decía que tenía que hacerlo…

Justo a unos metros de ella frené mi marcha…

-¿Si me quieres?, ¡ven a por mí!

Ella no daba crédito a mis palabras… estaba justo donde ella quería, pero fuera de sus límites… era querer y no poder… no dejaba de mirar a mi sombra, pero la tentación era tan fuerte… que algo dentro de ella deseaba alcanzar lo que tan fervientemente anhelaba…

-Es fácil… da unos pasos más y me tendrás...

-Venga es fácil, cógeme... sentía que podía conseguirlo… era cuestión de forzar un poco más… venga, que tu si puedes… es un paso más… tan sólo es cuestión de proponértelo…

Mientras yo seguía inmerso en un torbellino de piedras y hojas, que era cada vez más y más difícil de controlar… pero la vi dudar…

Me miró y dijo…

-¡Tú ganas!, hoy es tu día de suerte...

No podía ser… estaba a punto de conseguirlo y vi cómo se daba la vuelta y empezaba a disolverse en la noche y yo no podía consentirlo…

-Siempre quise hacerlo...

Ella se dio la vuelta…

-¿Qué?

-He disfrutado todo este tiempo de verte humillada, de ver cómo te vendías por un poco de gloria… eres sólo una sombra de ti misma, mediocre… sólo eres escoria de la peor calaña…

Esto la enfureció y perdió el control sobre si misma…y justo en ese momento saltó sobre mí… sin pensar en nada más… que en cobrarse su venganza… y justo en el salto algo pasó… que lo cambió todo...

Un alma nueva

Me encontré a Noé preparando un cuenco para poner velas, las que usaba al final del día para relajarse tras una jornada muy larga, mientras tanto el Maestro seguía dibujando su retrato para Celia... De repente Noé se quedó parada... como entre dos mundos, lo que provocó que se le cayera de las manos el cuenco de madera, provocando un fuerte ruido en toda la habitación... y el sobresalto del Maestro que como puedo recogió su bastón y se dirigió a la sala principal...

-¿Noé estas bien, que pasó? dijo esto, mientras se apoyaba en su bastón...

Al llegar al salón... encontró a Noé en una especie de trance, mirando al infinito, como viviendo en otro lugar fuera de este plano de conciencia... el Maestro aceleró sus movimientos y se puso delante de ella para intentar que reaccionara...

-¿Noé? le dijo y le pasó la mano por delante de la mirada... pero no reaccionaba... estaba como en trance...

El Maestro puso sus manos en su cabeza para intentar contactar con ella... al cabo de unos minutos...

-¿Qué ves Noé?

Ella comenzó a temblar como si despertara de un sueño...

-Ha saltado sobre él... no la ha evitado... el insensato la provocó... no la puede esquivar... la tiene encima...

-¿Quién está encima? ¿qué ha provocado?

El Maestro la cogió de las mejillas y le dijo...

-Te has de centrar y decirme que está pasando… si no lo haces, no os puedo ayudar…

Noé comenzó a llorar desconsoladamente…

-Lo va a matar...

-¿Qué?

-Noé, necesito que me digas que está pasando…

-La Dama del Bosque lo esperaba… veo una especie de tornado con piedras, hojas y mucho polvo… las piedras están haciéndole heridas en la cara, brazos y piernas… Dios...

Noé enmudeció... estaba completamente desconsolada, perdida en su visión… no sabía salir del sentimiento… era superior a ella…

El Maestro le volvió a levantar el rostro y la miró a los ojos…

-Abre los ojos y mírame...

Noé, como pudo, levantó la mirada y el Maestro entró en su alma y comenzó a relajarla, para poder tener una visión completa de lo que estaba pasando en el bosque… pero solo veía dolor… era como si se lo hicieran a ella misma… sin estar hay presente…

-Sé que es difícil que salgas del sentimiento que une a él, pero tienes que evolucionar y aprender a desvincularte de los sentimientos que alberga tu corazón y tu alma…

Noé entre lágrimas lo miraba y susurró:

-No puedo, me supera...

-Mi pequeña Noé, sé que es duro… que tu alma está perdida… pero al igual que yo, tú también tienes que aprender a separar lo mortal de lo espiritual, es duro porque implica mucho más que un salto, mucho más que un pensar o dejar algo, somos humanos y estamos hechos de sentimientos… pero tienes que salir del núcleo sentimental de tu mente… de ti depende el destino de él… el poder salvarlo...

Ella usa tu debilidad para bloquear tu capacidad espiritual… es normal… lo hacen para evitar que llegue ayuda… pero si no reaccionas, no podré salvarlo…

Noé seguía en un estado muy profundo de incertidumbre, ni siquiera conseguía mantener la mirada, era como estar perdida en un torbellino de emociones sin control… El Maestro, vio su caída….

-No te muevas, vengo en seguida... dejó a Noé sentada en el suelo mientras fue a por un frasco de esencia… tras diluir unas gotas en un vaso… regresó a su lado para recogerla en sus brazos…

-Noé, abre la boca y traga esto… no hay otra solución…

Noé asintió con la cabeza… y tras ingerir las gotas se desplomó en sus brazos…

En ese momento, Noé se desdobló de su cuerpo y comenzó a viajar en el espacio-tiempo… logró llegar hasta donde estaba él y la Dama del Bosque… por unos segundos, vio el plan de él… el motivo que le había obligado a buscarla… pero no sabía el resultado…

En ese momento de golpe Noé volvió a su cuerpo, como si cayera en los brazos del Maestro…

-¿Que viste?

Tras coger aire y agarrarse fuertemente a los brazos del Maestro…

-Algo ha sentido él… su alma le ha obligado a retarla… es como si ese encuentro no fuera uno más… es algo que no está a mi alcance poder conocer.

Me han hecho ver y comprender para salir de mis emociones…

Cogió al Maestro del brazo…

-Hay que ir… no podemos esperar...

El Maestro, entendió el mensaje… cogió sus mejillas y la beso en la frente…

-Gracias, ahora ya podemos saber qué hay que hacer… voy a casa de Samuel para recoger su carreta…

Tu prepara: vendas, yodo, hilo, agua y alcohol de quemar para las heridas… ah, y ropa limpia, le hará falta.

No pierdas tiempo, el tiempo está en nuestra contra y sólo tendremos una oportunidad de ayudarle…

Noé asintió con la cabeza, se levantó y se dirigió al botiquín, para recoger lo que le había dicho el Maestro, en un momento reunieron entre ambos todo lo que necesitaban…pero cuando ya iban a salir de la casa, de repente se levantó un fuerte viento que iba rompiendo y arrastrando todo aquello que se encontraba en su camino… ramas, piedras y otros restos… pasaban por delante de ellos…

Cuando salió el Maestro, apareció de la nada, una gran rama que le golpeó, cayendo por encima de la barandilla del porche… una segunda rama que Noé esquivó… se incrustó en uno de los portones de la ventana…

Noé estaba muy asustada… nunca había visto una tormenta igual… como pudo bajo las escaleras, para buscar al Maestro que estaba tirado en el suelo, magullado por el golpe… pero que se movía… afortunadamente…

-¿Maestro, está bien, responda?

-Algo dolorido, pero no podemos pararnos, esto lo hace ella para evitar que vayamos…

Noé, como pudo, levantó al Maestro y lo puso en el carro… recogió su bastón y la mochila con los medicamentos…

-Veas lo que veas, no te pares... ¿Has entendido Noé?

-Sí...

Tras coger las riendas fustigó al caballo, pero este no se movía…

-¿Qué? Noé se sorprendió al ver que el caballo no podía moverse… el Maestro entendió y le dijo a Noé…

-Espera un segundo...

Bajó como pudo y se acercó hasta la cabeza del caballo, le acarició el morro y le dijo:

-Sé que tienes miedo, yo también… pero necesito que corras más que el pensamiento… más que la misma muerte… nuestro amigo está en peligro y sólo tú nos puedes llevar… sea cual sea el resultado estaré contigo… mientras le seguía acariciando el hocico para darle confianza y seguridad… el Maestro apoyó su frente sobre la suya… como el que une su alma a la de otro ser… en signo de unidad eterna…

El caballo movió la cabeza en signo de comprensión...

Noé estiro la mano para ayudarlo a subir y sentarse… Noé se disponía fustigar de nuevo al caballo, cuando el Maestro alzó la mano y la detuvo…

-No hará falta, él ya sabe lo que ha de hacer… no es necesario…

Noé asintió con la cabeza...

Tras un segundo el carro comenzó a moverse y a coger velocidad, los saltos eran considerables debido a las piedras que el viento había traído.

Podían ver ramas chocando contra las casas, techos volando sin control y un aparato eléctrico considerable, a pesar de que hacía sólo unas horas era una noche clara… pues ahora era como estar viviendo en un huracán…

-¿A cuánto estamos? le pregunto Noé al Maestro…

-Según mis cálculos y con el tiempo en contra estamos a unas dos horas...

-¿Qué? dos horas, eso es una eternidad… respondió Noé…

-Has de contar con que si el pueblo está así… el bosque estará peor… y tendremos que ir esquivando y parando para quitar ramas… o el carro no pasará…

Noé se resignó ante tan mala noticia, pero lo importante era llegar… el tiempo ya era una cosa secundaria, ante la cual no se podía hacer nada más que aceptar y correr contra el tiempo… un tiempo que corría cada vez más en contra de nuestro amigo… dadas las circunstancias en las que se encontraba actualmente…

Mientras tanto…

-Ha saltado sobre mí… no podía creer lo que sentía.... otra persona hubiera huido, apartándose de la Dama del Bosque… pero en mi caso, no sé por qué… pero no fue así… la tuve que abrazar… y justo en ese momento… ¡Todo cambió!…

Fue como un flash, entre dimensiones, al tocarla salté a un tiempo muy lejano, casi donde la memoria pierde su esencia… Regresé a un castillo donde todo estaba en llamas, la gente corría de un lado a otro aterrorizada, sólo podía escuchar gritos de dolor, soldados matando por matar… miré a un lado y pude ver a una mujer que me protegía entre sus brazos y a un soldado indicándonos que le siguiéramos…

Esta visión ya la había vivido yo al poco tiempo de estar con el Maestro, me era muy conocida… pero en este caso, lo vivía de una forma muy distinta… podía estar en la escena, pero no viviéndola en sí, sino como en tercera persona… como desde fuera del personaje, como si fuera un actor paralelo…

Poco a poco pude escuchar mejor…

-Majestad, venga no hay que perder tiempo, están en palacio y no harán rehenes… puede escuchar a una mujer como le decía a una niña…

-Tranquila, todo saldrá bien, papa nos protegerá y sacará del palacio… pero la niña estaba aterrorizada por la visión que le rodeaba… gente muriendo… por el simple hecho de ser mujer, niño o anciano y estar en un lugar… la madre le tapaba los ojos para que no viera esa matanza…

-Majestad, han encontrado al Rey… tenemos que huir… esa fue su voluntad… si caía prisionero, deberíamos salvaguardar a Usted y a la niña.

-No me iré sin él, es mi marido...

-Majestad, no hay tiempo… si él cae… conseguirá toda la Gloria… aún podremos recuperar el Reino… pero si Usted y la niña mueren … el Rey habrá muerto por nada…

Nuestras tropas están en minoría, no es cuestión de ser mártires, y menos hoy… el castillo ha caído… Majestad…

La mujer estaba bañada en lágrimas al ver su mundo desplomándose, viendo como su alma gemela tenía un destino muy lejos de ella, al saber que un Dictador gobernaría sus tierras y que nadie se lo impediría.

No podía dar crédito a sus ojos, un Reino justo, hecho de grandes raíces de justicia, se desplomaba bajo sus pies… y justo en ese momento... volví al presente…

Tenía a la Dama entre mis brazos, algo me unía a ella… pero no conseguía saber el que ni el para qué…

Pero esa visión era más que lo que yo podía aguantar… entonces la Sombra salto sobre ella para cobrarse su tributo… y por inercia… estiré la mano y creé una cúpula de luz para protegerla.

Fue como si el mismo Dios pusiera su mano para proteger a su hijo…

La sombra fue rechazada, como si nada, lo cual me sorprendió pues superaba a su propia energía y la dejaba fuera…

La Dama del Bosque, entre mis brazos, se agarraba como para protegerse de lo que tanto temía… Me miró y me dijo…

-¿Por qué?

-No tenía respuesta, siempre tenía una… pero en ese preciso momento estaba ante una situación que me superaba…

Estiré mi mano y acaricié su mejilla…

-No eres tan distinta a mí… más bien eres un alma que está perdida y no sabe cómo volver a casa… por primera vez, en mi vida, pude ver las lágrimas de un alma oscura llorando…

-Te tengo que llevar a un sitio... se acurruco a mí… como una niña que necesita el calor de su madre…

-Llévame...

Mientras tanto…

Noé paró el carro de golpe…

-¿Qué pasa? preguntó el Maestro…

-No están...

-¿Quiénes no están?

Noé respiró hondo, para percibir mejor lo que acababa de sentir y así poder explicarlo…

-Están fuera de este mundo, él se la ha llevado, ha encontrado el núcleo de unión con ella… ha parado a la Sombra, como si nada, ha habido un vibrar inmenso de la energía… nunca nadie había movido tal energía para salvar a un alma y menos a ella con su densidad…

-¿Salvar? preguntó el Maestro…

-Explícate mejor, no te entiendo...

-Al saltar la sombra sobre ellos para cobrar su tributo, él la protegió como si fuera su hija, como si en verdad fuera su madre que la protege ante alguien que le quiere hacer daño…

-¿Y qué más? preguntó el Maestro…

Noé lo miró con mucha calma…

-No me dejan ver más… hay que ir… no sé qué ocurrirá… es como ver una película y no saber su final… por mucho que te den pistas es imposible saber que ocurrirá…

-¿Cuánto falta para llegar?

-Una hora… o menos… el viento parece que da una tregua…

-Si ella no está llegaremos antes… es una ventaja… sigue amigo mío, corre como el viento…

Mientras tanto… en otro plano de conciencia...

Seguía disfrutando de esa sensación que la vida regala a pocas almas en su evolución, quizás porque esto que yo estaba viviendo me superaba con creces.

Volví a ese Castillo solo, esta vez no con ellas… estaba en unas estancias mucho más grandes… pude ver soldados empuñando espadas, tras un gran portón de madera… detrás había un hombre con su corona, con una espada en mano… no tenía miedo de lo que había detrás de esa puerta, todo lo contrario, sabía que contra más tiempo atrajera su atención… más posibilidades de salvarse tendría su familia… de ahí su gran fe…

-Soldados, por vuestra Patria, por vuestras familias y por nuestro honor.... hagamos que nuestra muerte se escriba con letras doradas y que nuestra historia no se pierda en el tiempo… que la historia nos recuerde como Hombres…

¡Por nuestra tierra, por nuestro hogar!... "Alzó su espada, al tiempo que la puerta caía a sus pies"…

Tras de sí un ejército de hombres entraron, espada en mano, masacrando y matando sin piedad…

De lejos se escuchó…

-Él es mío, que nadie lo toque…

Tras unos momentos, un reguero de cuerpos yacía a sus pies, los de un gran Rey, tras apartar a los soldados un hombre de casco negro y armadura gris se presentó ante él…

-Hola hermano, le dijo, levantando su espada ante él…

-Tú no eres mi hermano… eres un asesino cruel que ha matado por matar a mujeres y niños...

-No seas tan melodramático, yo sólo he hecho lo que tú has querido. Te ofrecí un pacto o claudicar y te hubieras podido ir… pero decidiste quedarte.

La gente que ha muerto hoy ha sido por tu ego, por querer esa corona…

-Esta corona me la dio nuestro padre, tu nunca fuiste merecedor de ella…

-¿También cumpliste tu palabra con Lord Ser y toda su familia?

-Bueno, se me fue un poco de las manos… suele pasar...

-¿Pasar? matar gente indefensa, a eso se le llama ahora "escapar de las manos"

El hermano empezaba a estar cansado de tanto teatro, él sólo quería su corona y su Reino…

-Si quieres la corona, ven y quítamela… pero no mandes a tus plebeyos… ven tú mismo a por ella...

Mientras levantó su espada…

En ese momento, algo cambio para todos… nos dejaron entrar en escena… pude ver a la Dama del Bosque mirar fijamente al hermano usurpador...

Sentí que era ella la que acabó con la vida de su hermano por un reino que nunca mereció… pero fui un poco más lejos… a él le ofrecieron un reino paralelo, al casarse con una hija de un Rey regente, pero su ego no lo dejó disfrutar… él quería ser el mejor y el único.

No buscaba ser Rey de nada, sólo quería ser el mejor… que la gente lo mirase y se inclinase a su paso… por eso su padre que fue muy sabio y que supo ver en su alma oscura… que nunca debería gobernar un pueblo… y por eso nunca le dio el derecho de gobernar, pues era más un peligro que otra cosa para su pueblo.

-Bien hermano, esta es tu última oportunidad… entrega el Reino y te dejaré vivir… pero fuera de él… desterrado de por vida…

-¿Qué eliges, hermano?

Su hermano con toda nobleza se levantó y respondió…

-Prefiero morir en el intento, que dejar mi pueblo bajo un tirano sin escrúpulos...

-Sea así tu voluntad, hermano mío... pero el destino aún no estaba escrito para ambos… y menos si nos dejaron aparecer… sería incompresible que nos dejaran venir… para ver de nuevo cumplirse un mismo destino…

Entre dos mundos paralelos, se creó un vórtice que los unía en una sola forma, en ese preciso momento en aquella estancia del castillo comenzó a crearse un remolino de viento… los presentes se taparon la vista… pensando que era brujería… huyeron del lugar, todos menos el Rey y su hermano… ambos podían ver mi imagen con la Dama del Bosque abrazados en esa cúpula de luz… ambos no creían estar viendo lo que veían… pero era cierto… y más al ver como salía yo de esa visión con ella…

Ambos se retiraron contra una pared… la Dama seguía abrazada a mí… temerosa de lo que acontecía… sin saber cuál sería el resultado…

-Tranquila, no pasa nada… estás conmigo para cambiar el destino que te llevó a hacer todo lo que has hecho para reclamar lo que querías…

-Dijiste que disfrutaste viéndome mendigar...

La miré con una mirada muy dulce…

-Mentí, tenía que hacerlo o verte vagando mil años más sin rumbo y ya es hora de que cambies tu vida y hagas tu labor verdadera… que es ayudar a los demás…

-¿Ayudar yo?

-Sí, aunque te parezca mentira… viniste a este mundo para ayudar y no para expandir oscuridad…

Me dirigí al hermano del Rey…

-¿Ves esa sombra?

-Sí...

-¿Quién eres?

-Eso no importa… lo que importa es que veas a tu peor enemigo… el que te seguirá mil años más… sin dejarte respirar, ni vivir, ni sentir, ni dormir.

Cada noche te desvelará, cada vida que tomes la destruirá como un papel mojado, por no reconocer que te equivocaste… llevas mucho escudándote en una culpa sin razón. Tu hermano hizo honor a su nombre, a su linaje… tu sólo fuiste una mancha negra que perduró en los libros de las sombras…

-Dile la verdad, está a tu lado, todavía está vivo…

-¿Esta mañana quien te visitó… fue tu madre?

Él se quedó de piedra al escuchar eso…

-¿Cómo sabes eso? nadie lo sabe…

-¿Que le dijiste a tu madre? no te de vergüenza…

Él bajo la mirada, como asintiendo a la verdad presente …

-¡Hermano!, ¿madre está muerta? ¿qué te dijo… que pasó?

Dejó la espada en el suelo y se sentó entre los restos del salón…

-Le dije que no podía parar esto, que era muy tarde, que si me retractaba de mi acto… mi ejercito dejaría de verme como un jefe y me vería como un cobarde…

-Tu, nunca has sido un cobarde, siempre te he tenido como mi mayor patrón, después de nuestro padre.

Antes de morir, nuestro padre me pidió que cuidara de ti, que a veces eres una cabeza loca, sin control… pero de buen corazón… nadie diría que eres un cobarde por rectificar y reconocer que has llegado muy lejos para conseguir algo, que en verdad no quieres.

Tú eres un alma libre como nuestro padre, tú quieres irte y ver mundo, conquistar tierras y encontrar tu reino, esto para ti es una prisión y tú lo sabes...

-¿Cómo me conoces tanto?

El hermano, soltó una sonrisa antes de abrazarlo…

-No fui yo, fue nuestro padre quien me enseñó a verte con sus ojos…

-Tienes razón, yo no quiero esto y nunca lo he querido, dame un abrazo, Hermano...

En ese preciso momento la sombra desapareció de mi mundo, como si nunca hubiera existido… la Dama se acercó a sí mismo y le dijo mirándole a los ojos…

-Gracias por salvarme...

-Es hora de marchar, le respondí yo…

Y poco a poco dejamos un mundo paralelo, para volver al nuestro… seguíamos estando dentro de la cúpula de luz y ya la pude retirar…

-¿Sabes una cosa?

-¿Nunca te hubiera podido dar lo que buscabas?

-¿Porqué?

-Por que eras tú la que te tenías que perdonar a ti misma, yo nunca te culpabilice de nada… en cambio tu si… te culpabilizabas de tus actos…

-Y todavía queda una sorpresa…

-¿Cuál?

-Levántate y mírate...

Se puso en pie y pudo ver que su aspecto había cambiado, de oscuro a luminoso…

Se abrazó a mí, como nunca lo hizo antes, en cualquier otra vida…

-¿A que esperar?

Me miró como despistada… ¿no comprendía el mensaje?

-¿No lo escuchas? hay un niño perdido en el bosque, ese es ahora tu trabajo ayudar a las almas perdidas…

-¿De verdad?

-Sí, de verdad… anda que llegas tarde y tienes mucha faena pendiente…

Nuevamente me abrazó, esta vez llorando… y con un corazón y un alma nueva entre sus manos…

-¿Nos veremos algún día?

-Sí, cuando tú quieras… para que enseñes a mis niños, seguro tendrás mucho que enseñarles y aportarles en su caminar…

Poco a poco se disolvió entre las ramas de los árboles para afrontar su nueva vida de luz y esperanza.

Tras terminar mi labor, todo tiene su contrapartida… el desgaste energético fue considerable, tanto que empecé a pagar el esfuerzo realizado, además tenía varias heridas producidas por las piedras… empecé a sentirme mareado y me tuve que sentar…

De lejos podía escucha las ruedas de un carro chocando contra las piedras del camino… pensé que eran el Maestro y Noé que llegaban tras un largo camino plagado de dificultades…

Escuche de lejos y en forma de eco una voz cercana y familiar…

-Hola, hola... ¿dónde estás?

Poco podía responder con mi voz fatigada y casi anulada…

-Aquí...

Fue lo único que pude responder… mientras a duras penas pude ver a Noé correr a mi lado…

Pude escuchar como Noé le decía al Maestro…

-Trae el botiquín, deprisa...

-Tranquilo ya estamos aquí, ya pasó todo…

Seguía sin distinguir que era cierto o que era mi deseo… era como estar en una nube, como perdido…

-¿Me oyes?

-Sí, respondí levemente…

Noé seguía mirando a todos lados buscando a la Dama del Bosque, pues no la veía y eso la asustaba… por la reacción que pudiera tener al ver cómo me atendía…

Estiré la mano y como pude le dije…

-Se fue, se fue… ya no está aquí…

Noé me miraba y decía…

-Está bien… te entendí… ya llega el botiquín… ¿Qué haré contigo?

Aún pude soltar una sonrisa y decirle…

-No te librarás de mi tan fácilmente, soy duro de pelar…

Sentía su mano en mi mejilla… mientras sacaba cosas de la mochila… y ese es mi último recuerdo… pues perdí el conocimiento…

¿Os preguntaréis quién es el Maestro? en esta historia tan profunda… ¿Noé y yo mismo? cada uno de los personajes mencionados y que correlación tienen entre sí…

Eso es algo que tendréis que averiguar vosotros mismos…

El descanso del Maestro

Dicen que el Camino del Despertar es duro, por lo que conlleva de sacrificio, entrega, continuidad y mucho amor por uno mismo… pues en muchos momentos del camino, a veces, olvidamos darnos eso que damos a los demás…

Sin duda alguna estos días han sido muy duros a nivel físico… por el desgaste físico que he tenido… pero si tuviera que volver a pasar por ello lo haría… pues si no lo hubiera hecho yo, nadie lo hubiera hecho…

Esto lo aprendí del Maestro "el destino nos pone en un lugar para poder efectuar un trabajo, tanto interno, como externo."

El trabajo interno siempre está presente, el externo si no lo realizas tú… queda pendiente y esas almas pasarán por un camino que no les corresponde… de hecho, ellas esperan que tu estés ahí, tal y como se acordó… por eso en cada acto que hago **cumplo con mi parte**. **Estar ahí no es una obligación es un deber** con el que nacemos y crecemos, pero el camino es muy largo y siempre nos desviamos de la senda marcada, unas veces porque queremos experimentar… otras porque nos identificamos con el sueño de otros…

Sin duda alguna es gratificante poder ver que el trabajo bien hecho es el que tiene sus frutos… frutos que cada día veo en mi entorno...

Llevo tres semanas en casa, aún sigo con mis dolencias que poco a poco van curándose… es de los peores trabajos que he vivido con el Maestro y eso que he vivido al borde de una muerte segura… pero el cuerpo físico tiene sus limitaciones, heridas, cicatrices y como no algún hueso roto.

Me cuesta caminar, ando con un bastón… lo necesito para apoyarme… dice el doctor que será pasajero, que no le de importancia… eso espero… pero he de fortalecerme… sé que aún tengo batallas que lidiar.

Al pasear por el campo… recuerdo lo vivido con mucha intensidad… lo que un alma puede llegar a pasar cuando está dormida en su propia mente.

Aprendes a tener esa pizca de humildad y comprensión…

Es curioso al sentarme en el río y ver el bosque, ya no siento temor o peligro tras sus árboles, más bien unión con ellos.

Dice el Maestro que ahora se respira otra energía en los bosques, pero sé que algo todavía tiene que llegar… quizás sea un efecto al haber cambiado un destino… pero no creo que sea más duro de lo que he pasado hasta ahora…

Esta experiencia me ha hecho ver que tengo que potenciar mi instinto… que no me puedo conformar con lo que tengo que he de subir un peldaño más…

Veo los peces saltar sobre las rocas a contracorriente… la vida sigue… aunque a veces nadie se dé cuenta… me suelo tocar mi pierna derecha… es la que más duele… será que me he negado a aceptar que tenía que evolucionar más y he retenido la energía.

Esos peces me hacen ver que no hay un final en el camino, que siempre hay una continuidad que forma parte de mi vida y de lo que me rodea.

Me gusta meter los pies en el agua, me da serenidad y calma…

Soy como un niño que juega con la corriente, que no le importa el tiempo, solo vivir y sentir como el agua se desliza entre sus dedos y a veces aparece algún pez que juega con tus dedos, como acto de amistad y unidad.

He de caminar… me lo han recomendado… me cuesta, pero me obligo a ello… últimamente me gusta andar por la orilla del río para aislarme del resto del mundo…

Dice el Maestro "Cuando pasamos por un gran bache, es normal buscar la calma".

Es cierto, me agobia el sonido, será que en esta última aventura escuché demasiadas cosas, sonidos y también que el viajar entre mundos deteriora bastante… por eso hay que tomarse un tiempo de reposo… si vuelves antes de tiempo… caerás en manos de cualquier energía por muy débil que esta sea…

Los días siguen siendo lluviosos… parece que todo ha cambiado… sin que nadie se allá dado cuenta.

El Maestro y Noé están de viaje… tiene que hacer iniciaciones, ella ha de evolucionar y el Maestro lo sabe… y tras mi encuentro se lo ha tomado muy en serio… tanto que le enseña a ver lo que no se aprende en este plano, nos lleva a planos superiores de conciencia, retiros espirituales así los llama él.

El mismo Maestro ha visto que también tiene que evolucionar, quizás estaba muy parado… pero él es un gran ser… en un día se pone y te saca hasta el ADN de una piedra, jajaja…

Todos hemos aprendido de esta aventura… hasta del más simple vibrar de energía.

Quizás dábamos por hecho que con lo que teníamos era suficiente.

Las energías han cambiado y para afrontar los nuevos retos tenemos que evolucionar con ellas… es parecido a cuando actualizamos software, al terminar la actualización hay que reiniciar la máquina para que tenga efecto físico.

Al estar solo tengo tiempo de pensar en mis cosas… en lo que he andado y como no, en mi presente…

No deja de ser curioso que tenga que aprender por estas vías o quizá esta sea la mejor vía… a veces pasar por ellas te hace más sabio, más alma… otras al contrario… si eres débil de alma caes y te hundes en una depresión…

Yo creo que nacemos con esa fuerza… esa energía que nos distingue de los demás… pero esto no quiere decir que los demás sean inferiores a ti… más bien todo lo contrario…

Cada uno evoluciona a su manera y en su medida… de ahí que el Maestro nos diga "Que nadie está por encima de nadie, que nadie es inferior porque su evolución sea más lenta, sólo que está hecha a su medida."

¡Hace frío! se acerca una tormenta… el viento sopla por encima de las copas de los árboles avisando de un cambio… que beneficiará a la Madre Tierra y a sus hijos… pues la tierra está algo seca y ya toca que se enriquezca con el agua y regenere el lugar.

Es curioso el silencio de una casa cuando está vacía… sólo escuchas tus pasos sonar sobre la madera… el chisporrotear de la chimenea, de sus ascuas… subir por ella, mientras sientes el calor de una buena taza de té entre tus manos y te recreas mirando el humo del té.

La mecedora del Maestro te arropa y es como sentirse en los brazos de tu madre acogedora, agradable y relajante… muchas noches me quedo dormido en ella… es algo especial que has de vivirlo para poder sentir y compartir su efecto…

Escucho los portones golpear las paredes y eso me indica que hay que ir a cerrarlos…

Al salir veo que cae una intensa lluvia… pero no hay rayos, es una tormenta sin energías negativas… es de las que limpian el campo y las casas que muchas se cargan de energía por el día a día que vivimos.

Bueno, es hora de descansar las piernas… el día ha sido muy largo…

Ya me disponía a apagar las velas del comedor cuando…

-¡Toc, toc!

Escuché unos golpes en la puerta principal… me sorprendió… pues a estas horas ya nadie suele venir y menos en una noche de lluvia…

Recogí mi bastón y me dirigí a la puerta con un candil en la mano… pues el resto de la casa ya estaba a oscuras y era lo único que tenía a mano… giré el pomo de la puerta y levanté el candil…

-¿Quién es?

Al levantar el candil, pude ver una silueta…

-Hola, buenas noches Maestro...

-Hola buenas noches… me parezco algo a él, pero el Maestro no está en estos momentos… está de retiro, haciendo unos trabajos espirituales….

-Vaya pensé que era usted…

-No importa… pero pasa… estas mojada… te daré algo de ropa seca… ¿has cenado?

-No pude… la tormenta apagó mi fuego… mi plan era llegar aquí con la luz del día… pero tengo frío y hace días que no como de caliente y mi espalda me pide una cama…

-Bueno, es normal que cuando iniciamos un camino terminemos muy cansados… ponte junto a la chimenea… te buscaré algo de Noé… seguro que tendrá algo…

-¿Noé?

-Bueno es un diminutivo que le puso el Maestro a una compañera que desde hace un año está con nosotros…

La chica ciño las cejas, como buscando una coincidencia… rápidamente corrió para coger mi mano y con un gran brillo de ojos, me dijo…

-¿Es Noemí? la vi vibrando al decir su nombre… como si la conociera…

-Sí ¿la conoces?

-Sí, si… ¿dónde está, ¿dónde?

-Tranquila, está con el Maestro de retiro, dentro de unos días regresaran…

Se puso muy feliz… tanto que me abrazó como si fuera su hermano… de lo contenta que estaba… me seguía sorprendiendo… pero no sé porque me hacía sentir bien y le devolví el abrazo…

-¿Cómo te llamas? le pregunté...

Elevó su mirada… mientras me abrazaba…

-Soy Luna...

-Curioso nombre y bonito a la vez...

-¿Qué edad tienes? te veo muy joven para estar viajando sola y más por estos mundos...

-Tengo catorce años, casi quince... y soy un alma en evolución permanente...

Me sorprendió su respuesta y lo profundo de su afirmación… las niñas a su edad se interesaban por los estudios y algo por los novios… pero esta niña parecía buscar otra cosa muy distinta a las demás...

-¿Luna? me suena mucho… pero no caigo o puede que a estas horas esté muy espeso para pensar…

-¿Conoces al Padre David?

-Sí, lo conozco de mis primeros inicios…

-Espera un momento... ¿tú no fuiste la chica que estuvo con Noé? la que tuvo que volver… al pasar por un intento de violación… y en ese momento Noé te dijo que no estabas preparada para estar con el Maestro.

-La misma...

-¿Has venido tu sola? en ese momento Luna bajó la mirada como ocultando algo…

-¿Que ocultas Luna?

Ella se dirigió a un sillón y tras sentarse… juntó las rodillas y me miró… con cara de arrepentimiento…

Me acerqué a ella y le acaricié la mejilla para darle seguridad y confianza…

-No has de tener miedo… ya estás en casa…

-Hace seis meses… me encontré con una mujer que vestía de oscuro… estaba en un bosque… y me dijo que tenía que ir y buscar a mi Maestro… que ya era hora de iniciar el camino que llevaba tiempo retrasando.

Mi Maestra me dijo que no era mi hora… que me prohibía viajar sin su permiso.

No le hice caso… pero necesito ver al Maestro, necesito estar con él y preguntar tantas y tantas cosas…

-¿Cuánto tiempo llevas fuera de casa?

Volvió a bajar la mirada…

-Cuatro meses…

-¿Qué?

-Lo sé, lo sé...

Se reclino sobre mí y empezó a llorar desconsoladamente...

-Tu Maestra estará muy preocupada… sin saber nada de ti en todo este tiempo… ¿lo entiendes?

-Sí, pero algo me obligó a salir… recordé lo que me dijo esa mujer… algo, dentro de mí, me decía…"Sigue tu instinto"

No pude más que abrazarla para calmar su alma…

-No pasa nada, ya estás aquí… mañana llamaremos a tu Maestra…

Levantó la mirada…

-No quiero volver ¿me harás regresar?

La miré con mucha dulzura…

-No, has hecho bien… desde hoy estás bajo la tutela del Maestro y con la ayuda de todos nosotros...

La vi con los ojos brillantes… llorar de alegría… fue como reforzar su sueño, su meta…

-¿De verdad?

-Sí, pero ahora tienes que cambiarte… calentarte… tomar algo caliente y mañana charlaremos con calma y te mostraré tu nuevo hogar… de acuerdo…

-Sí...

Tras secarse las lágrimas del rostro… nos dispusimos a cerrar los portones y hacer que su hogar la recibiera con todo el amor y cariño que todos habíamos recibido en su momento…

-Por cierto...

-Dime...

-Te presentaré a la Dama del Bosque… la verás muy cambiada… ella también ha evolucionado y seguro que estará contenta de verte… ahora ya no va de gris, es blanca...

-Que ganas de verla... pero eso será otro día… antes hay que arreglar cosas… comprar cosas para tu cuarto y prepararte para tu nueva vida!…

-¿Tendré un cuarto para mi sola? ¡Bien…!

Me volvió a abrazar, como si nunca hubiera tenido algo sólo para ella…

Esta alma es un trozo de pan… expresa sus sentimientos sin miedo, eso es bueno… que no retenga su esencia…

Tras cerrar los portones, nos dispusimos a preparar su cena…

Era gratificante ver como de a gusto se comía lo que habíamos preparado para ella… era como si llevara días comiendo poco y mal. Comía con ansias…

Yo seguía pensando cuál debía ser la razón por la que la Dama del Bosque la buscó… que razón tuvo para convencerla de hacer este largo viaje… hasta a Noé le había costado llegar hasta aquí… mucho más una niña de catorce años y sola.

Hay cosas que se me escapan, que no termino de hilvanar… es cierto que cuando estuvo con Noé no estaba preparada, pero cuatro meses sola… es mucho tiempo, para aprender…

El camino en soledad es duro, pues tu mente siempre está pensando mal de esto y de lo otro… de lo que te puedes encontrar en el camino… de si te pueden hacer daño y nadie se enteraría de si estás viva o muerta…

Pero aquí está… es una luchadora… se nota su energía…

La pregunta es…

-¿Por qué la Dama la ha traído?

-Bueno, ya es hora de descansar… mañana seguiremos con nuestra charla… y a ver en que te puedo ayudar…

Luna seguía entusiasmada con estar aquí y poder ver al Maestro, según me contó… lleva años queriendo estar con él, pero siempre le habían dicho que no estaba preparada… que no era su hora… quizá ahora sí lo era…pero eso lo veremos a su debido momento…

Una nueva generación

El día despierta con un cielo despejado, tras una noche llena de lluvias y sorpresas…

Se pueden apreciar entre las colinas los primeros rayos de un sol que comienza su andadura tímida y progresivamente.

Se respira un aire limpio tras la lluvia, algo que te regenera por dentro… el sentir esa peculiar tierra mojada que te invita a despertar con ganas y afrontar el día con nuevas y renovadas energías.

Luna aún sigue durmiendo Luna… por lo que he ido abriendo las contraventanas para dejar entrar los primeros rayos de sol.

Celia ha puesto el té al fuego, mientras yo terminaba de abrir los portones…

-¿Qué hace Celia aquí?

-¡Pues!

Hace un rato baje al pueblo para recoger el pan recién hecho… al contrario que en la ciudad… es mucho más sano comprar el pan recién hecho que no congelado… cambia mucho poder recoger el pan directamente del honor de leña y sentir como crujen las ascuas y sentir ese olor que es imposible de imitar… por mucho que quieran las grandes multinacionales… que te vende una masa que nunca será sana por mucho que adornen su producto.

Aquí, bajar al pueblo es un acto de salud… así la gente sabe que estas bien… sino irían a casa para preguntar si está todo bien…

Aquí en el pueblo es todo muy distinto… todos nos preocupados por todos… lleves aquí un día o cincuenta años… y desde luego, de paso aprendemos cosas nuevas pues de todo sacamos evolución, incluso de donde menos te lo esperas, te sale un aprendizaje.

Estaba pagando el pan y sentí como me tiraban del pantalón… al girarme pude ver a Celia…

-¿Cómo se llama?

Tras darle dos besos en las mejillas…

-¿Cómo eres tan maruja?

Celia se recolocó en su sillita…

-Yo no tengo la culpa de que mis guías me tengan al día de todo...

Me eché a reír, era imposible verla toda muy puesta y engalanada de sus mejores atuendos…

-¿Y cómo vas tan guapa para coger el pan?

-Me gusta ponerme guapa...

-Ya...

"Nos reímos los dos a la vez"

-¿Te apetece una tostada con aceite y un buen té?

Rápidamente asintió con la cabeza…

-Que trasto eres, ten cuidado con la calle… hay mucho barro de ayer noche… y se llama Luna...

Puso cara de curiosa…

-¿Qué edad tiene?

-Casi como tú… catorce, tirando a quince...

-¡Qué bien… así podremos hablar de cosas de chicas…

-Pero no la atosigues… está cansada y ha de ir asimilando todo poco a poco...

-¿Ya está despierta?

-No, fue una noche muy larga y está cansada, llegó empapada y seguro que quiere disfrutar un poco más de la cama… es normal de un viaje tan largo.

Al llegar a casa Celia se ofreció a poner el té, mientras yo terminaba de abrir las contraventanas…

-¿Cómo va el té?

-Está casi… como el pan...

En ese momento apareció Luna…

-Hola buenos días, perdón por no haberme levantado a ayudar con el desayuno… me quede dormida…

-Tranquila, no tiene importancia, toma asiento, ya estamos casi...

-Te presento a Celia… Celia está es Luna...

Ambas se fusionaron en un dulce abrazo…

-¿Te gustan los cuarzos?

-Me encantan y más los zafiros rojos…

A Celia, se le veía encantada, radiante al tener una amiga de su edad...

-Recordar que en la mesa no se habla de piedras… se habla más bien de uno mismo o de lo que surja en el momento…

-Vale, vale... repitieron las dos a la vez… mientras cogían sus tostadas y su té para ir a la mesa del comedor y charlar entre ellas… mientras yo seguía mirando por la ventana como el sol iba calentando nuestro hermoso valle…

Si te ponías de pie veías los micro-arcoíris de cada hoja, lo que ampliaba la belleza del bosque en una hermosa postal de las que se queda en la retira para el resto de la vida…

Me giré y pude ver a una hermosa generación que nacía con fuerza y con un espíritu libre, que me hacía sentirme orgulloso de ser coparticipé de ese gran contribuir, con nuestras pequeñas enseñanzas.

Pero a veces uno se pregunta: ¿Quién enseña a quién? eso es algo que a ciencia cierta no podemos saber en toda su amplitud y grandeza.

Pero si podemos saber que nacerán grandes almas… que guiarán a otros… eso ya es toda una recompensa… sea quien sea el que enseñe, ellos o nosotros.

Me dirigí a la mesa donde estaban ellas, las vi muy unidas y no las quise molestar… me hacía falta estirar las piernas pues empezaban a dolerme de nuevo…

-¡Os dejo ahí, me voy al porche!

"Ambas se miraron y aceptaron mi decisión"… pero entre nosotros… fue un auto reflejo, estaban por sus cosas… Jajaja…

-Son jóvenes, es normal y es lo que han de hacer disfrutar de la juventud, luego la vida y los caminos cambian y es más complicado poder tener esos momentos donde sólo importa el cotilleo, los romances y como no esa hermosa pubertad llena de experiencias y vivencias que nunca se olvidan…

Al llegar al porche y estirar la pierna el dolor disminuyó un poco y fue de agradecer.

Escuché una voz familiar...

-¿No pensarás que he venido para que te sientes y hagas el vago… verdad?

-Maestro...

Miré a mi derecha y vi el carro con Noé al mando… con las riendas…

-No, no te levantes… no hace falta… ¿cómo está la pierna?

-Duele, pero se va llevando como se puede…

-Ya te queda menos, es cuestión de calma y de saber llevarlo, ya va cicatrizando…

-Le veo cambiado y Noé irradia otra energía…

-Ha sido un retiro muy intenso y duro para ambos, luego te contamos…

-Tenemos visita...

-¿Visita?

-Le busca a Usted, dice que arde en deseos que estar con Usted…

-¿Y quién es?

-Pase y alégrele el día, seguro que le salta a los brazos y todo…

Nos echamos los dos a reír… a la vez…

-Se llama Luna...

-¿Has dicho Luna? es imposible… no le toca… aún no es su hora…

-La buscó la Dama del Bosque y ella le dijo que viniera…

-¿Es broma?

Ceñí las cejas...

-Ni mucho menos… pero más sorprendida estará Noé al verla… lleva cuatro meses en camino para llegar aquí y el viaje lo ha hecho completamente sola…

-¿Sola? y que ha hecho su Maestra...

-Se fugó de casa…

El Maestro se quedó mirándola, pensando y como buscando una respuesta a lo que escuchaba, bajo la mirada… apretó su bastón con fuerza…

-Bueno, dejemos que el destino marque que hacer y como guiarla… si está aquí será por algo… y ese algo te une a ti con ella…

-No, no… viene sólo por usted…

Me miró dulcemente…

-Todo ha cambiado amigo mío...

Mientras apretaba su bastón con la mano...

-Bueno voy a darle una sorpresa…

Mientras el entraba en la casa, yo bajé al encuentro de Noé, para darle un fuerte abrazo…

-¿Cómo fue todo? amiga mía…

Noé me abrazó fuertemente, te he echado de menos… ha sido muy duro… he dejado muchas cosas en la montaña y otras que tendré que dejar próximamente…

“De repente un grito sobresaltó a Noé”

-Pero ¿qué jaleo es ese?

Se escuchó de fondo...

-Maestro, Maestro, es Usted...

-Anda corre… te sorprenderá lo que vas a ver…

Noé salió corriendo y vio a una niña subida a los brazos del Maestro, como si se le fuera vida…

El Maestro se volvió con una sonrisa de oreja a oreja…

-Es un cachito de cielo...

-¿Luna? ¿no puede ser?

La sorpresa de Noé fue descomunal, casi se le sale el corazón del pecho…

-Noemí, Noemí...

Luna saltó como un rayo de los brazos del Maestro, para saltar sobre Noé… se la comía a besos literalmente… como si hiciera siglos que no la viese…

-¿Cómo es posible que la Maestra te haya dejado venir? bueno luego me lo cuentas… que contenta estoy de tener aquí…

El Maestro miró a Celia, con la ceja ceñida de malos perros…

-Venga, que no te la vamos a quitar...

-No es justo...

El Maestro le acarició la cabeza...

-Cómo te va a costar cambiar...

Echándose a reír…

-Venga, dame un abrazo, tú también eres mi cachito de cielo… ¿lo sabes verdad?

Al final a regañadientes, se abrazó al Maestro…

-Hay cosas que no cambian… pero es normal que tenga celos, nunca ha tenido una amiga de su edad y ahora esta celosa de todo aquel que le roba protagonismo… Niños, jajaja…

Y así fue este gran amanecer lleno de sorpresas y alegrías…

Tras las presentaciones y desayunar todos juntos, se empezó a hacer un croquis del día…lo primero era habilitar una habitación para Luna… teníamos que bajar al pueblo y comprar una cama, un armario y una coqueta… pero antes teníamos que llamar por teléfono para tranquilizar a la antigua Maestra de Luna, que sin duda alguna estaría muy angustiada por su partida de casa...

-Sin duda alguna la reprimió… por su incesantes arrebatos y falta de cordura ante una pataleta que podría tener que ver con que era peor andar sola por esos mundos de Dios...

-Tras una buena regañina y pasar a la tutela al Maestro, nos dispusimos a ir a por los muebles… Luna estaba fascinada por lo que veía, para ella era como estar en una nube… era como cumplir su sueño: estar con el Maestro y tener una amiga tan especial como Celia.

Mientras tanto yo seguía con mi reposo…

-¿Podemos hablar? me preguntó Noé…

-Claro que si…pasa eso no se pregunta… venga pasa y siéntate...

-¿Qué te perturba? Miró al cielo y respiró hondo… como buscando su centro de equilibrio...

-Bueno, estos días en la montaña he podido ver con más claridad muchas cosas… me han hecho ver que tengo mucho miedo a perderte… que son injustificados… pero son dañinos para mi evolución… he aprendido que no puedo retener lo que siento y en verdad no controlo… La Dama del Bosque me ha hecho ver mis debilidades y miedos… Es como tener una casa sin cimientos, cualquier cambio me desmonta y no hay razón… es como ser débil en sentimientos…

Creo que ella me ha hecho ver que dependo de lo que llama el Maestro "humanidad"

-Somos humanos, eso no lo puedes reprimir… ni anular… irías contra tu propia energía… terminarías bloqueando tu propia energía femenina y eso no toca…

-Eso dice el Maestro, que no puedo dejar de ser lo que soy, lo que siento como mujer…

¡La cogí de la mano!

-¿Y tú que piensas o quién quieres en verdad?

Se levantó y fue hasta la ventana…

-No lo sé… sigo con muchas dudas… respuestas que no tengo y que necesito tener… para saber a dónde voy y porqué…

Mi decisión está vinculada a otras cosas que pueden cambiar el destino de otros o no, según se mire…

En ese momento se giró y se apoyó en el marco de la ventana… me miró y me preguntó…

-¿Tú qué harías?

-¿Si estuviera en tu lugar? sinceramente… seguir mi instinto...

-¿Sabes porque está aquí Luna?

-No he pensado en ello...

-Yo creo que, si lo sabes, dentro de ti mismo lo sabes, aunque no lo reconozcas o no quieras verlo...

-Quizá, no le puesto atención… sinceramente…

-Ella ha venido para ocupar mi lugar… yo tengo que hacer un viaje muy largo por la montaña… en la montaña me hicieron saber que tenía que bajar y hablar contigo… para luego regresar… y me da miedo saber que quizás no vuelva… o que mi vida va cambiar… lo cual implica estar lejos de este lugar o que mi enseñanza terminó y he de tomar un nuevo camino…

Me levanté y me acerqué a ella, la cogí de la cintura y le dije…

-Sea cual sea tu decisión o destino… aquí me tendrás… yo no voy a ninguna parte... y cerré mi frase con un beso en sus labios…

-Ahora te toca partir, te esperan…

-Gracias, por ser como eres y tener paciencia conmigo...

-Tu mundo va a cambiar y no te imaginas de qué forma...

La miré y pregunté ante esa afirmación que también me dio el Maestro hacía un rato…

-¿De qué forma?

Todo a su tiempo, amigo mío todo a su tiempo…

Cerró su frase con un beso…

-Tengo que irme, tengo un destino lleno de preguntas y respuestas que encontrar para poder renacer de mis cenizas...

-Hasta pronto, cuida de Luna…

Mientras decía esto, me pasó las yemas de sus dedos por mi mejilla, pero no parecía un adiós… más bien un hasta pronto…

-Ya tengo mis cosas...

-¿No te despides de Luna?

-Creo que ella sabes más de lo que crees… y que ha venido justo cuando tenía que hacerlo, para que yo pudiera estar libre con la decisión a tomar y eso la hace grande como alma y como persona… Espérame y cuida del hogar...

-Siempre, mi pequeña y dulce alma…

Mientras la veía alejarse con el carro entendí que ella necesitaba saber más de sí misma, su pasado aún estaba pendiente… algo en su vida la persigue y aún no está fuera… más bien está muy dentro de ella… tiene que liquidarlo… o siempre huira de sí misma y nunca tendrá un hogar donde morar y ser feliz…

Seguía pensando en su afirmación…"todo tu mundo va a cambiar..."

-¿A qué se refería? y en que cambiaría la presencia de Luna y el acto de la Dama del Bosque… todo parecía encajar en un puzle gigantesco y cada pieza tiene su lugar… aunque pareciera imposible…

De lejos… puede ver el carro del Maestro, con Luna y Celia… y todas las cosas que habían comprado para montar su habitación… mientras ellas jugaban entre sí, como si la vida no hubiera cambiado…

Cuando el Maestro paró el carro y me vio de pie en el porche de casa me dijo...

-¿Solo? mi gran amigo... mientras me aportaba esa mirada dulce protectora…

-Venga chicas… ya me hemos llegado!...

Bajó el Maestro el primero para ayudar a Celia y sentarla en la silla de ruedas…

-Tú Celia, puedes ir subiendo y planea como poner las cosas mientras lo bajamos todo…

-Vale...

Celia me miró al pasar…

-Hola, ¿qué tal… cómo estás? me preguntó Celia…

-Pues muy bien ¿lista para montar la habitación?

-Por supuesto, ¿acaso lo dudabas?

-No, válgame Dios...

Aquella salida provocó la risa de todos...

-Anda sube...

-Voy, voy...

-¿Cómo fue la compra?

-Perfecta… hemos encontrado de todo...

-¿A qué si Luna?

Mientras le frotaba el pelo…

-Sí y todo muy chulo… no nos falta nada de nada...

El Maestro me miró a los ojos y me preguntó…

-¿Ya se fue?

-Sí, hace un rato emprendió el camino...

-¿Quién se fue?... "preguntó Luna"…

Ambos nos miramos y escuchamos…

-Noé...

Nos sorprendió su intuición…La vimos conectar con su esencia interna, levantó la mirada… ciño las cejas y tras una pausa… dijo…

-Volverá...

La vimos muy segura de su afirmación, mientras metía su colchón…

-Noé tenía razón… Luna sabía más de lo que ella misma creía…

Se acercó el Maestro y puso su mano en mi hombro…

-Sólo ha venido para compartir… es su destino y lo sabía desde que bajó de la montaña.

Ha sido más duro para ella bajar y decírtelo que quedarse y terminar su labor… pero necesitaba saber que lo sabías y entendías…

-Lo sé y lo comprendo… por eso le he dicho que se fuera...

-Has hecho bien… tiene que terminar un ciclo de su vida y aquí no hubiera podido terminarlo…demasiadas perturbaciones emocionales… cuando lo termine sabrá que quiere y lo más importante… cerrará su pasado, sin dejar una simple coma por trasmutar… sería infeliz toda su vida si dejara lo más mínimo escondido en la recamara…

-Lo sé, lo sé...

-Bueno, comencemos a subir cosas… la noche se nos echa encima...

-Tú prepara la cena… nosotros montaremos el cuarto… bajo la supervisión de Celia, claro está, y eso nos abrirá mucho el apetito… y una mirada entre los dos… lo dijo todo...

Y así, comenzó un nuevo ciclo en nuestra humilde casa… con una nueva alma llena de misterio… que nos hará crecer a muchos niveles…

De momento… al terminar de montar el cuarto hicimos una buena cena… merecida… el día había sido muy largo y duro… en algunos aspectos…

A la mañana siguiente… estaba en el comedor… preparando la lista de tareas del día…

-Hoy toca organizar la agenda, recoger leña, comprar comida, visitar el orfanato y repartir la ropa que nos dejaron hace unos días…

Y de repente como un saltamontes… Luna saltó delante de mí como por arte de magia...

-¿Qué hacemos? preguntó Luna...

-¿Tan temprano?

-Mi maestra siempre decía…"al madrugador pocas pulgas pican"

-Sólo son las cinco de la mañana…

-Pues más a mi favor...

Mientras me miraba con los ojos vidriosos de alegría y de hacer cosas nuevas…

-¿Pero si aún duerme el Maestro?

-¿Y?

"Me salió una risa tonta"

-¡Eres un peligro!… ¿lo sabías?... "y giro la cabeza a ambos lados"

-Mnnn, lo justo para hacerte feliz y lo más importante serlo yo…

-Hoy será un día muy largo… dijo, asumiendo como un acto de resignación y viendo el percal...

-Venga, coge las mochilas… hay que ir a comprar la comida y a primera hora están las mejores piezas… en el mercado que está a una hora de camino… así pues a espabilar toca…

-Pues vale, ¿cuando salimos?

-¿Nunca te cansas?

-Eso decía mi Maestra muchas veces...

-Creo que tu maestra debió soplar de alivio… al saber que ya no tendría que aguantarte más… ni padecer por no saber de ti...

-Bueno, eso también lo decía... a veces me superas Luna…

-Pues tenía mucha razón, mujer muy sabia...

-¿Seguro que no quieres volver con ella?

Puso la mano en su cabecita y pensó...

-Mnnn, pues no…

-Dios que cruz… anda tira… que no me arrepienta de llevarte al mercado conmigo… todavía estoy a tiempo de pensármelo…

-¿Puedo conducir yo?

-¿Conducir tú?

La miré y me respondí a mí mismo…

-No preguntes, no preguntes...

-Ahora sé… cómo se siente el Maestro conmigo…

-Pero despacio que el camino está muy malo por las últimas tormentas...

-A sus órdenes mi capitán...

Reír, me voy a reír mucho...

-Anda tira…

Y así comenzó un día lleno de peculiaridades y nuevos retos… como trabajarme la paciencia… y mucho…

A lo largo de camino… puede ver a Luna disfrutar con cada árbol, con cada cuesta y cada río, incluso decirme…

-Un segundo… quiero sentir el agua entre mis dedos... y de un salto bajó del carro y corrió entre las pequeñas hierbas… arrodillándose… como si fuera algo que nunca había vivido… recoger el agua entre las manos y elevarla sobre su cabeza y dejarla caer para ver su trasparencia… mientras el sol atravesaba cada gota para convertirla en pequeños arcoíris que iluminaba su rostro…

Tuve que ir hasta donde estaba y preguntarle…

-Una pregunta… ¿en qué tipo de casa vivías con tu Maestra?

Luna me miró como muy tímida… una faceta aún no vista hasta entonces…

-Se dice del lugar de donde vengo que sólo se sale de allí cuando uno ya ha aprendido lo que es su mundo interno… mientras uno no se conoce a sí mismo, nunca sale de sus cuatro paredes… es como tu hogar, pero a la vez es tu prisión…

La vi con la mirada perdida… como si aún no entendiera por qué había tenido que renunciar a la vida, a los ríos, a las montañas, a los prados y a las flores que sólo podía ver a través de una reja…

-Así es como los niños huérfanos, sin padres, crecemos… Yo nunca volveré a esa prisión… y se dio la vuelta con lágrimas en los ojos…

-Por eso… al llegar aquí… y ver que era todo como decían los peregrinos… que el Maestro era muy distinto... que él te daba alas para volar… caminos para perderte… sin pensar en a qué hora te acuestas o a qué hora te levantas…

Ahora sé lo que es estar libre de cadenas…y aquella noche… cuando estaba sentada mirando entre las rejas de mi prisión… la Dama del Bosque me ofreció ser libre y acepté sin dudarlo...

Ya conoces mi historia o una parte de ella y lo que he de sanar de mi alma...

-Sé que tengo que aportarte algo que me supera, y sinceramente estoy deseando dártelo…

Fue los más hermoso y delicado que me habían dicho nunca… sentí ganas de abrazarla… por lo que retenía en su corazón…

Ahora comprendí el porqué de su forma de actuar… porqué al ver al Maestro reaccionó como lo hizo… fue ver su salvación… a su liberador… al que tenía la llave de su cárcel… por eso bajó la mirada cuando le pregunté si su Maestra lo sabía… recordó su prisión y lo que le esperaba si volvía a ella...

Por eso… esta mañana fue la primera en levantarse y decir que hacemos… donde vamos… cuanto nos vamos… Deseaba salir de esas cuatro paredes… para saciar sus ansias de vida y sentirse viva…

En ese momento…

-Mira Luna...

-Dime...

-¿Ves las copas de los arboles?

-Sí...

-Bien, quiero que escuches el viento… cierra los ojos y viaja hacia la copa del árbol… mézclate con sus ramas y dime que sientes…

Vi a Luna, cerrar los ojos… y concentrarse…

-Puedo ver cada pequeña rama… la savia de cada una de sus hojas… nos vemos de lejos, es como si las ramas me abrazaran… siento cariño… un cariño especial… nunca vivido antes… es más que un sentimiento… también veo una llanura lejana llena de árboles, entre ellos hay un lago y veo a una Dama, creo que es la Dama del Lago y me invita a ir con ella… pero me dice que ahora aún no puedo ir… que tengo que sanar mi alma… para poder entender sus enseñanzas… pero que tenga paciencia...

Dice que mi Maestro… es el que me hará ver… sentir y evolucionar… a niveles muy íntimos… Estoy de nuevo junto a ti...

Puedo sentir mi cuerpo, su calor, su textura y como regreso a él poco a poco… Guau, que pasada de viaje...

-Eso sólo es una minucia de todo lo que aprenderás con el Maestro.

La vi respirar con más calma… más serena… más ella misma...

-¿Nos vamos?

-Claro...

Tras dejar el río nos dirigirnos al pueblo para comprar las provisiones…

Me resultaba algo difícil de comprender cómo se podía enseñar a alguien a ser libre y auto conocerse a sí mismo dentro de una especie de cárcel… sin tener contacto con el exterior… por el simple hecho de aplicar una doctrina desfasada y obsoleta a mi entender, como alma en evolución…

Podía ver lo viva que estaba Luna… tras sentir lo que es ser libre… había cambiado su energía… su mirada era otra… antes la mirabas y se la veía brillar… ahora estaba viva…

Parece contradictorio… pero hay una gran diferencia entre brillar y estar vivo y en su caso… sin duda alguna.

Que no que pudiera recorrer espacios… ni sentir la vida de los animales y plantas de su entorno… no pudiendo incluso comunicarse y aprender de ellos.

El poder sentir y vivir esta experiencia… le dio confianza y seguridad… algo que, sin duda, no tenía hasta que llegó aquí…

Durante el camino hacia el mercado, me fue preguntando cosas… de donde venía… como llegué a la casa del Maestro…

Es una chica muy curiosa, le gusta indagar, curiosear y nunca se queda con duda de las cosas… siempre pregunta el motivo y la razón de algo…

Al llegar al pueblo…

-Bueno, aquí habrá mucha gente… es normal que te den algún empujón… pero es sin querer… suele ser muy normal…

-¿Te quedas en el carro o vienes conmigo?

La vi ponerse de puntillas para ver que acontecía… como si le llamara mucho su entorno… la gente comprando… pidiendo… pero se quedó fijada en una tienda…

-¿Me puede dar unas monedas?

-Claro, cómo no...

-¿No preguntas, para qué?

Me acache a su altura...

-Quieres horquillas y cosas de chicas, ¿verdad?

La vi encoger los hombros y mover los ojitos de un lado a otro…

-¡Sí!

-Anda ve y ponte guapa… pero no te alejes mucho… yo estaré comprando en la frutería y luego en la pescadería que está detrás de esta casa.

Y recuerda… aquí hay mucha gente… no te pierdas…

-De acuerdo… aquí y detrás de esta casa, lo tengo todo aquí dentro… me dijo, mientras señala su cabecita…

-Anda, trasto...

La vi perderse entre la gente… mientras yo pedía la vez en la frutería…

El mercado estaba muy lleno… y me dije… hoy es cuando llegan las frutas más frescas de la semana y hay que aprovechar…

-¿A quién le toca ahora?

-A mí... respondí… y sentí que alguien tiraba de mi jersey… era Luna con cara de mucha prisa…

-¿Qué ocurre?

-Me falta una moneda… corra, corra...

-¿Para qué?

-Es para Celia, una rosa para el pelo roja como a ella le gusta…

-De acuerdo, vuelve pronto… que ya casi he terminado...

-Yo también, sólo esta cosita y vuelvo...

-Vale… te espero justo detrás de esa casa, así ya salimos del pueblo...

-Vale...

Tras unos momentos, terminé las compras y las dejé en el carro… minutos más tarde apareció Luna…

-¿Ya está todo?

-Sí...

-Pues rumbo a casa, que no se haga tarde...

Y así fue como Luna experimentó lo que es comprar en un mercado… y como no, su feminidad o coquería como se suele decir en las mujeres…

Durante todo el viaje mantuvo la rosa roja en su mano para no perderla… era como un tesoro que guardaba fielmente para su amiga…

-¿Te gustó el mercado?

-¡Si!

"asintió con la cabeza, pero la vi muy callada… supongo que quería asimilar su nuevo mundo… y necesitaba estar en silencio… que respeté durante casi todo el tiempo de regreso a lo que llamamos hogar"…

El confluir del destino no implica aislarte de lo que te rodea, es más bien unirte a él y hacer que sea tu hogar.

¡No es el grillo el que deja de sonar en su mundo, es el mundo el que lo escucha y lo hace único!

Es fácil huir de lo que en verdad eres y sientes. Todo aquel que cree que, escondiéndose, conseguirá encontrar su lugar… es que conoció poco de su esencia y terminó siendo la sombra de lo que pudo y nunca llegó a ser.

Es más… el que se aleja de su centro termina ahogando sus penas en este mundo y todo lo que lo rodea es el culpable de todas y cada una de tus carencias.

Decía el Maestro "cuando uno se hace una herida, no le duele el corte, más bien lo que duele es tu rebeldía en no aceptar que, primero tienes que sanar para luego poder cicatrizar… y sólo cuando cicatrice, podrás elevar la cicatriz y darás paso a la nada, que te llevará a encontrar el equilibrio". Alma

El Maestro

Durante unos días hemos estado acomodando el hogar a nuestra nueva compañera de camino… que se ha amoldado rápidamente… El Maestro le sigue enseñando lo más básico, para que pueda tener raíces… pero sigue teniendo ramificaciones provenientes de su vieja estancia.

Una tarde le pregunté al Maestro...

-¿Sabía Ud. cómo era ese lugar y la forma que tenían de educar a estos niños?

Él me respondió...

-Yo no comparto ciertas pautas a la hora de educar o canalizar las energías, pero no puedo cambiar los patrones que otros tienen enraizados, más bien tienen que verlo ellos mismos para cambiar la inercia de esas energías...

Él me decía...

-Si a un niño le quitas el jugar… saltar… saber cómo huele una simple flor… y se le hace vivir tras una ventana un mundo que no puede tocar… lo hace un invalido… le cortas sus raíces… es como tener una balanza en la que sólo pones peso en un lado...

-Es cierto lo que me dice, no podemos enseñar… sin saber dar la libertad que cada uno tiene que experimentar… saber lo que es caer y levantarse... evitar que eso suceda… es como negar el derecho a vivir…

Por eso… cuando veo a Luna coger una horquilla y hacerse una cola o el simple hecho de pescar en nuestro río y estar triste por no haber pescado un pez… ella lo que hace es volver a intentarlo con alegría y fe en que el siguiente pez si lo pescará...

Eso que me demuestra que hay formas paralelas de enseñar, de compartir… sin tener que cortar las alas a quien, en verdad, desea y anhela ser libre… porque algún día algunos de ellos estarán ahí dando o aportando esa sabiduría que pocos pueden llegar a dar y no porque no puedan sino más bien porque no supimos dársela a ellos antes...

-Esa es la gran lección, el saber ver que lleva a un lado o a otro...

Si no distingues entre luz y oscuridad… nunca sabrás aportar nada a este mundo...

De ti depende ese acto, que es casi insignificante, pero es decisivo a la hora de inclinar la balanza. Una balanza en la que incluimos todo lo que importa, uno mismo… la familia… los amigos… el mundo en que vivimos… Todo forma parte de un mismo núcleo, pero si dividimos el núcleo, creamos separatividad, dolor, aislamiento.

Por eso cuando comiences a despertar… no olvides que lo que en verdad importa es lo que tienes que dejar a otras generaciones… para que ellas a su vez… sepan dejar un legado que todos al final del principio sepamos reconocer que fue el mejor viaje de nuestra existencia...

Luna y Celia estaban como embobadas mientras oían esto… para ellas era como abrirles a un mundo que nunca habían visto… él Maestro se puso detrás de mí y me dijo...

-Todo tu mundo va a cambiar, enhorabuena amigo mío por tu cambio…

Yo me quedé sorprendido con su afirmación… Noé ya me dijo que mi mundo cambiaría y ahora el Maestro por segunda vez...

-¿Qué me ocultaban o que era lo que no terminaba de ver?

Volví de mis pensamientos y Luna seguía mirándome con sus ojos brillantes...

Algo se me escapaba… pero no era algo malo… era más bien algo que en mi vida tenía que llegar...

-Bueno chicas, es hora de recoger… que tenemos que ir a por leña...

-Celia ¿te dejo en tu casa?

-No, quiero hablar con el Maestro un ratito antes de irme...

-Bueno, pues yo me voy a por leña... y como un resorte… Luna me preguntó

-¿Puedo ir yo?

-Bueno, si no tienes nada que hacer… te puedes venir, pero abrígate que hace frío...

-Vale...

Y tras recoger nuestras cosas… nos fuimos a buscar leña al bosque, mientras Celia charlaba con el Maestro de sus cosas.

Esta vez, Luna no quiso llevar el carro… más bien quiso disfrutar del viaje…

Luna me miró como queriendo decirme algo… yo la miré dulcemente…

-¿Qué callas y no dices?

La vi algo nerviosa… entrelazando su pelo entre los dedos...

¿Tú crees que yo algún día… yo seré como tú?

-Bueno, en este mundo no hay dos gotas iguales, por consiguiente, tú tienes que ser tu misma y no ser como yo...

-¿Pero, crees que podré enseñar?

-Lo importante para llegar a ese punto es saber llegar hasta él, a veces renegarás del mismo camino… otras lo amarás como tal... todos podemos enseñar… pero la pregunta es más profunda...

¿Todos llegan a enseñar? la respuesta es que cada uno nace para una labor, para un conjunto de planes.... Si puedes enseñar… eso lo sabrás en su momento, ni antes ni después...

-¿Y tú ya lo sabes?

Seguí pensando en mi camino y las cosas que últimamente me habían ocurrido...

-Creo que sí, pero de momento… aún no es mi hora...

-¿Y si estuvieras equivocado? y si ya lo estuvieras...

-¿Ahora? los días atrás… antes de venir tú… me han demostrado que aún me tengo que pulir… tengo carencias… y las tengo que superar...

Luna me miró, como analizándome…

-Te equivocas, te han dado otro mensaje y no lo ves...

-¿Qué mensaje?

Elevó la mirada y miró al horizonte como respuesta a una pregunta aún por escribir...

-Eso lo has de descubrir tú… al igual que yo mi camino...

Cada día la veía más madura, más ella misma… había cambiado mucho desde que estaba aquí…

El Maestro le está enseñando muy bien… e iba muy rápida… a veces el Maestro no le podía enseñar más cosas...

Él sabe algo que no nos cuenta… que no comparte conmigo… y sigo sin saber que es…

Hace unos días… pasé por este bosque… un lugar intransitable y peligroso por su huésped… pero todo ha cambiado mucho desde entonces… la luz penetra entre las copas de los árboles, hasta el canto de los pájaros no cesa… antes se oía entrecortado, cada vez que el silencio se hacía dueño de todo… era que algo iba a pasar… o a cambiar… según se mire...

Llegamos a la explanada bastante pronto y antes de que la noche cayera… pude ver bastantes ramas caídas… debido a los temporales de viento...

-Bueno Luna, ya me hemos llegado… aquí es donde recogeremos leña para todo el invierno… y donde aprendemos a conectar con los seres elementales… cuando venimos a recoger leña…

-¿Seres elementales? pues no los veo...

-No seas impaciente… todo a su tiempo… primero hay que pedir permiso para entrar en su Reino y para llevarnos los restos de los hermanos caídos o que han terminado su ciclo...

-¿Que hermanos?

-Mira, cada árbol es un ser vivo que nos proporciona aire fresco y sombra en los duros veranos… cada cierto tiempo la Madre hace una limpieza y elije a los más fuertes… pues los débiles terminan su ciclo de vida antes de tiempo, no por ser débiles más bien porque su ciclo es más corto.

Estos que ves aquí son muy sabios… pues llevan muchos años entre nosotros… estos son como Maestros… los enseñan y hacen madurar… para que un día ocupen el lugar que les corresponde.

Y tras un tiempo de vida, su energía se eleva y queda sólo su forma, la que usamos para calentar nuestro hogar o también para hacer muebles…

En nuestro caso buscamos cuerpos sin vida, ramas rotas para leña… no hacemos ningún daño… la montaña nos aporta lo que necesitamos y así mantenemos un equilibrio natural con el que evitamos incendios en temporada de verano…

Luna estaba muy interesada en mis explicaciones… como si de cada frase sacara una enseñanza paralela, a la que ella daba otro uso personal...

Empezaremos a recoger las ramas más gruesas, para luego dar paso a las pequeñas que son más fáciles de trasportar y de mover...

-De acuerdo... respondió Luna...

Yo seguí cortando con la sierra para aligerar ciertas ramas… pero de lejos escuché a Luna hablando con alguien...

-Carai, qué guapa estás y que cambiada… mucho más equilibrada...

Me sorprendieron aquellas voces… al no haber nadie más en la zona...

-¿Con quién hablas Luna?

-Perdona, no me había dado cuenta…. está aquí la Dama del Bosque...

Me sorprendí… no por el hecho mismo… sino por no haberla percibido…

Me acerqué y la vi entre los árboles… con un hermoso vestido blanco, bordado de finas costuras doradas que entrelazan hermosas flores que a su vez emanaban una luz propia… dando a lugar a una hermosa imagen como para pintar en un lienzo...

-Hola Alumno, ¿cómo estás de tus heridas.? espero que bien...

-Bien, mucho mejor desde nuestro último encuentro… veo que has subido de vibración en estos meses y es de agradecer...

-Mi agradecimiento por tu estimada ayuda es más infinito de lo que jamás llegaré a poder compensar...

-No tienes que agradecer nada… estaba en mi obligación como hermano de luz… el ayudarte...

-Reitero mi más sincero agradecimiento... repitió, mientras me hacía una reverencia...

-No hace falta hermana… más bien soy yo quién te ha de agradecer todo lo que he aprendido en estos años...

Al terminar la charla… la Dama se dirigió a Luna...

-¿Cómo te va con el Maestro?

-Muy bien… cada día que pasa me siento más y más unida a él… ahora está con mi amiga Celia...

Aquella respuesta de Luna sorprendió a la Dama y yo lo pude ver y sentir energéticamente…

-¿Con Celia? dices que está tu Maestro...

-Haber Luna...

Se acachó para cogerle de la mano y mirarla a los ojos...

-¿Dónde está tú Maestro ahora?

-En casa… ¿dónde va a estar si no?

Acarició sus mejillas y le dijo...

-Tengo que llevarte a un lugar… ¿confías es mí?

-Si claro...

Al escuchar esa propuesta, quise reaccionar y evitar que se la llevara...

-Espera, un momento, no te la puedes llevar... pero fue como un flash, un punto de luz que me cegó y con ello desaparecieron en la nada del bosque...

Tiene que ser un mal sueño… el Maestro me matará si le pasa algo a Luna... los minutos pasaban y no regresaban... la noche se iba cerrando cada vez más y más... y pasé de la incertidumbre al pánico… al no saber qué hacer… quedarme o irme… ya habían pasado tres horas sin ninguna señal ni signo de vida…

Me encontraba bloqueado por mis miedos y remordimientos… por no haberla protegido más… entonces decidí ir al carro y buscar al Maestro…

Ante mi desesperación… justo al ir en dirección el carro... volví a ver un flash de luz y de la nada aparecieron las dos… como si nunca se hubieran ausentado del lugar...

-¿Se puede saber dónde habéis ido… y porqué te la has llevado?

-Tranquilo era necesario para su crecimiento personal...

-¿Tranquilo? lleváis tres horas fuera y yo estoy de los nervios… ya me iba a buscar al Maestro...

-Será ella… quién te dará tus respuestas...

De repente, Luna salió corriendo y se abrazó a mi cuerpo...

-Maestro, Maestro, que contenta estoy...

-¿Maestro? será una broma...

Seguía perdido en mis pensamientos… ya no era sólo que se la hubiera llevado tres horas… sino que ahora me llamaba Maestro...

-¿Luna, estas bien?

Mientras me acaché y revisé su cara… su cuerpo...

-Sí, estoy muy bien y muy feliz Maestro...

-Haber Dama... explícame todo esto… pero ya...

Pero la Dama… tal como apareció de la nada… desapareció sin decir nada...

-Haber Luna, me tienes que explicar que es esto...

-Eres tú… ¿no lo entiendes?

-¿Entender qué?

Luna me volvió a abrazar con mucha fuerza y cariño...

-Que feliz soy de que seas tú… muy feliz...

Ya era muy tarde y no podía pararme a pedir explicaciones… sólo recoger los utensilios y lo que faltaba de leña y partir a casa para descargar la madera e intentar centrarme en todo lo que me estaba pasando… si es que podía sacar algo en claro de todo aquello...

Luna no se separó de mí durante todo el camino de vuelta… la veía feliz y radiante, como nunca la había visto… más incluso que en los brazos del Maestro.

Al llegar a casa encontré al Maestro y a Celia sentados en el porche… esperando nuestro regreso…

Luna saltó al suelo nada más parar el carro y se acercó a Celia...

-Tengo que contarte muchas cosas… he estado con la Dama del Bosque… he viajado en el tiempo… he visto muchas cosas y lo mejor te lo cuento luego… vamos corre...

El Maestro se acercó…

-¿Ha pasado algo en el bosque?

Le miré y encogí los hombros...

-Ha pasado de todo… llegó la Dama del Bosque… estaba hablando con Luna y le preguntó por Usted… y como le chocó su respuesta… se llevó a Luna durante tres horas y yo sin poder hacer nada... Ha sido una noche muy larga...

-Venga, te ayudo a descarga la leña y charlamos con una buena taza de té y compartiremos información...

-¿Que hace Celia aquí… tan tarde?

-Bueno, mejor nos sentamos y charlamos, hay cosas que he de contarte… para eso es mejor sentarse y chalar tranquilamente...

-¿Usted también con secretitos? aquí todo el mundo me oculta cosas, menudo día tengo...

-Tranquilo, todo tiene su razón de ser… ahora entremos y cenemos… luego en compañía del abuelo fuego intentaremos dar un poco de luz a tus dudas y perturbaciones...

-Si mucho mejor… esto me tiene descentrado y no sé cómo afrontarlo...

Tras apoyar la mano en el hombro del Alumno, él y el Maestro entraron para preparar una buena cena… para intentar digerir los cambios que, sin duda alguna estaban costando de asimilar a nuestro amigo… o por lo menos le costaban de entender dentro de lo que uno puede llegar a aceptar unos cambios que sin duda alguna se estaban acelerando… más rápido de lo que se podría esperar… pero sin duda alguna por algo estaba pasando y para eso estaba el

Maestro, para dar luz a todo esto y crear una mejor armonía entre energías entrantes y salientes…

Tras cenar y recoger la cocina, nos sentamos delante de la chimenea...

-Mira, durante el tiempo que estuve en la montaña con Noé, hubo unos días que me retiré completamente, de hecho... mientras decía esto… removía las ascuas con el atizador y se volvía a reclinar contra el respaldo de la hamaca... me hicieron hacer ver que ya era hora de cambiar de ciclo… que tenía que hacer otras cosas… dentro de lo que habitualmente hago…

Pregunté qué tenía que hacer… la respuesta fue simple… tenía que dejar que paso a la nueva generación…

Pregunté si tenía que dejar el pueblo… y a quién dejar mi puesto como a su vez mi Maestro hizo conmigo…

La respuesta fue la siguiente...“tienes que seguir… pero como refuerzo… vendrán más niños que tendréis que encauzar para que las energías venideras consigan instaurarse tal y como están diciendo los Maestros Ascendidos...

Mis dudas eran cada vez más intensas...

-Sigo escuchando el motor de tu mente… tienes que pararla… sino te desequilibrarás...

-Lo intento, pero son muchos datos… muchos cambios para un solo día… no termino de asimilarlos…

¿Por qué?… ¡la Dama del Bosque va un paso por delante de nosotros!

Es como si supiera más de mi destino que yo mismo...

-¿Y si fuera así? ¿Qué te impide ver que el destino ha jugado sus cartas? y ni siquiera yo me he dado cuenta… hasta que he dejado este plano físico y he visto el plan… que sin duda alguna es muy complejo pero increíble a su vez… lleno de formas y nuevas energías… que pocas veces creí poder ver y entender…

Cuando me preguntaste que si conocía el estado en que estaban esos niños en esa casa… algo cambio dentro de mí… puede ver una visión cercana... en la que recogíamos a cada uno de esos niños y los liberábamos de su yugo, de su prisión… para hacerlos libres...

Hoy me llamó la antigua Maestra de Luna, me dijo que ayer la Dama del Bosque apareció a los pies de su cama y la llevó a un lugar donde todo cambia… todo se trasforma… seguro que esta noche llevó a Luna a ver ese plano paralelo de conciencia, y al volver de allí... te llamó Maestro…

-¿Por qué no me dicen nada mí?

-Porque tienes que descubrirlo tú mismo… eres reacio a aceptar que eres lo que eres… ese es el origen de todo lo que te pasa… te bloqueas inconscientemente… pero tienes que ser tu quién decida dar ese paso y aceptar tu futuro en la aldea…

- ¿Y usted? que hará… se irá...

-No, tengo otra misión… limpiar a esos niños, para que luego tú puedas trabajar con ellos a unos niveles muy superiores de conciencia....

El Alumno seguía pensando de qué forma afrontar su nuevo destino… no exento de dudas… de si podría o no estar a la altura...

-Lo estarás… yo también pasé por esto y lo superé… al abrirme a lo que el destino me ofreció y no me arrepiento de ello.

¡Se tú mismo!, tienes madera, sólo tienes que confiar en ti mismo... el Maestro le decía esto mientras le apretaba la mano con fuerza...

El Alumno respiró hondo… como reconociendo que algo en su interior ya lo avisaba de este nuevo cambio… que lo cambiaría todo… como muy bien decía Noé hacía sólo unos días...

-¿Qué hace Celia aquí?

-Bueno, ella es muy especial y tras tu discurso de esta tarde... sus guías le hicieron ver una visión, sin salir de su cuerpo… hoy se quedó y me pidió una cosa que nunca pensó pedirme y que requería mi permiso… y yo tras sopesar los últimos acontecimientos decidí concederle…

-¿Qué cosa?

El Maestro me miró con su dulce mirada...

-Ven y veras...

Nos dirigimos al cuarto de Luna y al abrir la puerta pude ver una litera y las dos chicas durmiendo plácidamente...

-¿Y le has consentido que se quedara aquí?

-Bueno, me amenazó con no hablarme nunca más...

Lo que nos hizo soltar una carcajada conjunta.

-Es peor que ella ¿lo sabía?

-Hombre, es una amenaza muy seria viniendo de Celia… y tú ya sabes cómo es ella...

-Ya...

-Hay sitio para todos en esta casa…

-Bueno, hay otra sorpresa...

-¿Más? que será ahora lo que me depara el destino...

-Sal fuera y lo veras...

Al salir pude ver a todo el pueblo con carros llenos de tablones, puertas… ventanas… lo que me hizo llorar de alegría... No podía retener mis emociones...

-Y aún queda algo más...

Sentí unas manos en mis hombros...

-Hola, mi dulce y querida alma...

-Era Noé...

Mi corazón saltó como si se me fuera a salir de mi pecho, no pude más que girarme y besarla intensamente...

-Qué alegría tenerte aquí...

-No más que yo… al terminar mi trabajo en la montaña… hace unos días vino la Dama del Bosque y me contó todo lo que había cambiado… y me aseguró que ya era la hora de volver… y que este era su acto de amor en reparación de los actos cometidos en un pasado…

Desde que recibí su visita, no he dejado de pensar en lo que yo quería en verdad hacer con mi vida y eso... eres tú ...

-Qué mundo más loco y fantástico… he de vivir a tú lado… mi pequeña alma.

-Bueno, antes tenemos que empezar por construir la ampliación del nuevo hogar… para albergar a las nuevas almas.

-¿Pero ahora?

Sentí la mano del Maestro en mi hombro…

-¿Has dicho, pero? entonces hoy no desayunas…

-Era solo una broma... vamos Maestro....

-Eso no te exime de tu responsabilidad y lo sabes...

Mientras nos unimos en un hermoso y cálido abrazo....

Miré al cielo estrellado y pensé... qué hermoso destino aún por escribir...

El camino del guerrero es poder despertar de un sueño eterno, del que todos somos participes… lo que decidas hacer en tu vida sólo depende de tus decisiones y limitaciones… que influirán a la hora de elegir y afrontar un sendero o camino.

Sea cual sea... aprovecha tu oportunidad… pues al llegar al final del principio de este viaje.... todo tu mundo va a cambiar... Alma

Seis meses más tarde...

Noé seguía viajando entre mundos... se veía a sí misma en su habitación… y de repente despertó de su sueño… estaba bañada en sudor… con la respiración entrecortada, angustiada y mareada… Decidió ir a por un poco de agua a la cocina.... giró el pomo de la puerta para pasar al comedor...

Despertó sobresaltada...

No distinguía sueño de realidad, estaba aturdida, por eso se levantó… y ando unos pasos, mientras recordaba a través de flashes lo vivido....

Al abrir la puerta... sintió la respiración entrecortada de Luna, sentía como su vida se escapará por momentos...

Vio la luz de la luna entrar por la ventana… extrañamente abierta pues nunca se dejaba abierta....

Vio una figura de unos dos metros de alto con una túnica negra, que la cubría toda, salvo su mano, que portaba un gran anillo hecho de piedras preciosas... de esa mano colgaba Luna a unos centímetros del suelo… su respiración era casi nula... El ser giró su mirada hacia ella...

-Déjala, me tienes a mí...

-¿Por qué conformarme con una… cuando puedo tener dos?

La vida de Luna se escapaba poco a poco... y una voz muy aguda y profunda salió de su garganta…

-¿Creíais que podríais cambiar mi mundo? Les dijo… mientras apretaba la garganta de Luna, disfrutando de su agonía, de su sufrimiento y viendo como la vida se le escapaba.

Disfrutaba del instante… de cada segundo que pasaba… de cómo pedía piedad y él se recreaba mirándola.... y volvió a mirar a Noé...

-¡No tienes nada que ofrecerme!

-¡Mi reino no tiene más Rey que yo!...

En ese momento la puerta del comedor salió dispara por los aires...Dando lugar a una gran luz que cegó a la entidad e ilumino el lugar...

- ¿Es tuya esta daga Noé?...

"Dicha daga salió de la mano de La Dama del bosque y se incrusto en el costado de esa entidad, lo que provoco un gran dolor y tener que soltar a Luna. Celia rápidamente la cogió entre sus brazos para protegerla" ...

- ¡Es hora que te vayas!... "¡A firmo la Dama a esa entidad!" ...

- ¡Elegiste mal!...

"La entidad seguía intentando sacarse la daga cosa que era imposible por el lugar donde se encontraba, la Dama del bosque seguía andando hacia ella y en cada paso el calor de la daga crecía sin remedio, dando lugar a un infierno indescriptible de dolor y sufrimiento"

- ¡Deberías reflexionar y aceptar que hoy no te llevaras nada!...

-¡Tú, no sabes quién soy yo!...

-¡Y poco me importa!...

"La Dama del bosque movió su mano y agudizo el dolor lo que provoco un grito desgarrador en el comedor, provocando que los presentes se taparan los oídos. Al conseguir la entidad sacarse la daga y salir por la ventana tras romperla"

- ¡Esto solo ha hecho más que empezar!...

"respondió la Dama del bosque"

"Mientras la daga como por arte de magia seguía girando sobre su propia punta en vertical...

"Y escribiendo en el suelo de madera una palabra"

¡Génesis!

Este libro se terminó de imprimir
en Almería durante el mes de noviembre de 2016.

20730619R00246

Printed in Great Britain
by Amazon